秘録・公安調査庁

アンダーカバー

麻生　幾

幻冬舎文庫

秘録・公安調査庁
アンダーカバー

（著者註）

「公安調査庁」は実在する。

法務省に属するこの組織の名称を耳にすることはあるが、その実態は、政府広報はもとより、メディア等で紹介されたことはこれまでほとんどない。なぜなら、公安調査庁に勤める「調査官」は、身分を完全に秘匿して協力者を獲得する「工作」を行うとともに、必要があれば、アンダーカバー（身分を偽装）して「特殊工作」を行うこともあり、そして何より組織全体がそれら極秘活動を支えているからである。そのため、職員の氏名はもちろん、任務の内容、工作の実態など組織のすべてが機密となっている。

警察の公安・外事部門も、「ZERO《ゼロ》」という部門で同じく協力者工作を行っているが、その目的が、事件容疑解明による逮捕・送検であるのに対し、公安調査庁の任務は、逮捕権を持たずに国内外の情報を集める情報収集活動と工作のみに徹した極秘の活動を行うことで、国家情報コミュニティに寄与するとともに、政治の決断者《デイシジョン・メーカー》――究極的には内閣総理大臣の決断のための情報を提供《サービス》することにある。つまり公安調査庁は、日本の情報機関《インテリジエンス》の一つであり、最高レベルのインテリジェンス会議「内閣合同情報会議」のメンバーでもある。

また、「ＣＩＡ（アメリカ中央情報局）」を始めとする世界各国の治安・情報機関とも緊密な情報共有《シェア》を行っているだけでなく、共同工作《コーオペレーション》も任務とする。

法律的には、公安調査庁の活動は「破壊活動防止法」に基づいて団体の規制や解散をするための情報収集を行うというのが建前である。オウム真理教に対する立入調査を行っているのがその一例だ。

しかし、破壊活動防止法第27条に記載された「必要な調査をすることができる」との一文が「調査官」に無限の可能性を与えている。

公安調査庁の組織としては、情報の分析と協力者工作を統括する東京・霞ヶ関の本庁に、過激派などの国内情報分析担当の「調査第1部」、国際テロや海外情報分析担当の「調査第2部」がある。また全国八ヵ所に、情報収集と工作の最前線である「公安調査局」が設置され、さらにその下に「公安調査事務所」と「駐在事務所」を置く。それら地方の組織は警察のように自治体に属しておらず、すべて本庁の指揮命令下にある。

本作品の主人公は、本庁の「調査第2部」に属する分析官であり、「上席調査官」という肩書の経験を積んだ調査官である。

主要登場人物

〈公安調査庁（本庁）〉
芳野綾　調査第２部第４部門（２の４）分析官　上席調査官（中国担当）
輪島　〃　課長
飯田　〃　総括
相模　〃　上席専門職
内田　調査第２部第２部門（２の２）総括（海外情報機関担当）
定岡　調査第２部長（海外情報分析責任者）
高村　工作推進参事官室　上席専門職
海老原　次長（検察官）

〈公安調査庁（地方局）〉
沼田　近畿公安調査局　上席調査官

里見　　関東公安調査局　上席調査官

〈自衛隊〉
瀬戸　海上自衛隊潜水艦隊　司令官　海将
杉浦　〃　幕僚長　海将補
加賀　〃　作戦主任幕僚　２佐
和泉　〃　情報主任幕僚　２佐
本宮　元陸上自衛官　軍需専門商社「田山フロンティア」参与

〈中国〉
呂洞賓　近畿公安調査局　沼田のシュヨウ・マルキョウ
張果老　〃　沼田のエイキョウ
藍采和　関東公安調査局　里見のシュヨウ・マルキョウ

6月5日　日曜　午後6時16分　東京・外堀通り溜池交差点

信号が黄色に変わったのに合わせるようにアウディS5がゆっくりとスピードを落とした。その背後の一台の乗用車を挟んで、二名の男たちが乗る日産のセレナも同じように速度を緩めた。

二名の男たちは、警視庁公安部に属する警察官であり、アウディS5の運転手を協力者として獲得するために、まずその第一段階として、対象者の日常をすべて把握するための任務遂行中であった。

セレナの助手席のベテラン警察官は、ハンドルを握る若手警察官に、「やっと最初の獲物がかかる」と声をかけてほくそ笑んだ。

これまで半年間に及ぶ視察《しさつ》活動は慎重にも慎重を重ね、深追いは決してせず、アウディS5の運転手が少しでも尾行点検をしようものなら、すぐに脱尾《だつび》して追尾を止《や》めて、そして数日の期間を置いてから再び追尾を開始する、その繰り返しを大量の警察官を投入して行ってきたが、成果を上げられずにいた。

しかし、今日この日、二人の公安部警察官は興奮していた。アウディS5の運転手の男はいつになくオシャレをし、そして何より花束を途中のショップで買い求めたからだ。

それも二十本ものバラだけを！

お祝いや感謝の気持ちを込めた花なら豪華さを狙うはずであって、二十本のバラを送る相手は、自然と女性を想像できたし、それもその女性との関係は男と女のそれを、助手席のベテラン警察官はイメージした。

妻子がいるアウディS5の運転手にとって、深い関係にある女性がいれば、それは男の弱点となる。

つまり、公安部警察官たちにとって、協力者にするための付けいる隙となるわけであり、初めての成果となる。ゆえにベテラン警察官は、大部隊の手配をすでに行っていた。

セレナに乗る二人の警察官たちの表情が一変したのは、アウディS5が黄色信号で止まった、その二秒後だった。

外堀通りの溜池交差点の信号が黄色から赤に変わった、その瞬間、アウディS5の加速は突然だった。

三百五十四馬力の高出力エンジンは、車体が消えた、と見紛うほどの猛スピードを発揮して交差点を突っ切った。

セレナのハンドルを握る若い警察官はアクセルを踏めなかった。助手席のベテラン警察官は激しく舌打ちをしたが、すぐに無線機を手に取り、遠方の空から続いている警視庁航空隊のヘリコプターと急いで連絡をとった。そして今度はそのヘリコプターからの指示によって、アウディS5を中心に置いて円陣隊形でゾーン追尾していた十数台の追尾車両とバイク部隊が、虎ノ門交差点から新橋方面にかけての外堀通りで前後左右から出現し、JR新橋駅のガード方向へ向かうアウディS5の前と後ろに巧みに入り込んだ。そしてヘリコプターまで投入した大規模な三次元追尾が開始されたのである。

追尾チームのいずれのドライバーも鍛え抜かれたテクニックで追尾を継続したが、アウディS5がJR東京駅地下の駐車場に入ってからは苦戦した。次々と追尾車両は失尾。最後に残った一台のバイクも、横断歩道を渡る家族連れを前にして完全に失尾した。

二ブロック先の駐車スペースにアウディS5を駐車した〝美しい白髪の男〟は、駅ビルの入り口に急ぐ人たちに紛れ、東京駅の八重洲の地下レストラン街のフロアに出た。さらに階段を使って地上に出た〝美しい白髪の男〟は、タクシー乗り場には並ばず、八重洲ブックセンターまで歩いて、その前で流しのタクシーを捕まえて後部座席に腰を下ろすと、静かな声でドライバーに行き先を告げた。

八重洲ブックセンターを見通す舗道に立ってそのタクシーを見送った芳野綾《よしのあや》は、後方に警察の追尾チームの車両が存在しないことを確認してから、後ろを振り向いて小さく頷いた。

素早く滑り込んできたブラックメタリックのマークXは綾を収容して勢いよく発進した。

ちょうどその時、反対車線で、警察の追尾チームの車両群がスピードを速めて過ぎ去ってゆくのを綾は黙って見つめた。それら車両が向かっていったのは〝美しい白髪の男〟を乗せたタクシーが向かった銀座方向ではなく、真逆の日本橋方向だった。綾は、助手席の車窓ごしに空を見上げた。オレンジのラインがボディにペイントされた警視庁航空隊のヘリコプターもまた日本橋方向へ向かっていることを知った綾は、その時初めてニヤッとした。

携帯電話を手にした綾は、〝美しい白髪の男〟を乗せたタクシーの運転手に電話をかけ、

「こっちはオッケー。そっちは回り道して少し時間をかけて」

と告げた。

綾の耳に聞こえたのは、「了解です」と応えた、運転手に偽した綾の部下の男の短い言葉だった。

さらに綾は、もう一人の部下の携帯電話を呼び出した。相手が出ると落ち着いた声で綾は言った。

「完全に撒《ま》いて」

〝美しい白髪の男〟に替わってアウディS5を駆っていた別の部下の男もまた、「了解」とだけ応えた。

銀座1丁目の信号で右折する〝美しい白髪の男〟を乗せたタクシーより、綾を乗せたマークXは一つ手前の鍛冶橋《かじばし》交差点で右折した。

JRの高架をくぐり、目線の先に見える皇居の森を漠然と見つめながら、綾はかつて、公安調査庁と警察の公安部門が協力対象者の奪い合いでやりあった事例を頭の中で蘇らせた。関西エリアのある過激派組織の幹部を協力者にすることを巡って、どちらからも脅迫と恫喝《どうかつ》が加えられ、政府内で密かに問題になったことがあった。

しかし、綾には、そんな話は関係ないことだ、とあらためて思った。

三年前まで〝現場〟にいた綾が最優先したのは、まず協力者の安全であった。いわばライバル関係にある警察の公安組織には絶対にバレないように協力者を獲得、登録、運営してきた自信は揺るぎなかった。

そして何より、自分と協力者との魂の融合を突き詰めることによって、協力者との関係を完全なものとし、警察に隙を見せないだけの人間関係を構築した、その確信は今でもある。

その結果、マンパワーやヘリコプターなどの装備に優《まさ》る警察よりも、一対一での深い関係によって重要情報を入手してきた、その数々が綾にとって強烈なプライドだった。

外堀通りに面した交差点でマークXを降りた綾は、神楽坂《かぐらざか》を上って、ロイヤルホストの手前で右に曲がり、裏道を曲がりくねったところに、目指すビルのエントランスを見つけた。

今日の昼間、実査にやってきた時は、ここを探すのに苦労した。しかし、今夜はここそが相応《ふさわ》しい「設定」だ、と綾はあらためて思った。久しぶりの出会いは、素敵な舞台を用意しなくてはと思ったからだ。

三階まではエレベータで向かい、そこにあるイタリアンレストランの中を通り過ぎてバルコニーに一旦出て、片隅にある外付け階段を上った屋上に、オープンテラス席が十組ほど並んでいるスタイリッシュな屋上ビアガーデンがあった。

夕日に照らされたホールには客はまばらだった。店員に案内されてその一つに着席した時、下半身の、妙な危うさを綾は感じた。その理由はすぐにわかった。いつもの地味な色のパンツスーツではなく、はき慣れないスカート姿であるからだ。

綾は、体を少し斜めにして、隣席との境にある仕切りのガラスに自分の姿をちらっと晒《さら》した。季節に合わせてのシャリ感を出したかったので、アイボリーのノースリーブブラウスの上に綿レーヨンのロングカーディガンを羽織り、黒地に薄いピンクの花柄プリントの膝丈スカートというのは、三十七歳の年齢にしても、安っぽい色気を振りまいている風には見えないわね、と綾は少し気分が弾んだ。

周りの景色を見渡した綾は思わず、いいわね、とひとり呟いた。初夏の空気を胸一杯吸い込みたい気分になったし、実際、目をつぶってそうした。ビルに囲まれていると言っても、高層な建物があるわけでもなく、都心にしては空は広く開けている。

橙色《だいだいいろ》の夕焼けを背に受けて席についた綾は、初夏の心地よい南風にそよぐ髪を片手でかきあげながら、ふと南の空へ視線をやった。ブルーのボディにオレンジのラインが入る警視庁航空隊のヘリコプターが、日本橋からさらに東の方向の空域で動き回っているのが確認できた。

綾はまた、ひとりニヤッとした。

もう一度、大きく空気を吸い込んだ綾は、瞼《まぶた》を閉じてみた。甘くて濃厚な香りが鼻をくすぐった。

心地よい時間だった。

目を開けてふと顔を向けると、二つ先のテーブルの向こうにある小さな花壇に純白の花が咲き乱れている。

綾は、その花の名前を思い出そうとしたがなかなか思い浮かばなかった。

諦めた綾は再び目を閉じ、心地よい気分に身を投げ出したい気分になった。

しかしその時間は長くは許されなかった。

目を開けたちょうどその時、懐かしい男の姿を見つけた綾は笑顔で小さく手を振った。

幾つものテーブルをかき分けるように近づいてくる〝美しい白髪の男〟を、立ち上がった綾が満面の笑みで迎えた。

「お待ちしていました、どうぞ」

階段を見通せる席に座っていた綾は、他の席からは背中しか見えない目の前の席をすすめた。

「お久しぶり」

満面の笑みでそう口にした黄《ファン》は、バラの花束を綾に手渡した。

「まあ、素敵！」

目を丸くして綾は驚いた。演技ではなかった。バラの花束をこれまでもらったことが一度もなかったからだ。

「ありがとうございます。本当に素敵だわ」

綾は本心から、感激した口調でそう言った。

「迷われたでしょ？」

綾が笑顔のまま訊いた。

「あなたのような美人と久しぶりに二人っきりになれるなら、どこだって嬉しい限りです」

黄《ファン》は温和な表情を浮かべて流暢《りゅうちょう》な日本語でそう言った。

「いつもお上手」

綾は、素直にそう言うべきだと思って、一番相応しい言葉を選んだ。

「ほんと、雨にならなくて良かったわ」

綾はそう言って空を眺めた。視線の先に、先ほどのヘリコプターが羽田空港方向へ向かっている姿が見えた。

黄《ファン》が同じように見上げたとき、テーブルの下で、膝の上に置いた手に触れるものを感じた。

綾は、同じように空を見つめながらテーブルの下で手のひらを上に向けて広げた。手のひらの中に何かが落ちたのを感じ、素早くその手を握った。

そして右脚のガーターベルトに縫い付けておいた小さな袋の中に、受け取ったマイクロSDカードを素早く仕舞い込んで、ジッパーを閉めた。

「そうですね、昨日は、冬が戻ったのかと思いましたからね」

そう言って黄《ファン》は優しい目をして微笑《ほほえ》んだ。

綾はその目が好きだった。

綾は微笑みを絶やさず黄《ファン》を見つめた。

「変わらず、お若いわ」

綾は、最高の笑顔を浮かべた自信があった。

「あなたもそう、変わらず本当にキレイでお若い」

「ありがとうございます」

綾は照れる風をしながら笑った。

「変わらないこと、それこそが重要。日本人、中国人のことを何も分かっていない」

そう言って穏やかな笑顔を作った黄《ファン》が首をすくめてみせた。

綾は、微笑みながら頷いただけで、くだけた雰囲気に任せた。

「中国人の考え方を支える哲学は、基本的に、現実的であり、述《じゅつ》而《じ》不《ふ》作《さく》です」笑顔のままの黄《ファン》が続けた。

「創作ごとはせず、これが基本。あなたなら、すでに分かっていますね？」

「漢文、唐詩、宋詞、元曲、そしてＭＬ、毛沢東思想……いろいろ変遷してきましたが、基本は何も変わっていない、ですね？」

綾は、度を越した知識の見せびらかしにならないように気をつけながら言った。

「あなた、さすがよく分かっている。中国という国は、実は、何千年も何も変わらない。だから、私も変わらず若い」

そう言って黄《ファン》は大きな笑い声を上げた。

綾は、黄《ファン》のその快活な笑顔を微笑ましく見つめながら、彼を協力者として獲得するため、本庁での工作会議における「選定」という段階から始まった長い年月を脳裡《のうり》で蘇らせた。

黄《ファン》は、今でこそ日本や中国のクラシック音楽会などの公演手配を手がけるフリーの音楽プロモーターであるが、そもそもは元在日中国大使館の文化担当1等書記官であった。

綾が、黄《ファン》と出会ったのは約十年前のことである。

綾が、関東公安調査局で〝現場〟の調査官をしており、黄《ファン》が在日中国大使館の1等書記官で日本に赴任していた時のことだ。

綾は、大学時代の同級生が勤める大手出版社の女性雑誌編集部が主催した、貸し切りのスペインバルで行われた忘年会に出席した。公安調査庁の中枢部門である本庁の工作推進参事官室の指導により、編集プロダクションのフリーのライターという「身分設定」を行った上でのことだった。

そしてその忘年会に参加した綾が秘かに視線を注いだのが、中日の文化交流を発展させたい、と流暢な日本語で熱っぽく語る黄《ファン》だった。

黄《ファン》に関するプロフィールは綾の頭の中にふんだんに刻まれていた。父親は、中国外交部（日本の外務省に相当）の官僚トップである、日本で言うなら事務次官まで務めた人物であった。また母方の祖父は、中国共産党中央軍事委員会の元副主席であって、さらに父方の祖父は、人民解放軍の元少将という大物だった。これだけの毛並みのいい対象は綾が運営する協力者の中にはいなかった。

綾はすぐに直属の上司である「工作指導専門官」を通して、協力者獲得工作の対象者に指定することを申請した。許可は直ちに下り、フリーのライターの偽装身分のまま、別のパーティーで黄《ファン》との単独接触に成功。それからも二十回以上、三年の月日を重ねて接触する中で、黄《ファン》が、「日頃のストレスから解放されたい」と頻繁に漏らし、〝サウナ好き〟であることを把握した。

綾は、都内の高級飲食店や高級サウナ、エステなどが揃った会員制クラブへ連れて行く環境を設定。それぞれの店で、長年にわたって経営者と懇意な関係を作ってきた綾は、待遇が最上になるように根回しした後、黄《ファン》をそれぞれの店へ誘うだけでなく、大使館の上司の接待にも綾が金を出して利用させるなど、人間関係を深化させていった。

そして単独接触から五年後、完全なる人間関係を構築したと見極めた直後、綾は本当の身分を名乗った。黄《ファン》は驚いた風もなく、微笑みながら頷くだけだった。

その後、黄《ファン》は、在日中国大使館内部の情報をたっぷり教えてくれた。綾から要求したすべてにも応えてくれた。

二年後、黄《ファン》は任期を終えて帰国したが、国務院の文化事業責任者として度々来日。大使館を指導する立場からの大使館内部情報だけでなく、中国共産党中央の機密情報を、膨大かつ詳細に綾へ届けてきてくれた。

だが、綾はそれでも、黄《ファン》に対する慎重さは失わなかった。なぜなら、これまで黄《ファン》が口にしてきた在日中国大使館以後の経歴はすべてアンダーカバー《極秘に偽装した身分》ではないかと綾は疑っていたからだ。

大使館員の時の実際の正体は、人民解放軍の情報工作機関である総参謀部第2部から派遣されたプロフェッショナルな機関員であって、今でも深い関係がある、と綾は判断していた。

最初にそれを疑ったのは、ちょうど黄《ファン》の獲得登録が工作推進参事官室で認められた直後のことだった。

中国から初めて、海軍中将をトップとする海軍の水上艦数隻が日本を表敬訪問し、晴海埠頭に接岸した。

その一週間前、黄《ファン》が、パリのシャルル・ド・ゴール空港から福岡空港という迂回ルートを使って来日したことを、綾は、法務省入国管理局に張り巡らした情報網で把握していた。

すでに何年も前に獲得、登録したと言っても、日本での黄《ファン》の動向を常に把握しておくことが協力者の信用度を計る「情報査定《さてい》」に資する、という分析官としての強いこだわりからだった。

だから警察にしても、軍との関係について強い疑いを持っているようで、黄《ファン》を何としてでも協力者として獲得したい、その執念を今日のように諦めないでいるのだ。

黄《ファン》がなぜ、自分に情報を寄越してくれるのか、その理由が単なるお人好しであるとは綾はもちろん思っていなかった。本来、プロフェッショナルな機関員を協力者として運営することには、極めて慎重でなければならないと、本庁の工作の中枢部門である工作推進参事官室から厳重なる指導がされている。また、それが露見した場合、外交問題に発展することで外務省との関係が悪くなり、在外公館に調査官を派遣する人数の枠を削減される怖れがあることから、大使館工作に公然と反対する幹部が公安調査庁には多かった。

しかし綾は、そんな声を発する者たちは、自分たちの仕事を一生かけても理解できない者たちだ、と思っていた。

大使館工作、つまり機関員に対する工作は、この密やかな世界に棲《す》む者でしか理解できない。互いに認め合うプライドに浸れる瞬間を、黄《ファン》にしても自分に求めているのかもしれないと思っていた。

しかし、今夜のような接触においては、評価しあっているかもしれないが、互いに強い緊張感をもって相対していることを綾は感じていた。

ゆえに、黄《ファン》が自分をどのように利用しているのか、またはしようとするのか、そして敵であるのかそうでないのか、綾は、笑顔の裏で、警戒心を解いたことは一度もなかった。

ただそれでもやはり、今、綾の分析官という立場としては、実は、こんな〝現場〟での仕事は必要ないどころか、許されることではなかった。

だが、黄《ファン》は数年ぶりに連絡を寄越した。その時、〝夕食でもどう？〟という言葉が含まれていたことで、綾は久しぶりの接触を決めた。

かつて黄《ファン》がその言葉を投げかけた時は必ず、重要情報の提供があったからだ。

微笑みながら綾は、メニューリストを手に取った。

「今夜は、任せてもらえますね？」

「楽しみです」

目を輝かせた黄《ファン》はナプキンを膝の上に広げた時、

「あっと、そうそう」

と言って、脇に置いていたバッグから、キラキラ輝く金色の包装紙に包まれた小箱を取り出して綾に手渡した。

目を彷徨《さまよ》わせる綾に、黄《ファン》が、どうぞ、という手振りをしてから、首をすくめてみせた。

包装紙を破った綾は、目を見開いて、黄《ファン》を見た。

「日本語で何と？　そうそう、軍事オタク。軍事オタクの少女は、気に入りましたか？」

黄《ファン》は、悪戯《いたずら》っぽい笑顔で綾の顔を覗き込んだ。

「少女って……」

綾は照れる風に苦笑した。

綾が小箱から取り出したのは、スタンドの上に乗っかった潜水艦の縮尺模型だった。

「先日、チンタオ（中国東部沿岸に位置する経済文化の中心地）の海軍基地で、地域の住民を招いて、基地開放のお祭りがありました。知人の招きで、私、そこへ行きました。その時、それ、売店で売っていました」

黄《ファン》はそう言ってから再び綾の顔を覗き込むようにした。

「当ててみて」

潜水艦を指さした黄《ファン》が微笑みながら言った。

綾は、黄《ファン》に顔を近づけて、

「漢《ハン》クラスの原子力潜水艦」

と囁き声で言った。

「驚きましたね！」

黄《ファン》が目を見開いた。

「ただし、スクリュー、偽物です。それ、国家、機密、だから」

「感激です！　本当にありがとうございます！」

満面の笑みとなった綾は深々と礼をした。

黄《ファン》が続けた。

「中国の模型店では、軍隊で使われている物、とても人気です」

その笑みは、協力者を運営するときに浮かべるそれではない、と綾は自身でもそう思った。

職場では、ジェーン年鑑（世界各国の海軍に関する年鑑）を人形代わりに育ったんじゃないかと言われるほどの軍事オタクとして、冷ややかな視線をいつも浴びている。

実際、横浜重工業で潜水艦の設計者だった父親が、時折持って帰る潜水艦の模型を人形代わりに遊ぶ少女だった綾の、今、黄《ファン》に向けた笑顔は、プライベートにおいて二年前から付き合っている男に見せるものと同じくらいの最高のものだった。

綾は、手にした潜水艦の滑らかに湾曲したそのフォルムに、美術品を見るような思いで惚れ惚れしていた。

大勢の予約客が階段を上ってくるのが見えた。

しかし、危険な臭《にお》いを発する者はいなかった。綾たちを取り巻くテーブルは瞬く間に客で一杯となった。

だが綾は慌てることはなかったし、声を低くする必要もなかった。人目につく飲食店の場合は、仕事の話は決してしないことに決めていたからだ。

いや、仕事は、すでに、テーブルの下での、あのわずか数秒間ですでに終わったのだから。

「今日は楽しくやりましょう」

笑顔のまま綾はそう言って小首をかしげた。


黄《ファン》の優しい目を見つめながら綾は、この男に心底、惚れ込んでいる、と思った。その惚れ込んでいるという表現は、もちろん一般的な意味とはまったく違う。恋愛よりも遥かに人間的なことであって、彼のすべてを尊敬し、自らの魂をさらけ出して得られたことであり、それこそが〝人間そのもの〟に惚れているということだ、とあらためて思った。

黄《ファン》が、男女関係になろうと露骨に口説いてきたのは、綾がかつて、〝現場〟にいた頃、ホテルの鉄板焼きレストランでの接触のときだった。

コース料理の最後で、カウンターからソファラウンジへ場所を移し、スイーツが出てきたとき、黄《ファン》は口説くための雰囲気作りを始めた。つまり、綾の女としての幾つもの部分を褒めはじめたのである。

綾は、その一つ一つに無言のまま笑みで応えながら、この男には本当に申し訳ない、と思った。そういった場面での対応に、綾は完全なる訓練を積んでいた。

その技術は、相手によって変えるのだが、基本的には、女を口説くことがあなたにとってどれだけプライドを傷つけることか、つまり、あなたはセックスのことだけを考えているゲス野郎だと自覚させる、マインドセットを行った。

それから彼は二度とそんな雰囲気を醸し出さなくなった。しかし綾は、黄《ファン》に魂を注ぎ込み続けることに全力を傾けた。恋愛感情よりも強い心の結びつきだと思いながら。

だが、その関係は数年後に中断せざるを得なかった。綾が、三十四歳という若さで本庁の分析官に異例の抜擢をされたからだ。

そして、今、数年ぶりに、綾は黄《ファン》の前に座っている。


食事を終えた黄《ファン》は、綾とともにビルを後にして、神楽坂を下った外堀通りの交差点の手前で立ち止まった。

綾は最後の言葉を忘れてはいなかった。

「大事なお車は、降りられた所にちゃんと」

黄《ファン》は、軽く頷いただけで視線を外し、遠くから近づくタクシーに手を上げた。

6月5日　日曜　午後8時10分　公安調査庁本庁

二度、タクシーを乗り換えた綾は、日比谷公園西側の霞門《かすみもん》の前で降り、霞ヶ関中央合同庁舎五号館の夜間通用口から入ると、地下で繋がった隣接の、法務省と公安調査庁が入る霞ヶ関中央合同庁舎六号館、その十三階でエレベータを降りた。

エレベータから廊下に足を踏み出した綾は、人けのない薄暗い空間を進み、表札のないドアの前に立った。

そしてドア横のテンキーパッドにロック解除パスワードを打ち込んだ。

中国を含めたアジアを担当する調査第2部第4部門の広い空間の執務室の中には二十ほどの机が並び、こんな時間まで五人の職員がまだ残っていた。

だが、綾に視線を向ける者は誰もいなかった。

隣席どうしでも互いの仕事や行動について関心を持ってはならないこの〝会社〟のルールを作った者は、絶対にサディストね、と綾は思った。

気分を壊すほどのこの冷たい空間と、氷のような職員たちの表情から、この世界に棲んでいなければ到底、思いつかない、この〝ルール〟を作った者の姿を想像した。

その想像は、十四年前、二十三歳で公安調査庁に入庁してから最初の、「公安研修所」での「一年目研修」の座学で教わった公安調査庁の成り立ちについての教官の講話の記憶や、先輩たちから聞いた〝ナイショ話〟を思い出して、脳裡に浮かべたものだった。

綾は、総務省の行政管理部門からのお達しである省エネの徹底指示のお陰で、室内の半分の照明が落とされ、冷房が切られたことで空気が生暖かい執務室を見渡した。

霞ケ関の他の中央官庁と比べてみても部屋のスペースにかなり余裕があり、それぞれの個人のデスクも離れて配置されている。また、予定表が貼られたホワイトボードは置かれていないし、カレンダーも壁にかけられていない。

銀座の灯りを見渡す窓際の席に腰を下ろし、まず机の一番下の引き出しの五段式文字盤鍵を解錠して取り出したクローズドサーキットの業務用パソコンを立ち上げた綾は、財布のチャック付きポケットの中に移していたマイクロSDカードをスロットインした。

綾は、そこにあるワードファイルをクリックし、現れたパスワードボックスにいつもの英数字の組み合わせを入力した。

出現したのは、横書きの日本語の文章だった。

要約すれば、こんな内容だった。在日中国大使館に書記官のカバーで密かに配置されている人民解放軍の有力な情報機関、総政治部配下の「連絡部」の密やかな活動についてであった。

一ヵ月前より、日本の複数の右翼団体を大使館で一般書記官などに本当の身分をカバーした連絡部グループが、自分たちの息がかかった高級中華店や高級クラブで頻繁に接待している。その連絡部チームには、さらに本国から派遣された応援部隊も加わっていることから、かつてない規模の作戦が進行しており、連絡部チームの活動はその作戦のサポート《支援》の可能性があるので注意されたい、という警告だった。

文章の最後の「別紙」には、連絡部チームと本国から派遣されている応援部隊の人物の、年齢や氏名などの人定情報が記されていたほか、それぞれの顔写真も添付されていた。そして最後に、〈嫌な予感がする〉との言葉が付け加えられていた。

綾は何度も読み返した。幾つもの考えが浮かび上がっては、それらを頭の中で交差させる努力を何度も試みた。また、「連絡部」と「右翼団体」とのキーワードと、これまで全国の〝現場〟から上がってきた報告書の中の情報に繋がるものがないか、パソコン上のファイルとの照合も繰り返した。

過去の報告書の中には、連絡部チームが頻繁に日本の右翼団体と接触を繰り返していることが記されていた。

それらの目的は、中国の要人の訪日を控えて、〝おとなしくしてもらう〟ための接待や説得であった。

しかし、ここ三ヵ月先までは中国要人の訪日は予定されていない。

しかも、黄《ファン》が伝えてくれた連絡部チームのその右翼対策とは、これまでのものとまったく逆だった。

これまでの「連絡部」の動きは、中国要人来日時に、街宣活動を抑制させるものだったからだ。

綾は気にくわなかった。

これまでと〝違うこと〟、それこそが気にくわなかった。そして、黄《ファン》が文章の最後に残した、〝嫌な予感がする〟という言葉こそ、まったく気にくわなかった。そんな中途半端な言葉を黄《ファン》は使ったことがなかったからである。

綾の視線は目の前の卓上電話に向けられた。黄《ファン》からの、さらなる解説が必要だと思ったからだ。

しかし、綾の手が卓上電話に伸ばされることはなかった。綾が棲む世界では、〝二度聞きは厳禁〟である。

黄《ファン》とは、互いにプロフェッショナルと認め合っているからこそ、尚更、素人まがいなことをして、その関係を壊してしまうことをプライドが拒絶した。

　頭が働かないわ……。

　綾は気持ちを切り替える必要性を感じた。実際、頭と身体とが疲れていた。黄《ファン》には、楽しくやりましょう、と言ってみたものの、協力者との接触である以上、激しい緊張感に襲われ続けていたからだ。

　しかも、昨日から、黄《ファン》についてのこれまでの記録をすべて頭に入れる努力を行い、三日前から綿密な接触場所の実査をしていた、その疲れは格別だった。

　大きく息を吐き出した綾は、すぐに帰り支度をした。まだ残っている職員に挨拶をすることもなく執務室を出た綾がエレベータホールへ足を向けた時だった。

　──まさか……。

　廊下の先を上がっていくその二人の男に綾は驚いた。

　綾が属する中国情報分析部門、調査第2部第4部門のトップである輪島《わじま》課長に、顔をくっつけんばかりにして囁く相手が、考えられない男だったからだ。

　その男、高村《たかむら》上席専門職がナンバー2《ツー》を務める工作推進参事官室は、協力者の獲得と運営のすべてをコントロールする公安調査庁の心臓部門であって、綾の分析部門とはまったく隔離された組織である。

しかも工作推進参事官室と分析部門との調整役は、輪島課長の部下たちであって、課長が直接にやることはほとんどない。工作推進参事官室を牛耳っている高村上席専門職と接触する理由はまったくないのだ。また、日曜日のこんな時間に、輪島課長にしても、高村上席専門職にしても、在庁していること自体が異様だった。

しかし綾は、そのことに思考を引きずられなかった。

今、必要なのは、アルコールで頭を〝癒す〟ことだと綾は思った。

エレベータで地下一階に降りた綾は、通路から隣のビルに渡り、検察庁が入る中央合同庁舎五号館の夜間通用口から外へ出た。日比谷公園の街灯を見た綾は足を停め、腕時計を見つめた。

このまま、一人暮らしの部屋に戻っても、頭が回転し過ぎて寝られそうにない……。

その顔を脳裡に浮かべた綾は、急いでスマートフォンを取り出した。大手不動産会社の営業マンで三歳年下の男は、「ちょうど接待の一次会が終わったばかりで、連絡しようと思っていたところだ」と言った。綾はあらためて、付き合って二年になるこの男との相性の良さを感じた。その相性とは、セックスはもちろんのこと、こういったタイミングもぴったりなのだ。

西麻布交差点近くのバーで男と落ち合った綾は、喉を通る冷たい液体を心地よく味わいながら、こういったことをいつまで自分は続けるのだろうか、と思った。こういったこととは、隣に座る男には、調査官の身分を隠し、法務省の周辺の会社で法務事務をしていると言っていること。そして日々の秘密事項に溢れた仕事の愚痴を、まったく別のことに完全に置き換えて吐き出す、そのことだった。

考えれば溜息が出そうな異常な世界ではある。しかし、一度でも、他のことに置き換えての愚痴を口にすれば、一発で気分が晴れるようになったことにも、つくづく呆《あき》れていた。

6月6日　月曜　午前5時2分　東京都世田谷区梅ヶ丘

床に散乱する自分と男の衣類と下着を乱暴に洗濯機に放り込んだ綾は、一度、寝室を覗いて男の寝顔に目をやってからすぐに玄関へ向かい、壁に掲げた姿見でスーツの汚れをチェックしてから玄関を飛び出した。

代々木上原で小田急線から、東京メトロ千代田線に乗り換え、霞ヶ関駅で降りるまでの間ずっと、昨夜、黄《ファン》から手渡されたSDカードのファイルの中にあった言葉のことで頭が一杯だった。

〈嫌な予感がする〉

黄《ファン》は、いったい何を言いたかったのだろうか……。

霞ヶ関駅で人けのないホームに降り立ち、日比谷公園口の出入り口から地上に出て、目の前に聳《そび》える中央合同庁舎五号館の通用口から入って、地下を辿り、隣接する六号館に入るまでの間もまだ、綾はずっとそのことを考えていた。

十三階でエレベータを降りた綾は、行き交う職員たちと軽く朝の挨拶をしながら、表札のない大部屋の執務室へと足を向けた。

デスクにちょうど座った時、まるでそれを見ていたかのように、目の前の卓上電話が鳴った。

聞こえてきたのは、いつものぶっきらぼうなダミ声だった。

「今、緊急指定の報告書を送った。すぐに見られたい。以上」

近畿公安調査局調査第2部第4部門の沼田《ぬまた》上席調査官のその声に、綾はわだかまりを抱いた。

気になったのは、彼の声のトーンだった。緊張しているとか、言い淀んでいるとか、そういう雰囲気ではない。これまでの彼とのやりとりで一度も抱いたことがない違和感を覚えた。

もし、重大な情報の報告に関することならば、声の調子からそれなりの緊張感が伝わる。これまでの彼との付き合いで聞き分けられる自信もある。しかし、今朝の声の様子は、これまでのそれとはどこか違う。

沼田は、綾の身分と同じく、公安調査庁の一般採用の、いわゆるノンキャリアである。だが、十五歳ほど歳上だ。

本庁の分析官である綾と、〝現場〟の近畿公安調査局の上席調査官である沼田との関係は、上司と部下では、もちろんない。

また、命令者と受令者という立場でもない。沼田のような〝現場〟の調査官は、協力者を獲得し、そこから得る情報を本庁に伝える。本庁でそれを受けるのが綾のポストである分析官だ。

オペレーション（工作）並びに情報収集部門である〝現場〟と、分析部門である本庁とが組織的に分業していることは欧米の主要情報機関では基本だが、我が国で本格的に分業体制を採用しているのは、日本の国家情報コミュニティを構成する組織の中でも公安調査庁だけである。

一見、その分業体制は対等関係にあるように見える。

だが、本庁の方が圧倒的な優位に立っている。〝現場〟の情報に対する評価は、完全に本庁が握っているし、評価がつかなければ、情報活動に必要な資金が配布されないからだ。他方で、本庁の分析官も情報がなければ仕事にならない。従って、分析ペーパーを作るために、有力な情報源たる協力者を運営している〝現場〟の、つまり全国の公安調査局にいる調査官に、管理上の組織編成を飛び越えてピンポイントで情報収集を依頼することもある。

それこそが現在の沼田と綾の関係だった。

二人の密接な関係は三年間にわたって続けられている。それは、尖閣諸島へ出撃するであろう中国の公船、海軍艦船や漁船の動きに関する情報について、綾の指示のもと、沼田が運営する「シュヨウ・マルキョウ（急ぎの要請においても常に高いレベルの情報を提供してくれる頼りになる協力者）」を使って収集させ、国家情報コミュニティに通報するその一連の工作を継続しているからである。

〝現場〟の調査官は、他のエリアの公安調査局や本庁への異動も盛んに行われる。つまり調査官は本来、全国で業務をこなすのだ。しかも、協力者工作において優秀な実績を上げれば、本庁に吸い上げられ、綾のような分析官に抜擢されたり、工作推進参事官室という協力者工作の心臓部で働くこともある。

綾も三年前まで関東公安調査局の〝現場〟の調査官であった時代に、協力者獲得工作において相当な実績を積んできたことへの評価があったからこそ、今、本庁で分析官に就いている、という大きな自負があった。

しかし、沼田は違った。これまで十数人の有力な協力者を獲得してきたという実績のある沼田は、本庁への抜擢を何度も推挙されてきたにもかかわらず、それらをすべて拒み、近畿公安調査局という〝現場〟の仕事を求め続けていることを綾は知っていた。

同じエリアの公安調査局で仕事をしたいという希望は、望めば簡単に通る。だが必然的にその代償もある。出世ができないということである。

それでも沼田は、関西というドロドロとした人間関係が渦巻く世界で、〝職人〟として生きて行くことを好み、一生〝現場〟を選択したのだった。

つい今しがたまで黄《ファン》からのメッセージに思考が奪われていた綾だったが、さすがに沼田の〈緊急指定の報告書を送った〉という言葉には反応せざるを得なかった。

急いで振り返った綾は、大部屋の隅にあるデスク群へと視線を送った。全国の調査官から送られて来る報告書を一括して受信、管理する担当者たちが座るデスク群である。

立ち上がった綾は、そのデスク群へと急いで足を向けた。

「お疲れ様です。近畿（近畿公安調査局）の『2の4』（調査第2部第4部門）から私宛の急ぎの報告、届いてますね？」

綾はそう言って、報告書受理班の東山《ひがしやま》を見下ろした。

「確かに。たった今」

そう言って専用端末の受信リスト表から顔を上げた東山は、半身を後ろに傾け、専用プリンタから書類を印刷する間、受け取り簿冊《ぼさつ》を手にとって綾へ差し出した。

公安調査庁では、〝現場〟から本庁へ上げられる協力者からの情報は原則、報告書による電送によってのみ、と厳格に決められている。

緊急時や事務的な事柄に限って、有線電話か秘匿回線を使った電子メールが許されているが、携帯電話やスマートフォンによる会話は原則禁止されている。

綾に届いた報告書は、沼田からのものだけではなかった。全国の公安調査局から数十件もあった。

綾がそれらの受理書に急いで受け取りのサインをすると、東山は、印刷した書類と、簿冊の番号とを慎重に照合してから、簿冊を受け取り、代わりに印刷した書類を入れた幾つものファイルケースを綾に手渡した。

自分のデスクに戻った綾は、他のファイルは机の端に置き、沼田からの報告書だけをファイルからもどかしげに取り出した。

文書を一読した後、綾は息が止まった。

声に出さない努力をしなければならないほどの衝撃に襲われた。電話をかけてきた、沼田の声のトーンが異質だった理由が今、初めて分かった。
綾の目がくぎ付けになったのは、呂洞賓《ルユードオンサアイ》という、いつの時でもあらゆる依頼に応える最も頼りになる「主要協力者《シユヨウ・マルキヨウ》」からの情報であること、そしてその情報の内容に含まれている魚釣島《うおつり》という、尖閣諸島を構成する島の名称、そして、何よりその日付だった。

〈発：近畿2－4　沼田　上席調査官
宛：本庁2－4　芳野　分析官
秘密区分：極秘・限定
本日、協力者登録番号898、協力者登録名『呂洞賓』より以下の報告あり。
中国共産党中央最高幹部〈X〉から情報を得た、以下、伝える。
今週金曜日、六月十日午後五時、福建省の、馬尾港、宮口港と秀嶼《しゆうしよ》港より、膨大な数の海《かい》上民兵《じようみんぺい》を乗船させた約九十隻の漁船が一斉に出航予定。
目的は、今週日曜日、六月十二日午前四時に、魚釣島への一斉上陸を行うため。
それぞれの漁船には、北斗《ほくと》測位システムにリンクして人民解放軍と通信を確保された通信機が搭載され、合計数百名の海上民兵が乗船。海上民兵は、非公式に人民解放軍から貸与された小銃、重機関銃、迫撃砲、携帯式地対艦砲にて武装。国旗および簡易資機材、二週間分の衣類と食料を携帯。なお、当該漁船団の安全確保を任務とした、人民解放軍海軍東海艦隊隷下の東海福建保障基地所属の駆逐艦が同時刻に出航予定。本件情報について調査を継続する。以上〉

読み終えた綾は息が詰まった。

――今週の金曜日に一斉出航？　たった四日後じゃない！

綾は、優先順位に思考を巡らせた。黄《ファン》からの情報にあった、在日中国大使館の連絡部チームの異質な動きは確かに気にはなる。

しかし、もはや結論は綾の頭の中では決まっていた。緊急性と事態の重大性から、優先すべきは間違いなく、今、沼田から届いた情報であった。

沼田からの報告書を何度も読み返しながら綾は徐々に寒気を覚えた。

呂洞賓から昨日、報告されてきた情報は、中国海警局の巡視船や、一般の漁船が、尖閣諸島の領海に一時的に立ち入るか、近づくか、そういった〝挑発的〟な行動を起こすことを事前に知らせるものだった。

しかし、この情報は、そのレベルとは桁外れである。つまり、呂洞賓からの情報が意味するところは、国家的重大事態であった。

しかし、綾の思考は鮮明だった。非常事態に追い込まれるほどに、綾の頭は冷静となるそれだけの訓練を積んでいた。分析官とは何をすべきなのか、属している組織は何をすべきなのか、そこには揺るぎない真実がある。綾こそ、これまで、人生を削り取るがごときの過酷な工作と分析の業務を行ってきたのだ。

一番上の施錠されていない引き出しから紙を取り出し、優先的にやらなければならないことを幾つか書き出した。

呂洞賓からの情報の精度については、疑う必要がないことはわかっていた。

呂洞賓からの情報はいつも正確であることを、綾は自ら行った情報査定によって確認していたからである。

だが、分析官としてのルールは常に果たさなければならないということを綾は忘れるはずもなかった。別の協力者から裏取りをすることである。

検証の相手として綾の脳裡に真っ先に浮かんだのは、綾自身が位置付けている、一人の主要協力者《シユヨウマルキヨウ》とその運営担当官の名前だった。

綾にとって、その主要協力者《シユヨウマルキヨウ》は実に頼もしい存在だった。緊急に情報が必要な時、いつも重要な情報をくれる極めて頼りになる存在であることから、分析官である綾自身が、主要協力者《シュヨウマルキョウ》と認定し工作推進参事官室の許可を得ていた。

綾は、関東公安調査局の、ある外線番号を卓上電話に打ち込んだ。

「はい」

抑揚のない言葉が聞こえた。

「本庁、『2の4』（調査第2部第4部門）の芳野です」

電話に対応した係員に自分の名を口にした綾は、呼び出す相手の名前を告げた。

「お待ちください」

係員がそう応えた後、待ち受けのメロディが流れた。綾が想像したのは、秘匿電話専用の個室ブースの担当者が、里見《さとみ》上席調査官を呼びつける姿であり、その里見が透明な個室ブースに入って鍵を閉め、受話器を握る姿だった。

男の声が聞こえた。

「里見です」

「芳野です。先日の工作では大変無理を言って失礼しました」

「無理？　あれ、脅迫だろ？」

苦笑混じりの里見の声が聞こえた。

よく言うわ、と綾は思った。昔は、〝現場〟の調査官と本庁の分析官とは、かなりやり合うこともあり、ケンカになった場面を綾は何度も見かけた。しかし今では、時代も変わり、本庁の分析官は常に、穏やかに〝現場〟の調査官と向き合い、かける言葉も丁寧だ。綾にしてもそれは同じで、〝現場〟の調査官にできるだけ言葉を尽くして対応するように心がけていた。

「今回、緊急のお願いがあります。よって、規則には反しますが、電話にて業務の依頼を行います」

「わかったよ。なんだ？」

冷静な口調で里見が言った。

「あなたが運営する主要協力者《シュヨウマルキヨウ》、藍采和《ラアンツアイフウーワ》に対し、中国の中枢部分で、対日国家戦略に特異的な変化があるか、あればその詳細について、照会をして頂きたいんです。これは、現下の国家的緊急事態に対処するものです」

綾は、最後の言葉を、スピードを変えて口にした。そうして印象付けることで、自分がどれだけの任務が与えられたかを意識させるためだ。

藍采和について、綾が里見から聞かされていたのは、中国共産党支配を支えているオールチャイナ的な組織、中国人民政治協商会議の常務委員の一人である〈Y〉から直接、中国共産党中央の情報が取れる人物、ということだけで、本当の氏名はもちろん、性別や年齢さえ聞かされていない。

しかし綾は、呂洞賓と同様に、時間をかけて情報査定を行い、藍采和の正体について結論を導き出していた。それは、中国外交部の現職局長で、かつて福岡総領事をしていた人物だった。

綾が行った情報査定の結果では、その福岡総領事時代に、里見もまた福岡市内に本局を構える九州公安調査局の上席調査官だったことから、そこで協力者として獲得、登録したのだろうと綾は踏んでいた。そして、〈Y〉についても、綾による情報査定から、中国人民政治協商会議の常務委員の一人の名前を特定していた。

里見が藍采和を使ってどうやってそのような大物から情報を取っているのかは、呂洞賓と沼田においての関係と同様、綾は知らないし、知ってはならない。

しかし、報告書の事前と事後の情報査定の結果、その情報ルートが極めて信頼性が高く、情報の中身も高度で貴重なものだと綾が確認していることこそが重要だった。

綾から里見への依頼はそれだけではなかった。

「それともうひとつ。あなたが身分設定で利用している新聞社の記者に、内閣事態室の事態対処調整第3班に何か大きな動きがないか探らせてください」

「ちょっと待てよ、彼はマスコミだし、そこまでは」

「第27条！」

そう語気強く言って里見の言葉を遮った綾はさらに続けた。

「〝何もできない〟と捉えるか、〝何かができる〟と捉えるかで」

「わかったよ」

里見は呆れたように言った。

綾は、公安研修所での一年目研修で、教官から徹底的に叩き込まれた言葉を思い出した。

〈破壊活動防止法＝ハボウホウ第27条の、『必要な調査をすることができる』、この一文が、人間の創造力によって、公安調査官に無限の可能性を与える。法律上の限界は、概念上は確かに存在する。しかし与えられた権限に対して、〝何もできない〟と捉えるか、〝何かができる〟と捉えるかで、調査官としての資質が問われると言っていい〉

電話を終えた綾は、一番下の、五段式文字盤鍵でロックされた引き出しからスタンドアローンにしているもう一台のパソコンを机の上に置いてさっそく起動させた。

パソコン上のファイルのひとつに、綾が里見と組んで藍采和の協力のもとに行った、幾つかの「工作」が書き込まれていた。記録されている、その最たるものは、中国の「五毒」を使って、シュヨウマルキョウとしてのトップ級の情報活動をしてくれた活動実績だった、と綾は思い出した。

「五毒」とは、古代中国の官制を記した『周礼《しゅらい》』の中に記載がある言葉で、中国の文献に登場する最も古い毒を指す。具体的に言えば、サソリ、ムカデ、ヘビ、ヒキガエル、ヤモリの五つの毒だ。

この「五毒」は、中国共産党指導部のアキレス腱である、台湾、民主化運動、チベット、新疆《しんきょう》ウイグル自治区、北朝鮮による核兵器開発の各問題を指す言葉として、中国を巡るインテリジェンスの世界ではよく使われるフレーズだ。

つまり、中国共産党指導部が最も嫌がるこれら「五毒」を使って、中国共産党指導部を揺さぶってはどうか、と提案したのが藍采和だった。

綾と里見による二年間の準備の末、その工作を国家安全保障局に提案して承認を受け、官房長官から外務省へ指示された上で計画が実行された。

中国外交部の報道官や人民日報などが激しく批判を浴びせる中、世界ウイグル会議代表大会を東京で開催し、同大会議長のラビア・カーディルはじめウイグル人幹部を来日させた。中国の近隣のアジアでは初めての開催だった。中国の少数民族問題や弾圧ぶりを訴えるには格好の場となった。ラビア・カーディルの来日は初めてではなかったものの、案の定、中国の批判は執拗だった。ラビア・カーディルが、滞在中、靖国神社を参拝したことも中国政府は常軌を逸した行動だと激しく反発した。

その直前まで、日中関係は悪化し、中国共産党指導部は、日本を悪者とする情報戦を仕掛けるほか、レアアースの対日輸出規制を行うなど強硬姿勢を貫いていた。

その中国の戦略を放棄させるためには、日本外務省が行う、いわば表《オモテ》の外交交渉ではしょせん限界があって、ゆえに、〝わが社〟が仕掛けたこの工作は、そのための逆情報戦であった。揺さぶりをかけて、怒らせ、平常心を失わせる、それが国際的にどれほどのイメージダウンとなるのか、次第に中国指導部は気づき始めた。

そして、強硬姿勢を改める戦略へ変化させることに成功。強硬策だけでは自らの国益も失うことを中国にわからせたのだった。この工作の時々で、助言と支援をしてくれたのが藍采和だった。

綾は、藍采和に強い興味を持った。それほどまでに協力する藍采和への対価は何か。しかし、それを分析官が質問することは、〝わが社〟では厳禁されていたし、たとえ聞いたとしても、里見が言うはずもないこともまたわかっていた。

綾は、秘匿回線と繋がったパソコンで、北海道、東北、中部、そして四国の公安調査局に属する、〝現場〟の四人の調査官に電子メールを発信し、里見に依頼したのと同じ内容をそこに記載した。

その四人とはいずれも、中国関係の主要協力者を運営する調査官たちだった。

すべての〝種まき〟を終えた綾は、その次にすることを頭に浮かべた。本来なら、〝現場〟からの情報によって裏取りを行い、また深掘りをした上で分析官としての結論を出し上司に報告すべきところだが、今回は違う、と綾は判断していた。〝一斉出航まであと四日〟という時間との勝負があったからだった。

綾は背後を振り向いた。綾の視線がいったのは、壁に設置されている、幹部たちの在庁状況を示すプレートだった。綾は目を疑った。早朝にもかかわらず、次長、調査第2部長のプレートがいずれも点灯している。

そして綾の目が釘付けとなったのは、点灯している総務部長と書かれたプレートだった。総務部長がこんなに早く登庁しているのは、重要な国会対策か全庁的に対応すべき事案が発生した可能性を示している。

綾の脳裡に、昨夜の光景が浮かんだ。輪島課長と高村上席専門職が囁きあっていたあの光景。

しかし、今、綾が正面に見据えているものこそ、国家緊急事態であった。

卓上電話の受話器を手にした綾は、大きく息を吐き出して、これからかけなければならない相手の顔を苦々しく思い出した。

あの男には、まさにあの言葉が似合うわ、と綾はあらためて思った。昭和の時代のＣＭに出ていそうな〝昔気質《かたぎ》の頑固者〟。調査第2部第4部門のナンバー2《ツー》である飯田《いいだ》総括《そうかつ》には、まさにその言葉がぴったりだった。

綾の直属の上司としては、今はまだ登庁していないが、綾のデスクのすぐ近くの席に班長がいる。通常の仕事ならば、綾は、直属の上司であるその班長を相手にして業務を行っている。

しかし、呂洞賓の情報についての対応は、極めて慎重なる情報保全が必要とされ、班長を飛び越えて、課のナンバー2である飯田へ直接、報告することが厳命されていた。

飯田のデスクにかけた電話は呼び出し音だけが続いた。受話器を戻した綾は急いで大部屋の片隅にあるパーテーションへ足を向けた。しかし飯田の姿はなかった。

ただ、バッグが椅子の上に置かれている。しばらく待とうかと思ったが、脳裡には、呂洞賓からの情報にあった、〈今週の金曜日に出航〉というフレーズが何度も浮かんだ。

自分のデスクに戻った綾は、別の内線番号に急いでかけなおした。

一度の呼び出し音で繋がった。

「至急報告があります。極めて緊急度の高いものです」

一瞬の間を置いてから、課長の輪島の声が聞こえた。

「では、今すぐ、こちらへ」

綾が、輪島にわだかまりを覚えたのは、何かを押し込めるような声の調子だった。それこそ、朝の電話の主と同じものだったことに綾は気づいた。

報告書が入ったボックスを手にした綾が大部屋から通路に出て、エレベータホール方向の二つ先のドアの課長室に足を向けた時のことだった。目の前に現れたその光景に、昨夜と同じ違和感をもった。

工作推進参事官室の高村上席専門職が、課長室から出てきた。高村のその表情は昨夜よりさらに強ばって見え、しかも急ぎ足だった。

工作推進参事官室という公安調査庁の心臓部で一目置かれている高村のその姿は、入庁十年以上経った綾にしても、思わず緊張してしまう存在だった。

全国の調査局にいる〝現場〟の調査官たちが行う、協力者を獲得するまでの過程のすべてを統括し、かつ徹底的に協力者の運営を支援し、また追尾、張り込みや囲い込みなどの「実《ジッ》働《ドウ》」と呼ぶ活動への支援などを行う工作推進参事官室そのものも、そこに配置された高村をはじめとするベテラン調査官ともども、綾にとっては、怖ろしいもの、と表現するに相応しい存在だった。

調査官たちの仕事は厳格に分離されているが、そのすべてを把握し、秘密の工作を行う工作推進参事官室は、得体の知れない妖怪のように綾には思えたからだ。

エレベータホールへと急ぐ高村上席専門職の背中を見送ってから、課長室のドアをノックすると、中からくぐもった声の反応があった。

ドアを閉めて振り返った綾は、皇居を見下ろす窓に面した会議机の前に座る二人の男を怪《け》訝《げん》な表情で見つめた。

目の前に座るよう目配せした輪島の横に、飯田総括が座っていたからだ。この二人が揃って自分と相対することは今まで一度もなかった。

輪島は、綾と同じ調査官生え抜きのノンキャリア、歳は五十代半ばを過ぎた頃で、来年には、関東圏の公安調査事務所の所長を務めた後、退官するというのが、これまでの公安調査庁の〝流れ〟であった。

綾にとっての輪島は、ひと言で言うと、〝事なかれ主義の権化〟である。トラブルになりそうな案件を安易に、公安調査庁生え抜きのキャリアである調査第2部長へ投げてしまうことが多いからだ。

しかし、綾の思考は、輪島に対する評価という無駄な時間に入り込む余裕はなかった。黄《ファン》からの情報にしても、すっかり頭から消え失せていた。

「深刻な事態です」

輪島と飯田に相対する椅子に腰を下ろした綾は、そう言ってボックスから報告書を取り出し輪島に手渡した。

輪島は、報告書を飯田にも向けて眉間に皺《しわ》を寄せた。

「九十隻……一斉上陸？」

報告書から顔を上げた輪島がそう言って、報告書を飯田へ手渡した。飯田は、顎をしきりにさすりながら報告書にくらいついた。

「国家安全保障上、緊急かつ重大事態です」

冷静な口調でそう言った綾は、輪島と飯田が驚愕して官邸への説明資料を急いで作成せよと指示することを予測し、その資料をすでに作って机の上に置いていた。

報告書から顔を上げた輪島と飯田は、意外な反応を示した。慌てて調査第2部長に電話をかける輪島の姿や、感情表現に制限のない飯田なら、声を上げて驚くだろうと想像していたからだ。

綾は二人の顔を見比べながら言った。

「尖閣諸島へ中国の海上民兵たちが上陸する、つまり実効支配する、その重大さを無視されているかのような反応ですね？」

「そういうわけではない」

輪島の歯切れの悪さに綾は苛立った。

「尖閣諸島の島々を中国が実効支配することは、日本の領土が奪われるという問題だけでは済みません。中国が尖閣諸島を奪う真の目的は、海底油田を含む周辺海域の海洋資源、そのために――」

「そんなことはわかっている！」

輪島が遮って声を上げた。

しかし綾は構わず、輪島の額の中央にある大きな黒いホクロを見つめながら続けた。

「もし中国によって実効支配がなされ、その部隊が警察力を上回る武器を保有しているなどの状況があれば、官邸は、実力部隊を投入する決断を行うでしょう。そうなれば日中の軍事衝突が現実化します。いち早く、これまで通りに国家情報コミュニティ事務局であるセンター（内閣情報集約センター）へ通報し、海上保安庁や自衛隊を事前展開させてプレゼンスを示し、中国側のオペレーションとその意欲を抑止するべきです」

「検討する」

輪島はそれだけ言うと綾を無視して執務机へと足を向けた。

「検討？　検討ってなんです？　上陸作戦が開始されるかもしれないんですよ！」

綾は慌てて輪島を追った。

「いち早くしなくてはならない幾つかのことがあります。まず、裏取りのその一として、内閣衛星情報センターに対して、リソース（衛星画像の分析結果）を求めるためコーディネーション・フロー（リソースの提供システム）にアクセスする申請許可をください」

綾は、用意してきたリソース申請書を輪島課長の前に置いた。

「ちょっと待て」

椅子に座りながら輪島が続けた。

「沼田を通じた呂洞賓からの情報は、『B《ビー》－2《ツー》』（協力者運営担当官が検証していない協力者からだけの情報）だ。まず他の協力者からの裏取りをしてからだ」

そう言って輪島がリソース申請用紙を押し返した。

綾は呆れて物が言えなかった。驚くべき輪島の反応だったからだ。

「B－2だからダメだと？　今更そんなことを仰《おつしや》るんですか！」

苦笑しながら綾は思わず立ち上がった。

「協力者側からの情報のみで、運営担当官が同時に確認していない情報レベル、つまりB－2なんて、私のところに集まってくるほぼ九割はそうです。だから、私たち分析官は、苦悩してもがきながら、検証作業を必死に行うんです。今更、分かりきったことを仰らないでください！」

輪島は、顔を歪《ゆが》めて黙り込んだ。

しかし綾は我慢ならなかった。

「呂洞賓のこれまでの情報はいずれもB－2。それでいて国家情報コミュニティにいかに寄与してきたか。それなのに、どうしたっていうんです？」

綾は、輪島と飯田の顔を見比べながら、ふと微かなわだかまりが体の奥から立ち上がるのを感じた。

何かがいつもと違う。

輪島が、B－2を前にして分析官が常に苦悩していることを知らないはずもないからだ。

「なら、九州公安調査局の、あの伝説《レジェンド》の専門官はどうなんです？　そのレジェンドは、とびきりの情報を報告するので、年に数回しか〝出社〟しない。それが許されているのは、B－2の賜物なんじゃないですか！」

「九州のレジェンド？　年に数回しか〝出社〟しない？　ふん、そんなやつ、いるもんか。与太話だ」

飯田がさらに続けた。

「それより、抑止しろ、と簡単に言うがね、政府としてどれだけの規模の動きとなるのか分かっているのか？　そもそも一本の情報だけではセンターには通報できない」

綾は愕然とした表情で二人を見つめた。

「これまで呂洞賓の情報、課長が仰る、そのB－2の情報一本で、どれだけセンターに通報したか、まさか、お忘れですか？」

そう言いながら綾は、いよいよおかしい、と警戒した。

「それに」

綾は、言葉を止めた。だがその時、彷徨った飯田の目が、輪島へ向けられたことに綾は気づいた。それに対して輪島も、飯田に向かって小さく頷いた。

二人の態度はまったく妙だ。しかも、飯田らしくもないのは、普段の飯田は曖昧な態度をとったり、中途半端な言葉を発することを常に拒否する、その彼にして、不可思議な雰囲気だった。

飯田の口から発せられるのは、意志の強さを窺わせる力強い言葉であり、常に感情を隠さない。分析官が曖昧な言い方で口頭報告を行ったり、気弱な雰囲気をみせただけで、普段なら怒鳴りあげるのだが、今日の飯田は明らかにいつもの彼ではなかった。

「なにか問題が発生しているんですね？」

綾はそう確信して尋ねた。

だが飯田はそれには応えず、

「課長、では、さきほどの件は早急に」

と輪島に向かってそう言っただけで、綾を無視してそそくさと課長室から出て行った。

綾はその後ろ姿に吐き捨てたかった。

――なんだっていうの！

振り返ると、執務机の前に座った輪島もまた、書類の束を急いでバッグの中に入れている。

輪島が言った。

「君が、これからやるべきことは、他の主要協力者《シユヨウマルキヨウ》から裏取りをする、そのことだけだ」

輪島はドアへ向かいながらそう言った。

「それはすでに指示済みです。また、沼田さんに対しても、呂洞賓からの情報の〝深掘り〟を指示するつもりです」

綾が強い調子で言った。

ドアノブを握った輪島が振り返った。

「呂洞賓は外せ」

綾は、輪島の言葉がすぐには理解できなかった。

「外す？」

「呂洞賓に対する情報要求はしばらく行わない」

輪島が押し殺すような声で続けた。

「協力者、もしくは運営担当官に問題が発生したんですね？」

綾は詰め寄った。

「君にそれを尋ねる資格はない」

「分析官として知るべきことがあります。沼田さんとの呂洞賓を使った三年がかりの工作をどぶに捨てろ、本気でそう仰っているのかどうか、そのことです」

「話は終わった」

輪島は自らドアを開けて、部屋から出るよう綾に向かって顎をしゃくった。

「納得できません」

綾は引き下がる気はなかった。

「協力者の運営と分析部門を厳格に切り離す、そのわが社のルールは絶対に変えない」

輪島もまた引かなかった。

「子供だましのような言い方はしないでください！」

苛立った綾はさらに続けた。

「協力者の情報についての取り扱いは、情報分析官は聞くことさえ許されない——そんなことくらい、公安研修所での、一年目、三年目の研修での座学や、本格的な五年目研修の徹底的な教育で、悪夢にうなされるほど身体の細胞の襞《ひだ》にまで叩き込まれています」

慌てて通路の左右へ目をやってから輪島はドアを閉めた。

だが綾は構わず続けた。

「これまで呂洞賽がもたらしてきた、つまり中国の複数の港から尖閣諸島への出港情報が何度も国家情報コミュニティに通報され、海上保安庁と自衛隊にアラートされて即座に部隊運用が発動し、中国船舶の尖閣諸島への接近に対し、どれだけの抑止力を発揮してきたのか、お忘れですか！」

綾は、感情的になっている自分を許し、さらに続けた。

「だからこそ、呂洞賽は、困った時にはいつも助けてくれる主要協力者《シュヨウ・マルキヨウ》のレベルが与えられているのです！　その活動実績をどう考えておられるんです！」

最後は声が大きくなったことにも綾は後悔しなかった。

綾は輪島に近づいて言い放った。

「呂洞賽の運営の継続は不可欠です！」

「君は、分析官だろ？　なのに君は〝現場〟からの情報を単に垂れ流しているに過ぎない。分析ペーパーを作れ！」

輪島は綾を見据えてなおも言った。

「分析官としての業務を行い、つまり情報の裏取りを行い、もしその通りであれば、その段階で、センターに通報する。話はそれだけだ」

しかし綾は反論した。

「すでに全国に裏取りの手配を行っています。しかし、この情報が意味するところは時間との勝負です。ですから、緊急に報告にうかがったのです」

話が進まないことに怒りが爆発しそうだった。いったい何がそうさせているのか、綾はそれを想像してみたが頭に浮かぶものは何もなかった。

「コトがコトだけに、今回に限っては、センターではなく、総理か官房長官に直接、ご報告する必要があります」

綾は語気強く言った。

「それは君の仕事じゃない」

輪島課長が綾の言葉を遮って言い放った。

「では、これだけは必ずお願い致します」

綾は、押し返された本庁画像分析室への内閣衛星情報センター業務運用管理課に対する、コーディネーション・フローへのアクセス申請書を輪島課長の元に押し戻した。

綾が欲しかったのは、センターの優秀な判読員たちの手によって解析されるであろう、呂洞賓が指摘した複数の港のエクストラクション（変化抽出）だった。

〝一斉出航〟の情報の裏取りは、〝港の変化〟によって実行されることに綾は着目したのだった。

「それも、裏取りをしてからの話だ」

「しかし時間がないんです！」

綾は引かなかった。

「センターに、各省庁からのコーディネーション・フローへのアクセス申請許可が一日でいったいどれほどあるのか知っているだろ？　何の裏取りもなくオーダーすれば、指定省庁からのコーディネーション・フローの〝海〟の中で溺れ、プライオリティが低くなり、いつになるか結果的にわからなくなる」

これですべての努力を終えた、と腹を決めた綾は、ずっと気になっている質問を投げかけた。

「幹部の方々が朝早くからいらっしゃってます。それも総務部長まで。全庁的な取り組みが必要である問題が発生しているんですね」

「『回顧と展望《カイテン》』（公安調査庁が年に一度、内外のテロリズム情勢を分析した白書的な資料）を発表するにあたり、内議《ないぎ》（関係省庁にその内容の事前合意を求める会議）用の資料作りがあるからだ。次長と総務部長にも見てもらわないといけない――」

その言葉に、綾は微かなわだかまりを抱いた。「回顧と展望」の編集に一度、参加したことがあるが、輪島課長が言うような作業としては、日程がかなり早すぎるような気がしたからだ。

「課長は昨夜もいらっしゃいましたね？」

輪島課長は、再びドアに歩み寄って勢いよく開け、大きな身振りで言った。

「君には知る権限がない」

自分のデスクに戻った綾は、しばらくは激しい怒りにまみれていたが、すぐに思い直し、いつものように、物理学の法則の一つである、エネルギー保存則どおり、怒りを抑えこむのではなく、そのエネルギーを別のエネルギーに変換した。早い話、やらなければならないことに没頭するのである。

綾は、腕時計を見つめた。帰宅は夜中になるな、と思った綾は、ここからが忙しくなる、と大きく息を吸い込んだ。

綾が没頭したのは、全国公安調査局の対中国情報収集の〝現場〟の調査官宛に、一斉メールを送ることだった。〝現場〟の調査官それぞれが運営する協力者と接触、もしくは連絡を急ぎ取り、〈中国の港〉というキーワードに関連するものならそのすべての情報を収集し、報告されたし、とのメールだった。つまり、綾の表現するところの、〝種まき〟を行ったのである。

そうしてから、自分で紙に書いた最後の優先事項を見つめた綾は、秘話機能付きの卓上電話を握った。

「今、話せますか？」

綾は名乗ることもせずに訊いた。

「どうぞ」

沼田が素早く答えた。いつも沼田は緊張感を忘れない。綾は、そのプロフェッショナルぶりが好きだった。

「お会いしたいんです」

一時の無言の後、沼田が言った。

「なら、明後日――」

「いえ、明日すぐに」

綾が間髪を容《い》れずに言った。

「明日？」

沼田の怪訝な表情を綾は想像した。

「明日朝、私が名古屋まで行きます」

続けて会合場所を口にした綾は、強引過ぎるかと思ったが、脳裡には〝今週の金曜日の午後五時、一斉出航〟という言葉が浮かび上がった。

「わかった」

沼田が滑舌良く応えた。

「一番早くなら何時が可能ですか？」

と綾が穏やかに訊いた。

「十時に」

「では、その時間に」

通話を切りかけた綾に、沼田が急ぐような口調で訊いてきた。

「知っているのか？」

沼田の声のトーンが変わった、と綾は思った。ただ早朝のそれとは違う。綾は緊迫感を覚えた。

「何をです？」

「いや、いい」

通話は沼田の方から一方的に切られた。

6月7日　火曜　午前9時54分　JR名古屋駅

綾は、ひとまとめにした髪の毛をシニョンでシングルテールにすると、慌てて玄関へ向かい、壁に掲げた姿見で、スーツの汚れをチェックしてから玄関を飛び出した。

最寄りの駅である梅ヶ丘駅から電車に飛び乗った綾は、その約二時間半後、約束した時間の六分前に、のぞみ305号で名古屋駅の新幹線ホームに降り立った。

昨夜は報告書を読み耽《ふけ》って、帰宅したのは結局、今朝の午前四時で、二時間の睡眠をとっただけだったが、交感神経が高まったままであるからか不思議に眠気はなかった。

職員用の仮眠ベッドでそのまま寝てしまおうかと思ったが、シャワーも浴びず新幹線に乗ることほど不快なことはない、と経験上よく知っていた。そんな不快な状態で、〝分析屋〟と〝現場〟とが真剣勝負をすることは避けたかった。

名古屋駅ビルの地下街を一周し、尾行者のチェックをしてから地上に出た綾は、新幹線の改札口から南へ歩いて数分の位置にある八階建ての雑居ビルへ足を向けた。

もちろん出張の手続は取っていない。それを行うには、飯田の決裁が必要である。

もし決裁を求めればどんな言葉が返ってくるかは容易に想像できた。だから当然、新幹線代と、これから沼田との接触で使う会議室代も自腹を覚悟した。

雑居ビルの八階にある貸し会議室の受付で、妹の名前を使ってチェックインを済ませ、六名用会議室に入り、まず南向きの窓を開いた。遠く見える庄内川をちらっと眺めた綾は、一度大きく息を吸いこんでから、すぐに窓を閉じた。

バッグから掌サイズのＵＨＦ・ＦＭレシーバーを取り出して短いアンテナを立てた。盗聴電波でよく使われる周波数に合わせた綾は、一青窈《ひととよう》の「ハナミズキ」を声に出して歌いながら狭い部屋と洗面スペースを歩き回った。レシーバーのスピーカーから自分の歌声が聞こえてこないことを確認した綾は、パンツのベルト穴にクリップで括り付けているスマートフォンを握り、並びを逆にした部屋番号の数字をショートメールで沼田に送った。

部屋にあった無料サービスのインスタントコーヒーを作った綾は、そのカップを両手で挟み、ゆっくりと啜《すす》りながら瞼を閉じて項垂《うなだ》れ、新幹線のデッキからかけた電話の会話を思い出した。

電話の相手は、検察官ポストである本庁の嵐山《あらしやま》総務部長の秘書で、綾より入庁が十年後輩の双葉《ふたば》茜《あかね》音調査官だった。

彼女は、いわゆる〝わが社〟の内部事情を知るために、いつもどんな時でも頼みを聞いてくれる、綾にとっての主要協力者《シユヨウマルキヨウ》であった。また、彼女にとっても、綾は、常に相談相手だった。

来年、現場の調査官として活動する予定の茜音は、男性の協力者との〝距離〟に不安を抱いていた。先週も、一緒に夕食をとった時、茜音は深刻な表情で尋ねてきた。

「もし、男性協力者から、情報のことで話があるからホテルの部屋にきてくれと言われて、私が、他の場所での接触を希望したのに対し、その協力者が、自分のことが信頼できないのか、と激怒した時、どのような対応を？」

綾は、キッパリと答えた。

「断ることに何の躊躇《ちゆうちよ》もいらないわ。信頼を得る方法はそういうことだけじゃないはずよ」

実際、綾自身、そういった経験を何度も積んできたのだった。

茜音によれば、本庁の最高幹部たちが、昨日から突然、頻繁に会議を開き、秘書さえも関与させない光景が断続的に続いている、と言う。自分はその内容を知らないが、大きな違和感を抱いたとも口にした。

綾の心は大きくざわめいた。

いつもと違うこと――それこそが、分析官としての心をざわめかせた。

さらに茜音の話の中で綾が注目したのは、その会議に、工作推進参事官室からも数人が参

加していると いう部分だった。もはや協力者に何らかの〝事故〟があったことは間違いない、と綾は思った。

綾は、茜音からの話に、輪島と飯田の言動とを組み合わせて推理を働かせた。結論を言えば、呂洞賓《ルユードオンサアイ》に何らかの〝事故〟があったのだ。

その〝事故〟とは、日本の情報機関に協力していることが曝露されて拘束された事態であり、その光景を綾は脳裡で想像した。

もしそうだとすれば、日本に対する影響はどうなるのだろうか、という思いで頭は一杯となった。

ドアチャイムが鳴ったとき、綾は思わず驚いて飛び跳ねて、コーヒーをこぼしそうになった。

ドアロックとドアチェーンを外した綾を押しのけるように入ってきた沼田はそのまま挨拶もせず、無言のまま、会議机の一番奥に腰を落として、鷹揚に脚を組んでみせた。

斜め右の椅子から相対した綾は、沼田の顔をひと目見ただけで、大きなストレスを抱えている、と思った。

顔色が悪いだけでなく生気がなく、肌の色もくすんでいる。頬の毛穴が大きく見えた。髭剃りも何か別のことに気をとられて集中力が足りなかったように剃り残しが目立つ。

一年前に会議で同席した時は髪の毛は白髪も少なくふさふさしていて、四十歳代に見えたが、今、目の前にいる男は、五十過ぎという本来の年齢よりもさらに上に見えた。

綾にとって関心があるのは、なぜストレスを抱えているのか、その原因についてだった。

協力者を運営する〝現場〟と、情報収集について差配を行う本庁の分析官とは、実はこうやってフェイストゥフェイスで会うことは少ない。ほとんどはメールか電話である。

ここに来たことに意味があった、と綾は確信した。

沼田の以前とは違う様子から、何か重大なことに直面し、それが輪島課長たちの異様な雰囲気と繋がっている、と直感した。

綾は、じっと沼田を見つめた。本庁には絶対にいないタイプ——。あらためてそう思った。

そして、一年に一度か二度、こうやって相対する時は、いわゆるコテコテの大阪弁なのに、電話ではなぜか標準語を話すことも思い出した。

調査官という職種は、本来、全国で業務を行う。だから人事異動は頻繁であり、強い方言もその度に薄まってゆく。しかし、全国への異動を拒んできた沼田は、関西弁が抜けるはずもなかった。

「で、いったいなんやねん？」

真っ先に沼田がそう聞いた。

綾は、一瞬、たじろいで、椅子の端を思わず握った。まともにその大阪弁を聞いたのが約一年ぶりであることから、さすがにその方言の勢いに、椅子から転げ落ちそうになったからだ。

「呂洞賓に何があったんです？」

綾は挨拶抜きで切り出した。

「どこまで知っとる？」

沼田が上目遣いに充血した目を向けた。

「昨日、頂いた報告書を輪島課長と飯田総括に報告した時、ある指示を受けました。呂洞賓については今後、情報の取り扱いはしない、そして、しばらく使うな、それだけです」

「〝本店（公安調査庁本庁）〟のヤツらは、どいつもこいつもアホばっかしや！」

沼田はそう声を荒らげた後、あらためて綾を見据えた。

「その前に、言っとくけどな、今の質問には答えられへんし、あんたも聞く権限があらへん――。今更言わすな、アホ、ボケ！」

綾は思わず苦笑せずにはおれなかった。大阪弁はいいとして、話の語尾に、アホ、ボケという言葉をつける沼田の癖に、綾はなかなか慣れなかった。

「呂洞賓からの昨日の情報は重大事態です。呂洞賓にはさらに情報を深掘りさせる必要があります。言っておきますが、わが社のルールは知っています。しかし、その情報を検証、分析するためには、何が起きているのか、その説明を受けなければ、国家安全上、取り返しのつかないことになる、そう判断し、私が今、ここにいます」

「自腹でな」

沼田が鼻で笑った。

「緊急性がありました。しかし他の協力者《マルキョウ》（すでに獲得、登録し、運営中の標準レベルの協力者）への裏取りでも検証できませんでした」

綾は真顔でそう頷いた。

「マルキョウ？」沼田が鼻で笑った。「せやないやろ。どうせ、マルキョウにもなれへんレベルの、ホンタイ（獲得工作作業中で獲得レベルがマルキョウに近づいている対象者）、タイショウ（ホンタイにまだ至っていない獲得工作の対象者）、ヨビタイ（タイショウよりも下位レベルの対象者）、そんなダボハゼに糸を垂れているような奴らと、オレを一緒にすんのか？」

「誰であろうと、あらゆる可能性を考慮すべきであり、それをするのが私の仕事です」

沼田は呆れたような顔をして天井へ目をやった。

綾は自分に言い聞かせた。絶対に沼田を逃さない——。

「いったい何があったんです？」

一瞬の間を置いてから沼田が口を開いた。

「上海虹橋《シャンハイホンチャオ》国際空港で、サトウが拘束された」

「拘束？」

綾にとって想像もしていない言葉だった。

「いつのことです？」

綾は思わず身を乗り出した。

輪島と飯田や、工作推進参事官室の高村の一昨日の様子がすぐに脳裡に蘇った。

課長室で妙な視線を交わしあっていた輪島と飯田――。

また、後輩の茜音の言葉によって想像した光景も思い出された。

サトウのことを綾はもちろん知らないはずはなかった。

呂洞賓のラインでの沼田と綾との工作に組み込んでいる協力者であるからだ。

ただ、サトウというのは登録名であって、本名は、運営担当官である沼田しか知らない。

綾が知らされているのは、年齢が五十歳代の男で、家庭があり、子供は確か、二人。上の娘は、大学に入ったばかりだ、ということ。

また、サトウは、父親が中国人で、母親が日本人であること。兵庫県に在住し、大阪府内で人材派遣関係の会社を経営している、沼田が運営するマルキョウである。

通訳の人材獲得のため中国へ頻繁に出かけていたところ、法務省出入国管理局ルートから
そのデータに接した沼田が、約一年間をかけて協力者として獲得し、登録したマルキョウだ。

そして、綾と沼田との工作においても、非常に役に立った男だった。

だが、今の綾にとって重要なことは、サトウが拘束されたという事実ではなかった。

そのサトウに綾たちからの指示を仲介し、中国国内での活動を支援していた者こそ呂洞賓
である、そのことだった。

「一昨日の日曜日――」

沼田が静かに言った。

「拘束した機関は？」

「恐らく、国家安全部の上海支局――」

「私たちの仕事と関係が？」

綾は勢い込んで訊いた。まずそのことの確認が重要だった。

「わからん。ただ、刑事的な手続が始まっていることだけは、別のチャンネルから確認した」

真剣な表情のまま綾が急いで訊いた。

「なら呂洞賓は？」

「無事や」

沼田が言った。

「〈X〉は？」

綾が畳みかけた。

「同じ」

「なぜ、サトウは拘束されたと？」

振り返った沼田は、充血した目を見開き、両手で口を覆いながら頭を振った。

綾は質問を変えた。

「拘束の状況は？」

「サトウにしても、現行犯ではなく、空港での拘束。組織的な監視があってこその作戦やな、あれは──」

綾は頭の中で、サトウの活動記録を思い出した。沼田を通じて彼に頼んでいたのは、中国の揚《ヤン》国家主席の周辺にいる人物に上海で接触し、彼の最近の発言を入手することだった。

沼田の言葉で引っかかったことを綾は聞いた。

「今、サトウに**も**と言いましたよね？」

だが沼田は直接その質問には答えなかった。

「とにかく、それでも、呂洞賓の信頼度を疑う状況とはちゃう！」

沼田が語気強く言った。

綾は、沼田のその言葉に、強いわだかまりを持った。

「何かあったんですね、他にも」

綾は静かにそう訊いた。

沼田が黙り込んだ。

「他にも拘束者が発生したんですね？　そしてそれらはすべて〝わが社〟の協力者、そうなんですね？」

綾が急いで畳みかけた。

沼田の鼻を鳴らす音が聞こえた。

「あんたの頭の回転の速さには、いつもながら、ほんま驚かされるわ」

「何人が？　いつ？　どこで？」

綾が矢継ぎ早に尋ねた。

沼田は顔を歪めながら口を開いた。

「日本人二名。で、まっ、ここ一ヵ月間のうち、北京やチンタオで――」

綾は、沼田の口調がいつもと違って歯切れが悪いことも見逃さなかった。だから、この話の結末が想像できた。

「その二人を中国国内で支援していたのも呂洞賽なんですね？」

しばらくの沈黙後、

「ああ」

といううくぐもった沼田の声が聞こえた。

「サトウを入れると計三人も……それもわずか一ヵ月の間に……」

独り言のようにそう口にした綾は事態をまだ呑み込めなかった。

「中国当局は、最近施行した、反スパイ法を武器に、手当たり次第、外国人を拘束している。呂洞賽によれば、先週、ＳＶＲ（ロシア連邦対外情報庁）の情報源が同じく三名、拘束されたらしい。中国共産党指導部は、党内の腐敗摘発とスパイ狩りに異常なまでの執念を燃やしている」

沼田が苦々しくそう言ってさらに続けた。

「マスコミからの当たりはないようやが、〝本店〟の上層部は、静かに息を潜めて身を固く縮めているんやろ」

綾は、沼田の言葉を聞きながら幾つかの光景を思い出した。輪島課長と飯田総括の二人が交わし合った奇妙な視線と苛立った雰囲気、さらに機嫌の悪い輪島課長が口にした言葉……。日曜日の夜、人けのない本庁で囁きあっていた輪島課長と工作推進参事官室の高村上席専門職……。

すべてはそういうことだったのだ、と綾は確信した。

綾は怒りが込みあげた。三人もの日本人拘束事件について、彼らを支援していた呂洞賓からの情報洩れ、もしくは呂洞賓自身がダブル（二重スパイ）であることを輪島たちは疑っているのだ。

呂洞賓は所在する上海から、自らハブ（中心）となって中国国内の数十人ものネットワークを駆使し、様々な情報を集めている、ということは綾は沼田から聞かされていた。

しかし、昨日の朝、呂洞賓が沼田を通じて提供してきた〝一斉出航〟の情報は、それらのネットワークからではなかった。

呂洞賓は、中国共産党中央という中国の心臓部に存在する幹部〈X〉からその情報を得たのだった。その呂洞賓からの「中国の港」の情報は、今回に限ったことではない。

この三年間、沼田と綾が協力して行ってきた工作は、呂洞賓に依頼し彼が接触できる中国共産党中央最高幹部〈X〉を説得し、尖閣諸島に対応する複数の港をピックアップしてもらい、それぞれの様子についての情報を伝えてもらうことだった。

しかし中国共産党中央最高幹部〈X〉が誰であるのかについての情報は、あの調査官の厳格な規則――分析部門は協力者についての情報を知ってはならないし、聞いてはならない――によって綾は知らされていなかったが、工作そのものは綾が、常に指示役となって続けてきたのだった。

その厳格なルールは、入庁後、定期的に続く公安研修所での研修で叩き込まれた。

綾が聞かされていたのは、呂洞賓が中国共産党中央最高幹部〈X〉から情報が取れる協力者、という表現だけだった。

呂洞賓と、その〈X〉の、それぞれの年齢も、役職も、また性別に至るまでの人定にかかわるすべての事実から、綾は遮断されていた。

そのルールが適用されるのは綾だけではない。人定情報に接することができるのは、沼田の上司である工作指導専門官と、協力者運営をすべて管理している本庁の工作推進参事官室の参事官と担当の二人のみ。長官や次長でさえ聞いてはいけないのである。

だがそれでも、分析官の綾にとっては、やはり、呂洞賓は誰で、〈X〉とは誰であるか、という項目は、分析上の重要なファクターであった。

ゆえに当然、分析官としては大きな矛盾にぶちあたる。沼田からの報告書を単純に信用することはできない、ということである。沼田が、呂洞賓の言葉だけを信じて鵜呑みにしている可能性もある。

そのため、綾は、この三年間、呂洞賓に対する独自の情報査定という特別な分析を、沼田には知らせず、一人で徹底して行ってきた。

全国の調査官から報告された膨大な情報や公然情報と、呂洞賓からの情報とを三次元的に比較照合し、〝知るべき者こそ知る〟の古くからのインテリジェンスの言い伝えを適用して、報告されている情報を誰が知り得るのかの篩《ふるい》にかけ、対象者を絞り込んでいった。

その結果、呂洞賓の人定に完全に成功した。

まず本名は「蘇化子《スーフウアズウ》」。

中国の上海市で貿易会社を経営していた蘇化子という男が、数年前、中国からやってきて、横浜で「東紅《とうこう》商会」という貿易会社の代表取締役に就任した——そこまでは、綾は解明していた。

一方、呂洞賓が直接接触して情報を取れるとする、中国共産党中央最高幹部〈X〉については、そこからもたらされる情報が、中国の最高意思決定機関である中国共産党中央政治局常務委員会のメンバーにのみ提供可能なものである、と綾は特定した。

中国共産党中央最高幹部〈X〉としている人物の正体は、中国の最高意思決定機関の政治局常務委員のうちの一人の、あの男だと自分なりに結論を出していた。

そしてもし中国の各港において漁船や公船、また海軍の水上艦に関する特異的な情報が呂洞賓から沼田にもたらされれば、直ちに綾に報告され、輪島課長に報告がなされ、そこからさらに国家情報コミュニティの事務局である内閣情報集約センターと内閣情報調査室とを通じて、海上保安庁や海上自衛隊へ情報を提供する。

それを受けて、海上保安庁や海上自衛隊の部隊が、日本の領海や尖閣諸島へ先んじて向かってプレゼンスを示して何もさせない――そのオペレーションが完全に稼働してきたのだ。

その実績をまったく忘れたように輪島たちは、呂洞賓を疑っている。そして呂洞賓を使った綾の工作に中止命令を出した――。許されざることだ、と綾はあらためて怒りが込みあげた。

しかも、この呂洞賓を使った工作について、綾はさらに壮大な計画を用意していた。〈X〉の存在は、揚国家主席を筆頭とする中国共産党指導部の中枢への入り口だと綾は期待していた。

ゆえに、呂洞賓と中国共産党中央最高幹部〈X〉のラインを通じて、いかにして中国共産党中央に切り込むか、その準備を綾は開始したばかりだったのである。

ところがその折も折、今回の日本人拘束事案が発生し、幹部たちの愚かな迷走が始まってしまったのだ。

綾はため息が出そうだった。大量の漁船団による尖閣諸島への出発まで、あと三日という限られた日数を考えれば、絶望的な事態である。

しかし、それでもその疑念を乗り越えないといけない、と自分に言い聞かせた。

「ひとつ疑問があります」

綾は自分の言葉で、沼田の頬の筋肉が微かに震えたことを見逃さなかった。

「中国当局が、サトウを監視していたとするなら、支援していた呂洞賓の存在に気づいていたはず。にもかかわらず呂洞賓は安全――。なぜです？」

「なぜ？　知っとるやろ！」

そう吐き捨てた沼田がさらに続けた。

「サトウと呂洞賓との間には、何人もを複雑に嚙《か》ませとる。せやからサトウから呂洞賓へは絶対にたどり着かれへん」

「なら、その嚙ませていた者たちの安全は？」

「それは呂洞賓しかわからん」

沼田が口を固く結んで頭を振った。

綾は自分なりの納得ができなかった。

「すでに呂洞賓が拘束され、ディスインフォメーション（欺瞞《ぎまん》情報）を送ってきたという可能性は？」

「ありえへん！」

沼田が素早く答えた。

「では、〈X〉については？」

「アホか！　考えるとしたら、内部からの洩れや」

「それはあり得ません。どれだけ厳重な管理がなされているかご存じでしょ！」

綾はそう言って、公安調査庁の協力者管理の凄まじさを思い出した。本庁の工作推進参事官室が行っている協力者活動記録簿の管理は、厳重に入室管理がなされた工作推進参事官室の、さらにその奥にある、軍事的クリアランスと同じレベルの設計で造られた部屋で行われている。

そこに入るためには、工作推進担当参事官と担当官の二人が一緒に、虹彩《こうさい》認証を行った上で入室しなければならない。

しかしそもそも、プログラム化された活動記録簿を起動させるには、まず事前に、海老原《えびはら》次長による文書での決裁が必要なのだ。

「ええか、あんたには前にも言ったはずやけどな、オレはな、協力者を必ず自分のクローンに仕立て上げるまで育成する。クローンは絶対に裏切らない」

沼田は真剣な眼差しで言い切った。

「ですから――」

「いや、聞くんや」

沼田はそう言って、さらに続けた。

「オレが運営する協力者は、オレの考え通りにいつも考え、オレの欲するがままに常に行動しよる。いちいちオレからの指示や要請を与えんでも、オレが欲しいと思うとる情報を先んじて提供してきよる。この、〝遺伝子配列までもがオレと同じであるようなクローン状態〟が成立しているからこそ、協力者が持つネットワークと未知の情報へのアクセスの可能性、そのすべてがノーリスクでそのままオレのものとなる――」

綾は、沼田のさらなる言葉を黙って待った。すでに何度も聞かされているからだ。

「〝わが社〟は決して巨大な組織とちゃうやろ。それどころか頭数と予算で言えば弱小官庁や。せやけどな、オレたち現場のやり方次第で、総理と国家の決断さえも変えることがある。あんたもよう知ってるやろ、そこんとこは。んで、オレのやり方ちゅうのはやな、今もゆうたけど、協力者をオレのクローンにする。事実、オレは呂洞賓をそうしてきた――」

綾はそれには素直に頷いてみせた。綾自身がそれを体験してきたからだ。

今、入庁十五年目を迎えた綾は、これまで二回、総理による国家の決断に資する情報に巡り合った。その情報をもたらしたものは、現場の調査官と協力者の人間関係であった。単純だがそれが真理だと綾は気づかされた。

　現場と分析官との関係は親しくなることでも、苦労を分かち合って傷をなめ合うことでもない、それもまた綾の哲学だった。

　その哲学があったからこそ、有象無象《うぞうむぞう》の情報に囲まれながら、沼田からの、つまり呂洞賓の運営によって得られた情報を、横と縦とを照らし合わせ、他局からの同種情報と照合し、呂洞賓が〝誠実〟であることに綾は確信をもった。派手さはないが、すべて正確であったことを。

　しかも、現場からのB－2情報が、5W1Hに、具体性を備えていることは稀《まれ》なのに、呂洞賓からの情報は、これを押さえている。

「事後検証」にしても、あとで公開となった情報と照らし合わせると、事実関係は完全に一致していた。

　だがそれでも、綾はここに来た目的を諦めなかった。

「とにかく、信頼できる、という根拠を教えてください」

　しばらく考える風にしていた沼田が、得意そうな顔で語り始めた。

「数年前の話や。尖閣諸島沖で、海上保安庁の巡視船に対して中国漁船が体当たりなど粗暴の限りを尽くした、あの事件、もちろん覚えとるやろ？」

綾は黙って頷いた。

「その事件の直後、〝わが社〟の工作部門は、中国情報の収集体制の強化を急速に進めた。全国公安調査局の、オレたち情報収集担当部門の間で『コンテスト』を行い、数件の優良プロジェクトを工作推進参事官室が採用して、それまでの中国情報収集予算の、実に八割を投入することを工作の最終責任者である当時の次長が決断し、幾つかのルートを開拓した」

「噂は私も聞いています。そして、そのルートの一つが、呂洞賓なんですね？」

頷いた沼田がさらに話を再開した。

「それまでに、オレは呂洞賓をすでに獲得しとったが、そのプロジェクトチームのお陰さんで、完全にクローンにすることができたし、〈X〉という巨大な獲物を、呂洞賓は釣り上げることができたんや」

「そして、海の向こうで」と綾が話を継いだ。「呂洞賓はハブとなって、中国の主要な港における軍の艦船、政府公船や漁船団などの動静をフォローし、その情報は、私の分析を通じて、国家情報コミュニティに通報されてきた――」

沼田がさらに話を引き継いだ。

「呂洞賓をとりまくネットワークは、単純にヒューミント（人的情報収集）だけやない。たとえば、呂洞賽が〝知らんとこ〟で、実は小さなハッカー集団が雇われとったりもしよる。しかし、それですべてが上手《うま》く回っとるんや」

「しかし、沼田さん、その経緯と、信頼度に関することは別問題です」

綾のその言葉に、苛立った風に沼田は窓に立って、ジャケットの内ポケットからタバコの箱を取り出してライターで火をつけた。

「オレはよう知ってるで」

そう言ってから沼田がさらに続けた。

「あんたな、現場からのどんな小さな情報でも、必ず事後検証を怠れへんこと、オレ、よう知っとるで。それが女性特有の几帳面さからくるもんかどうかは知らんけど、とにかく、あんたの仕事ぶりは、とことんしつこくて、妥協せえへん。せやからな、今回のことも、なかなか呑み込まれへんことはわかる。せやけどな――」

言葉を止めた沼田は、綾の反応をうかがうようにしてから再び口を開いた。

「呂洞賽に対する、あんたのこれまでの幾つかの事後検証を見てきた上の連中は、そもそも本心では信頼度に疑いを持っていないはずや。ただ責任問題になることだけ恐れとる――」

口を開きかけた綾を、沼田は身振りで制した。

「そもそもな、あんたら〝本店〟の人間はいっつもそや。〝現場〟と協力者との人間関係への配慮がまったくあれへん」

「私は、〝現場〟への人間関係よりも、分析官の本来のあり方を優先します」

その言葉は綾が自分でも満足できるものだった。

「せやからあんたは、あれやって言われとるねん」

「あれ？」

聞かずともわかっている質問を、このリズムを壊したくなかったので綾は敢えてした。

「〝現場〟が報告する情報に対して、あんたは辛辣《しんらつ》すぎるし、厳しすぎる。せやから、白い肌をした鬼、つまり〝白鬼〟やと――」

「知っています」

綾は平然と言いのけた。

「ほぅー、知っとるんか。大したもんや」

おどけた風の顔を向けた沼田だったが、すぐに真顔に戻って言った。

「せやけどな、不満の声はそれだけとちゃうで。あんたな、いっつも質問がむっちゃ多いし、それも細かいとこまでしつこいって――。あんた、ほんま、いっぺん考えなあかんで」

首をすくめて見せた綾は、それに対して平然と応えた。

「分析官としての私は、いろんな要素で総合的に評価しますが、基本的には、〝現場〟からの情報に対して最初はキワモノということで疑心暗鬼の目で見る傾向が強い。そういう意味で、厳しい評価をしていると思われるんでしょう」

「やっぱりな」そう呟いてから沼田は続けた。「あんたな、これ、前から言おうと思っとったんやけどな――」

続けての沼田の言葉に、綾は、遠慮なくどうぞ、という風に右眉を上げてみせた。

「あんた、インテリジェンスの分析官でありながら、基本的にヒューミントに、実は懐疑的やろ？」

「ええ」

綾は躊躇なく肯定して続けた。

「情報に、人間という不確かな媒体を交えた場合、必ず主観が混入します」

「そういう時もあるにはあるが……」

「特に、一人から聞いた話を伝えるタイプの情報は、つまり、私たちが手にする情報の九十パーセントである『B－2』は、前後の文脈や背景事情から切り取られることによって相当歪められる――」

綾は、しかし――という言葉に続く、ヒューミントの可能性を頭から否定するわけではない、との自分の思いは敢えて口にしなかった。

ヒューミントの理想は、沼田が口にしたように、協力者を運営担当官のクローンに仕立て上げることだ。運営担当官の考える通りに考え、運営担当官の欲するがままに行動する――沼田はその点において天才的な技能を持っている。

しかし、その評価を沼田の前で綾は口にしたことはなかった。

腕時計へ目を落として時間がだいぶ過ぎてしまったことに気づいた綾は、それを口にするタイミングだと思った。

「お願いがあります」

沼田の目に警戒の色が走ったことに綾は気づいた。

「あなたが『エイキョウ（最高レベルの情報提供が可能な協力者）』として運営する、張果老《チャングウオラアオ》と接触してください」

「ボケ、そんなもん無理や」

沼田が即答した。

「しかし――」

「無理なもんは無理や！」沼田がそう吐き捨てて続けた。「性急な動きは、エイキョウの安全が保てん！」

「張果老と接触する場合の厳格なルールは知っています」

そう主張した綾は、工作推進参事官室から示されている協力者活動規程を思い浮かべた。張果老の重要性から、特別に指定されているのだ。

〈張果老との接触は、極力控え、年に二回に限定する。また接触は、第三国において行う〉

ルールとはケースバイケースと〝同義語〟――。

いつもの〝ルール〟で、勝手にそう判断した綾は沼田を見据えて続けた。

「沼田さんと私とで行った、二年前のあのミャンマー工作で、その活動実績は〝わが社〟の上層部から最高ランクの評価を与えられています。よって、その力を借りることは絶対に必要です」

それは綾と沼田が中心となって張果老を使って行ったミャンマー陸軍への工作だった。

中国の人民解放軍の傘下にある企業と、ミャンマーの企業とがミャンマー北部の港湾共同開発事業の契約を結んだが、張果老の情報によって、その背後で、実は、人民解放軍のミャンマー陸軍への軍事技術供与契約も同時に行われたことを探知した。

綾たちは、その情報を、フランスの通信社にリークして国際世論の批判を巧みに巻き起こし、その契約を反故《ほご》にさせることに成功した。

その結果、公安調査庁では最高の評価である長官賞を、綾と沼田の他、数名の調査官で極秘構成したPT（プロジェクト・チーム）が受賞する栄誉に浴したのである。

それからというもの、張果老は、エイキョウに認定され、公安調査庁の中国部門を支えている。

しかし、綾には、中国共産党中央最高幹部〈Z〉から直接情報が取れる人物とだけしか教えられていない。

呂洞賓の時と同様、綾は、二年の月日を掛けて、独自で正体について情報査定した。

その査定で綾が突き詰めたのは、張果老は、元中国外交部長の息子で、国務院の部長（日本の中央官庁大臣にあたる）クラスにアクセスできるほか、人民解放軍の情報線も持っている人物、という判断だった。

具体的な名前についても、綾は、おおよその特定まで行ったのだった。

「躊躇している暇はないんです。漁船団とその警備にあたる軍の水上艦の出航まで、あと三日しかないんです。あなたも、呂洞賓を信じているのであれば、今、何をすべきか分かっているはずですね」

そう言いながら綾は、背筋に冷たいものを感じていた。

国家主権がかかった重大事態について、海上保安庁や防衛省はまだ探知していないのだろうか。もしそうだとしたら……。

綾は、ネガティブな思いを頭から振り払った。

「張果老には、大至急、さらなる情報の深掘りとともに、エビデンスを入手して頂く必要があります。それさえ手に入れれば、総理や官房長官に直接報告するような、後世に残る歴史的で偉大な情報となります。そして――」

「そして偉大なるケースオフィサー（協力者運営担当官）として崇められる？　アホか！」

そう言って沼田は苦笑した。

綾は腕時計に再び目をやった。

呂洞賓が支援していた日本人三人の拘束事案は初めて聞かされたが、そのことについての判断は、今、ここでするべきではない、と考えた。

ゆえにこれ以上、もはやここで時間を費やすわけにはいかなかった。急ぎ東京に戻り、やるべきことが山ほどある。それも至急に――。

「本日はありがとうございました。新たな情報があれば急ぎお願いします」

そう言って綾は立ち上がった。

「ここの払いは？」

沼田が訊いた。

「すでに」

綾は頷いた。

「先に出てくれ。尾《つ》けられとる気がする。チェックを頼む」

再び頷いた綾は、ドアを出る前に振り返った。

「張果老といち早く接触を」

沼田は、軽く頷いただけで綾を送り出した。

6月7日　火曜　午前11時15分　新幹線のぞみ号

駆け足でエスカレータを上って新幹線ホームへ辿り着いた綾は、反対側のホームに立つその男をすぐに捕捉した。

直接の視線は向けず、男の奥にある弁当ショップへ視線をもっていった。綾がその男を見かけたのは今日二度目だった。一度目は、貸し会議室が入居するビルに綾が入ろうとした時だった。ビルから少し離れたバス停の前にその男は立っていた。

ふと目を右に向けると、ちょうど沼田がエスカレータを上ってホームに姿を見せた。

綾はすぐにその男へ視線を向けた。

男は、ちらっと沼田に目を向けてから、手にした新聞を広げた。

ぼんやりとした視線で男の動きを追った綾の目の前に、下り方面の新幹線が入線してきて、沼田と男の姿を隠した。

綾は、秘匿通信系の携帯電話を取り出して沼田にメールを送った。

〈尾行者あり。黒のスーツ。紺色のネクタイ。眼鏡なし。髪は短い。中肉中背――〉

そこまで打ち込んでから綾は気づいた。何の特徴もない男、つまりプロだ！

沼田からの返信はすぐだった。

〈発見できていない。そっちも警戒を〉

辺りをそれとなく見回した綾は、気になる人物はいない、と即断した。

つまり、沼田だけが尾けられているのだ。

綾が気になったのは、もちろん尾けている男の正体だったが、それともう一つ、なぜ自分はその対象になっていないのか、という点だった。

沼田の情報源を知ることが目的ならば、沼田が接触した相手の正体を探ろうとして別の人物が綾の尾行につくはずである。

綾への尾行者の存在を見逃している可能性は完全に否定できた。それだけの訓練を行ってきたのだ。

綾は、ハッとして、その尾行者を見つめた。

その動きは綾の記憶にあるものだった。

男は売店の後ろで、素早くリバーシブルの上着を脱ぎ替え、ウイッグを被ってメガネをかけた。

そしてメガネのツルの部分を神経質に触っている――その動きは、最近、公安研修所の臨時教官として訓練を指導した時に使った実働尾行術修練書新版第4章に記載されている内容そのものだった。

その4章の最後にあったメガネの使用方法は、フロント部分とツルとを繋ぐ部分に埋め込んだピンホールカメラでの秘匿撮影方法についてだった。

綾はすべてを理解した。仲間が仲間を尾行するとしたら彼らしかいない。工作推進参事官室の裏部隊《ウラ》とされる「現場査察官」だろうと綾は推察した。

綾自身、現場査察官たちについてすべてを知るわけではなかった。

ただ、協力者の信用度について、その運営担当官には知られずに密かに査定を行うウラ部隊ということは知っていた。

綾は苦笑した。尾行者の危険度はゼロ――。

綾は、余計な思考を巡らせる必要がない、と結論づけた。

突然、出発のメロディが流れた。

綾は慌てて新幹線のぞみ号に乗り込んだ。

車窓を流れていく景色をぼんやりと見ながら、綾は沼田が口にした、複数の日本人協力者が拘束された、その事案に意識を集中した。

ワゴン販売で買ったばかりのホットコーヒーをゆっくり啜りながら、綾は瞼を閉じて項垂れた。

集中して深い分析を試みる時にするいつものそれを始めた。

綾の頭に真っ先に浮かんだのは、沼田が口にした、〝洩れ〟というそのフレーズだった。

そもそも――。綾は公安調査庁の基本的なシステムから考えを巡らした。

公安調査庁では、〝現場〟の調査官による協力者工作活動は、綾が在籍する分析部門とは別に存在する、「工作推進参事官室」というセクションが一括管理している。

そこでは協力者の人定事項はもちろん、分析セクションに送付される報告書には記載されない発言内容や、調査官との接触の状況などが詳細に記録された秘密ファイルを作成し、情報の内容ではなく、調査官との協力関係の進展の度合から、協力者のランクを査定する。

分析部門が差配する報償費とは別に、工作推進参事官室の査定によって、別枠の報償費が各調査官に配分される。

工作推進参事官室の秘密保全は徹底され、分析部門とはまったく別系統の通信システムで

〝現場〟の調査官とやり取りをする。個別の協力者の活動記録も、その内容に応じて、アクセスする人間は限定され、いずれも協力者工作活動の最終責任者である公安調査庁のナンバー2である次長の許可がいる。

工作推進参事官室内でも活動記録は担当に応じて厳格に管理され、他の室員が管理する工作記録を見ることはできない――。

だから、おかしい、と綾はあらためて思った。協力者についての情報が公安調査庁内部から洩れることは絶対に考えられないのだ。

綾は、目を開けてため息を吐き出した。思考の継続性が確立できない。理由は明白だった。異様な視線を交わし合う輪島課長と飯田総括、そして、深刻な表情をして歩いて行く工作推進参事官室の高村上席専門職の映像が頭を占領してしまっているからだった。

深いため息をついた綾は、車窓に目を凝らした。

ちょうど、浜松駅のホームを通過していた。

スマートフォンが振動した。取り出すと、飯田総括からの着信だった。ショルダーバッグを手にした綾は、急いでデッキへと移動した。

新幹線の案内アナウンスが鳴らないことを祈りながら、綾は通話ボタンを押した。

飯田の早口が一気に襲った。

「輪島課長は、それでも君の言葉を信じ、市ヶ谷（防衛省）とのバイ（一対一）のラインで照会してくださった——」

沼田が明かしてくれた拘束事件のことが喉まで出かかったが止めた。

君にはそれを聞く権限がない——その言葉が容易に想像できたからだ。

綾は、飯田の言葉を黙って待った。

「防衛省からの回答は、当該の情報ならびに当該の情報と関連する情報と接していない、以上だ」

綾は訝《いぶか》った。輪島が照会をした防衛省の部門とは、防衛省情報本部の動態センターをはじめ、海上自衛隊や航空自衛隊の情報群のはずである。

呂洞賓《ルユードオンサアイ》の情報が正しいとして、中国の船舶のあれだけの動きが準備されているとするならば、防衛省がデイリーで収集している各種センサー群や情報本部が行っている膨大な通信傍受の中で、ストレートでなくとも、何らかの兆候を捉えているはずだ。

それがまったくない、というのは綾には信じられなかった。だが、呂洞賓への信頼は、綾の中でまったく揺るがない。ならばいったい——。綾は答えを出せなかった。

「で、マルキョウからの裏取りは？」

「ありません。現在のところは」

綾は、最後の言葉を強調した。

「ならば、結論は明らかじゃないか。つまり、沼田からの報告、呂洞賓の情報は、誤報、もしくは、ディスインフォメーションということになる」

「その評価をする前に、その可能性が少しでもあるのならば、余りにも重大な情報であるがゆえに、〝一斉上陸情報〟への対応はいち早くすべきです。どうか、官邸への報告を！」

綾は押し殺した声で言った。

「とにかく裏取りだ。国家情報コミュニティへの通報は、きちっとした情報認定がなされる所定の手順がなければ、手続に入れない。いや、私が入らせない」

「いえ、今回に限っては、国家情報コミュニティではありません。総理や官房長官への報告をいち早く――」

肝心なのは、情報を官邸に伝えることではない。国家意思決定のプロセスの発動によっての事態対処である。

しかも、時間が迫っている。

ゆえに、国家情報コミュニティの中で情報がもみくちゃにされる時間がもったいなく、長官や次長からダイレクトに国家意思決定者に伝える必要がある、と綾は確信していた。

「総理や官房長官？　ふざけるな！」

飯田が声を上げた。

「総理などへの報告は誰がすると思っているんだ？　長官か次長だぞ。あやふやな手順や手続で恥を掻かせるつもりか？」

飯田の突き放すような口調に綾は苛立った。

「重要なのは手順だ、手順！」

飯田の声が怒声に変わった。

綾が反論しようとした、その時、通話は一方的に終了した。

デッキの窓に目を向けた綾は、流れゆく景色を見つめながら、全身に悪寒が走る思いに襲われた。

呂洞賓の情報が間違っている、とはまったく思わない。

脳裡を占領したのは、ネガティブな想像が現実化しようとしている、そのことだった。つまり、〝一斉上陸〟の情報は、自分と沼田しか真剣に対処しようとしていないのだ。

国家の緊急事態に繋がる情報を、たった二人しか把握できていない……果たしてこんなことが本当にあり得るのだろうか……。

それとも飯田総括が言う通り、誤報なのか——。

席に戻った綾は、ノートを取り出した。本庁に戻ってからすぐにやるべきことをそこへ書き出した。

自分へのオーダーは次々と頭に浮かんだ。

分析官としてのいつもの冷静な頭に戻った綾は、呂洞賓からの情報に対する分析プロトコールを開始した。

まず、今回の情報のレベルは、Ｂ－２である。と言っても、自分の元に来る情報の九十パーセントはＢ－２である。

協力者運営担当官自身も同時に確認したとするＢ－１情報はほとんどない。

しかし、Ｂ－２情報とは、協力者とその運営担当官との魂の融合によってもたらされた情報であることを〝現場〟の調査官の経験がある綾は知っていた。

協力者たちは、激しく苦悩しながらも情報を提供してくる、その悲哀にまみれた情報である。ゆえに〝現場〟の調査官は、Ｂ－２〝だからこそ〟信頼できる、という言葉を繰り返す。

しかし、分析官となった綾にとって、その信頼できる、という言葉は何の意味もない、と思っていた。

集まってくる膨大なＢ－２情報の情報の海の中でもがき苦しみながら、検証できる情報をさらに他の〝現場〟の調査官から集める。

ただ、そこで集まるものもまたＢ－２情報であって、さらにその海で溺れないように苦しむ——。

B－2情報とは、綾にとって、永遠に存在する苦悩の塊であり、荒波の中で溺れる一歩手前の状態と同じだった。

だが、綾は苦笑した。

——B－2情報の苦悩にまみれ溺れそうになったのは今に始まったことじゃないわ。

綾は再び呂洞賓の情報の分析に没頭した。

だから、同じ車両の最後尾の席から、綾に向けられている視線に気づくこともなかった。

6月7日　火曜　午後0時11分　新幹線のぞみ号

デッキにある狭隘《きょうあい》な喫煙室でタバコの煙を吐き出しながら、呂洞賓《ルユードオンサアイ》の顔を沼田は脳裡に蘇らせていた。

今では、シュヨウ・マルキョウとして運営する呂洞賓という男に、初めて関心を示したのは十年前のことだった。

呂洞賓が、阪神経済大学に留学してきた学生として外務省外国人課に登録された時より、すべてが始まった。

外国人課に出向していた調査官が沼田に通報してくれたのだった。

一年間にわたって呂洞賓の日常を調べ上げた沼田は、彼が、潰瘍性大腸炎に悩まされていることを知った。

呂洞賓が通う同じ病院に通った沼田は、同じ病気に悩んでいる自営業の男、という「身分設定」のもと、「接触」した。それからは、もっといい病院があるとして、話をつけた病院に紹介するなど、徹底した「世話焼き作業」を行って呂洞賓との人間関係を構築していった。

呂洞賓は沼田に心酔していき、そして協力者として登録され、それからさらに五年前の、コンテストで採用されたことで運営がより高度化されて、クローンになったのだ。

しかし、沼田は、呂洞賓の心の闇も知っていた。

沼田が調査官と初めて名乗った時の呂洞賓のその時の目、それを見つめた時、沼田はその闇を知ったのだ。

彼は、多くもなく少なくもない報償費をきちんと受け取るが、それが目的でクローンになりきっているわけではないことも沼田は知っていた。

数年間に及び、沼田が行った数々の世話焼き作業によって、二人の魂と魂が溶け合ったこと、それがすべてであった。そしてさらに沼田は呂洞賓の心の奥深くにある苦悩にも気づいていた。つまり、バレたら、生命の危険に晒されるという現実への恐怖を必死に抑えこんでいることである。

その闇は、呂洞賓に限ったことではない。

沼田の脳裡に、ホテルの一室で秘匿接触した、数々の協力者、クローンにした者たちの、その時の目が蘇った。

それら協力者、クローンたちは、沼田が欲することを先んじて忖度《そんたく》し、情報を寄越してくれた。

しかしその時、彼らの目の奥には、微かに震える悲哀の光があることに沼田は気づいていた。国を裏切り、仲間を裏切り、そして家族さえ――。内心では、激しく動揺し、頭がおかしくなりそうになることもあるはずである。

しかし彼らは、それを必死に心の底に囲い込んで目を背けた。

だが沼田は知っていた。

彼らのその苦悩が、実は快楽と表裏一体となっているということを――。

情報を提供することにより、日中の外交関係、ひいては東アジアの安全保障を自分が左右している――その快楽に呂洞賓自身こそが浸って快感を得ていると沼田は見抜いていた。

そこまで協力者のすべてを見抜いているからこそ、情報がB－2レベルであったとしても、その情報を信用しているのだ。B－2レベルの情報には、協力者の悲哀、喜び、苦悩がふんだんに含まれているからこそ信頼できるのである。

それは呂洞賓には顕著だった。誰よりも積極的であり、完璧なクローンだった。だから、沼田は、呂洞賓に微かにも疑いを持たなかった。何より、沼田は、呂洞賓と一体化していたからだ。

沼田の脳裡に、芳野綾の顔が蘇った。

――あいつが、ダブル（二重スパイ）のはずがない！

沼田は、苛立ち紛れにタバコの吸い殻を空気清浄機の脇にある灰皿に乱暴に押しつけた。喫煙室を出て自分の座席に戻った沼田は、窓から流れゆく街並みへ目をやりながら、約一ヵ月前、綾と電話で、協力者の信用度について、くだらないやりとりをしたシーンを脳裡に思い浮かべた。

「この世界、情報操作はつきものだ」

そう言って沼田は続けた。

「だから、それを見極めるのがオレの仕事だ。情報操作の一つ、ディスインフォメーションは、イラク戦争の決断で使われたが、その後、曝露された。無理をして、ねじ曲げているから、必ず〝足跡〟を残す」

「しかし、歪曲《わいきょく》情報は――」

綾の言葉を沼田が遮った。

「ちょっと待て。オレの協力者についての話じゃないだろう？」

「そのことに対する検証を行うこと、それが私の仕事です。しかし、協力者に対する検証について私にはその権限がありません。私が、言っているのは――」

「ソース（情報源）の思い込み、つまり――」

沼田が強引に引き継いでさらに続けた。

「――情報工作のディスインフォメーションよりは深刻ではないように見えるが、実は歪曲情報こそが、一番タチが悪い。本人はまじめに、正しいと思い込んで提報してくる――そう言いたいんだろ？」

沼田は、さらに会話の主導権を奪おうとした。

だが綾は、そうはさせなかった。

「それ以外にも、情報源自身が自分の価値を上げることを意図して情報レベルを吊り上げる情報、また現場の運営担当官が自身の協力者のレベルを上げるために情報を針小棒大に報告する、そういうこともあります――」

「それがオレのことだと？　バカな！」

綾は構わず続けた。

「私の任務は、そういった、いわば欺瞞（意図的に偽装された）情報が紛れ込んでいないかを見抜くこと。ベッドの中で投げかけてくる男の言葉を見極めることより大変です」

「男の嘘はいつもバレる」

沼田が笑った。

だがすぐに沼田は棘《とげ》のある言葉に戻った。

「勘違いするな。あんたをはじめ、〝本店〟の人間が、エアコンの効いたデスクで、パンプス脱いで、風通しのいいスリッパを履いている一方で、オレたち情報収集の最前線である〝現場〟は、偽情報の宝庫という中国情報の中でもがき、しかも日々怪しげな情報を売り込む複雑怪奇なショーウインドウに飛び込む誘惑を時に撥ねつけ、事実を追い求めるために、汗をたっぷりかきながら、蒸し蒸しとした靴底をすり減らす――」

「理解しています」

綾はそう平然と受け止めてから続けた。

「そんな有象無象に囲まれながら、様々な情報を縦と横、つまりこれまでの情報と他の局からの同種情報と照合をしながらの検証の結果、沼田さんがもたらす協力者からの情報はすべて、私たち分析官の用語で言うところの〝誠実〟であることにとっくに気づいています」

「なら――」

今度は綾が無理矢理に遮った。

「ですが、すべては、ダブルでない、という前提の話です」


間もなく新大阪駅に着く、との車内アナウンスで現実に戻った沼田は、呂洞賓に限って、やはりそんなことはあり得ない、と頭の中で繰り返した。

新大阪駅で新幹線を降りた沼田は、地下街を歩き回って尾行点検を続け、完全に尾行を切ったと確認してからＪＲ在来線を乗り継ぎ、環状線京橋《きょうばし》駅に降り立った時には昼すぎになっていた。

沼田はデスクのある近畿公安調査局に戻らずに、協力者《マルキョウ》が経営する店に足を向けた。

あらかじめメールをしておいたので、店長の三田建造《みたけんぞう》は慇懃《いんぎん》な態度で沼田を迎え、無言のまま、バスタオル姿の若い女の子と上半身裸の禿げ面の中年男をかき分けるように一番奥の白い壁の前へ誘った。

「悪いな、いっつも」

沼田が三田に軽くそう言った。

「いえいえ、もう、いつでもなんなりと」

満足そうに頷きながら、ファッションヘルスのオーナー店長である三田を協力者として獲得、登録したのは、五年前のことだ、と沼田は思い出した。呂洞賓に対する工作を開始したその直前のことだ。

同じ法務省組織であることからよく一緒に飲み歩いていた大阪入国管理局のある係長から、出入国をこまめに繰り返し、観光査証《ビザ》で日本に滞在している人物のリストを入手。そこに記載された何人かを尾行して行動を確認した結果、観光ビザで風俗店で働いている違法な韓国人女性をピックアップした。

落とし方は、一発勝負の単純なものだった。不法就労させている、当該風俗店のオーナー店長であった三田を、早く言えば脅かした。

このままでは、警察へ告発することになるが、あなた次第では、ビジネスが継続できると。そして、そう無理をせずに協力者として獲得し、「朝青龍《アサショウリュウ》」という登録名で登録した。朝青龍というのはもちろん、顔貌があの元横綱に似ていたからである。

それ以降、この店は、協力者との秘匿通信確保のための重要拠点として沼田は利用することとなった。

もし沼田の協力者が中国から日本にかけた電話番号を中国のカウンター・エスピオナージ部門が調べても、風俗店だとわかる。それはそれで規律に違反がある、との判断を持つかもしれないが、反スパイ法に繋がるとまでは考えない。そもそも、中国の要人たちは日本の風俗店に秘かに通うので何の違和感もないのだ。

三田は職業的な笑顔で頭を下げた後で、床に這いつくばった。床に敷き詰めたベージュ色の絨毯を捲《めく》り、そこに現れた、見過ごしてしまいそうな小さな薄茶色のボタンを指で押し込んだ。

カチンという機械音がした。起き上がった三田は、白い壁に両手を当てて力を込めた。ガタンという鈍い音がして、壁がゆっくりと観音開きのように開いた。沼田が覗くと、黒い空間がぽっかり開いている。三田はその中に片手をやった。パチンという音と共に空間が明るくなった。

「どうぞ」

三田の言葉に頷いた沼田は、腰をかがめながら二畳ほどの空間の中に足を踏み入れた。部屋の隅には、長いコードをリング状にまとめて繋がっているプッシュ式の電話機が床の上にぽつんと置かれている。

振り返った沼田は、手振りでドアを閉めるよう三田に伝えた。

「飲み物は何を――」

「いつものを頼む」

「かしこまりした」

三田は再び深々とおじぎをしてから壁を閉めた。

沼田が時間を潰したのは、冷えたペプシコーラをちょうど飲み干すまでの間ほどだった。

沼田は腕時計を見つめた。

約束の時間から、秒針が三十秒ほど動いた時だった。

呼び出しの電子音が一回鳴ってすぐに切れた。

沼田が記憶にある電話番号にかけた。

呼び出し音が聞こえないうちにすぐ通話状態となった。

「ナカムラです」

沼田は、いつもの偽名を真っ先に口にした。

「そちらの天気は？」

滑舌のいい中国語が聞こえた。

「酷い土砂降りで、通天閣の窓が壊れそうです」

天理大学で中国語を学んでからもさらに中国語に磨きをかけた沼田が即答した。

「こちらは、寒くて、近くの牧場で山羊が凍え死にました」

決められた符牒を確認した沼田は、しばらくぶりを懐かしむ簡単な挨拶の後、本題を切り出した。

「お会いしたいんです。それも急ぎで」

沼田が言おうと決めていたのはその言葉だけだった。

「用件は？」

張果老《チャングウオラアオ》が訊いた。

身構えていた沼田は安心した。その言葉に、尖った雰囲気がなかったからだ。

「港に関することです」

それが電話で言える限界だ、と思った沼田の額からは汗の筋が滴《したた》り落ちた。

「明日、午前十時半、〝南の公園〟では？」

沼田が記憶している、張りのある張果老の声が聞こえた。その声は沼田にとって緊張させる響きだった。

「楽しみにしています」

手に握ったスマホで、航空会社のタイムテーブルを見つめながら沼田が言った。

相手は、その言葉には応えず、通話を終えた。

6月7日　火曜　午後2時16分　公安調査庁本庁

東京駅のホームに降り立った綾は、急いで階段を駆け降り、丸の内口のタクシー乗り場へと足早に向かった。

裁判所が入る合同庁舎の裏でタクシーを降りた綾は、尾行者がいないことを再確認した上で、検察庁ビルの夜間通用口を足早に通過。地下通路を利用して、隣接した法務省合同庁舎の地下からエレベータに乗り、自分のデスクの前に駆け込むように座った。

急いで業務用パソコンを立ち上げた綾は、沼田からの話と自分の頭に浮かんだことを整理するのに意識を集中させた。いつもならば疑問や矛盾をリスト化し、それに対してやるべきことを細かく列挙する——それが綾のやり方だった。

しかし、綾は、それらをすべて捨てた。とにかく時間がないからだ。

飯田総括が言っていた、防衛省が、呂洞賓《ルユードオンサアイ》の情報を証明する〝兆候〟を入手していないことへの疑念が脳裡を過《よ》ぎったが、それもまた強引に意識下に押し込めた。

机の上にあるカップを手にして席を立った綾は、大部屋の隅に設置されたコーヒーサーバーでホットコーヒーを作ると、デスクまで運び、カップを両手で挟み、ゆっくりと啜りながら瞼を閉じて項垂れ、深い思考に入った。

呂洞賓からの情報が正しいとして、自分が何を行うべきか、必死に考えた。求めるものがなんであるかはわかっていた。まずはとにかく、輪島課長と飯田総括を納得させることである。そして、内閣事態室に通報し、政府緊急参集チームを招集させ、内閣危機管理監のもとで、〝一斉上陸〟への事態対処をさせることだ。

脳裡に浮かんだのは、内閣事態室で、ある事態対処調整班を仕切る参事官の陸上自衛隊幹部の顔だった。綾の視線は、目の前の卓上電話に向けられた。そこへ電話を入れれば、とりあえずは話が通じる。これまでも何度となく、〝わが社〟からの情報によって中国船舶に対するオペレーションでリレーションをとってきた。夜の集まりでも、二度ほど同席したことがある。しかし、個人的な関係だけで、自衛隊や海上保安庁などの大がかりなオペレーションが開始されるとはさすがに思えなかった。

卓上電話が鳴ってすぐに反応した綾の耳に聞こえたのは、報告書受理班の東山の低い声だった。

綾からの緊急の要請で、短時間にもかかわらず、全国の調査官からさらにどっさりと報告書が届いていた。

机の上に山のように積んだ報告書のチェックに綾はさっそくとりかかった。まず、十件の報告書を選んで先に目を通し、いずれも緊急性がないことを確認した。

ただ、九州公安調査局の指揮下にある宮古島《みやこじま》駐在事務所の、井上《いのうえ》主任調査官からの報告書の表題の一部に、中国人の遺体、という文字があったので思わず手が止まった。

宮古諸島のひとつ、下地島《しもじしま》にある「通り池」という観光地で、昨日の朝、成人男性の溺死体が漂着した、との新聞記事を貼り付けた報告書だった。

記事によれば、その溺死体は、中国語のタグがついた漁師風の衣服を身につけ——そこまで読み込んで、まったく関係がない、と即断した綾はその報告書を、机の上に用意していた「既裁《きさい》」とラベルが貼られた木箱に仕舞い込もうとした。

だがその手が途中で止まった。関係がない、とその時は判断しても、まったく想像もしていなかった別のところでクロスした重《かさ》なったかつての経験を綾は思い出したからだ。

だから「既裁」の箱の横に並べている「未裁《みさい》」のラベルが付いた木箱に投げ入れた。

目の前の二つの箱を見比べた綾は苦笑した。紙袋、包装紙やスーパーマーケットでもらった景品など、なんでもかんでも捨てずにいて、結局は収拾がつかなくなる、自分の母親とそっくりだと綾は思った。

次に手にした報告書には、綾は思わず毒づいた。それは四国公安調査局の村松《むらまつ》上席調査官からのもので、日本の商社マンを介して、人民解放軍系列の総合商社の関係者〈M〉から入手したとする情報だった。

それは《中国共産党中央規律検査委員会が、人民解放軍の中将三名と軍系列の企業との癒《ゆ》着《ちゃく》を密かに内偵している模様で、〈M〉は中央規律検査委員会からの連日の取り調べを受けて怯えているとの話をするムキもある》との短い記載だった。

綾は、最後の〝ムキもある〟とのフレーズを苦々しく見つめてから、それもまた「未裁」の箱の中に投げ入れた。

綾は、あらゆる情報についての事後検証と情報査定を怠らないことに、プロの分析官としての強い自負を持っていた。しかし、事実を見つめれば、〝現場〟から送られて来る情報の九十パーセントは、B－2情報であり、かつ検証不可能である、と正直そう思っていた。

しかも高度な情報になればなるほど検証不可能である。しかし、協力者は運営担当官に情報を〝外した〟と評価されたくないし、運営担当官も報告を上げる先の綾のような分析官に〝外した〟と思われたくない、さらにその分析官にしても上司から――。

もし、〝トンデモ情報〟というレッテルが一度でも貼られると、二度と評価が付かなくなる。そういう目でずっと見られてしまうのだ。だから、〝現場〟は、どちらともとれる余地を残して、〝そういう話をするムキもある〟といった曖昧な表現を使ったりする。特に、べテランの分析官の中にわざわざそんな指導をする者もいることを綾は知っていた。

綾はそれが我慢ならなかった。

そもそも情報とは、ハズレ、アタリを競うものではない。もし間違ったのならば、なぜ間違ったのかの原因を究明することで新しい真実に辿り着く——その丹念で地道な繰り返しこそがインテリジェンスだというのが綾の哲学《フィロソフィー》だった。

綾はさらに報告書のチェックを続けた。昨日、全国の調査官たちに依頼した、呂洞賓の情報と関連するすべての報告書に目を通し、引っかかることがあれば他の報告書と照合を繰り返すことに没頭した。

報告書を貪《むさぼ》り読み続けた綾は、いつの間にか激しい睡魔に襲われ、その意識をいつなくしたか、記憶にはなかった。

6月8日　水曜　午前1時30分　公安調査庁本庁

書類を整理しても整理しきれず、最後には、宙を舞う書類を追いかけ回る——その夢から綾を覚めさせたのは、目の前の卓上電話だった。

机に突っ伏して寝ていた綾は、ハッとして顔を上げてからも、すぐに現実を取り戻せなかった。

それでも受話器を取って耳にあてたのは、本能のなせる業だと気づいたのは、後になってからのことだった。

受話器を取り上げて聞こえたのは、沼田の声だった。

沼田は、深夜にかけたことを詫びるどころか、挨拶もなく言った。

「やっぱりいたな。今から、報告書をメールで暗号をかけて送る。至急扱い、よろしく――」

綾は怪訝に思った。報告書とは、自分が依頼した、張果老《チヤングウオラアオ》からの情報だろうか。

しかしこんなにも早く、張果老と会えるはずもない。張果老からの情報は、接触でのやりとり、しかも第三国で、というルールなはずだ。

ただ、今、沼田が、至急、とするならば、〝一斉出航、一斉上陸〟に関するもののはずだ。

ということはつまり――。

頭を振って意識を覚醒させた綾は、秘匿通信用のパソコンを立ち上げてメールソフトを開いた。

その報告書は想像もしていなかった、呂洞賓《ルユードオンサアイ》からの続報だった。

〈発：近畿2－4　沼田　上席調査官
宛：本庁2－4　芳野　分析官
秘密区分：極秘・限定
協力者登録番号898、協力者登録名『呂洞賓』より以下の報告あり。
中国共産党中央最高幹部〈X〉から、続報を得た、以下、伝える。
○先週木曜日、福建省馬尾港において、地元の漁師が所有する大型漁船五隻、小型漁船十隻が借り上げられている。
借り上げ期間は、三週間。賃借人は、三明市寧化県の食品加工業の副総経理を名乗っている。
○宮口港を管轄する漁業組合に対して、大型漁船二隻、小型漁船数隻の借り上げがあり、接岸用ゴムボートの他、機材搬送用の筏《いかだ》の購入も現地の業者を介して行われた。
なお、今回の作戦は、人民解放軍東海艦隊福建保障基地参謀部参謀、朱飛鴻《ジウーフエイホオン》中佐が現場指揮を行っている。調査を続行する。以上〉

綾は、何度も読み返しながら、これが意味するものを読み解くことに没頭した。まず言えることは、呂洞賓からの最初の情報と比べると、事態のレベルは変わっていない。前半だけ読むと、一昨日のものが戦略情報だとすれば、今回は戦術情報だと理解できるし、情報がより細かくなったが、重大な意味はない。しかし最後の、現場指揮官についての記述は、綾にとって余りにも刺激的だった。事が実際に進んでいることを、具体的に指摘している。それも、誰もわからないところで、ひたひたと――。

綾は、ゾッとする気分に襲われた。

これまでの呂洞賓からの情報がなぜ、偵察衛星や通信傍受をはじめとする各種の軍事センサでは捉えられないのか？

誰も知らないところで、国家的緊急事態のカウントダウンが始まっている……。

綾は、誰もいないガランとした薄暗い空間を見つめたまま息を止めた。

6月8日　水曜　午前8時12分　公安調査庁本庁

徹夜明けの冴えない頭を、二杯のホットコーヒーでなんとか覚醒させた綾は、その時ちょうど出勤してきた飯田の姿に気づいたことで覚悟を決めた。それでも動かなければならない。

これだけの情報があるのだ。

飯田の元へ足を運んだ綾に、いつもの打合せ机ではなく、執務机の前に置かれているパイプ椅子に座るよう、飯田は乱暴な身振りで示した。

綾は座るなり口を開いた。

「今度は、〝現場〟の調査官も信用できない、そういうわけですか？」

「何のことだ？」

「名古屋でのことです。現場査察官の動き、あれは余りにも〝教科書的〟でしたね」

飯田は、綾の瞳を覗き込むようにして顔を突き合わせた。

「なぜ沼田と会った？」

飯田が開口一番に言ったのはその言葉だった。

だが綾はそれには答えず、

「三人の日本人の拘束に、呂洞賓は関わっていない、私はそう判断しています」

そう言って飯田の様子を観察しながら、目の前の男が、工作推進参事官室に依頼して現場査察官を出動させ、自分の監視をさせたのだろうか、と疑った。

飯田は無表情のまま、椅子の背もたれに体をあずけた。

綾を見つめたまま無言の時間がしばらく続いた。

「君は何もわかっちゃいない」

出た！　と綾は思った。飯田のいつもの口癖である。綾は胃がキリキリと痛む気分に襲われた。

飯田が続けた。

「沼田とは二度と連絡をとるな、それが輪島課長からの指示だ」

不思議なことに、綾はその言葉を予想していた。しかも、飯田がいつものように、輪島の名前を〝印籠〟代わりに使うこともまた予想していた。

「それだけだ。ご苦労」

飯田はそう言って、未裁と書かれた箱から資料を手に取った。

「理由は聞かせてもらえないんですね？」

飯田が視線を合わさずに黙って頷いた。

綾の中にため込んでいた思いが一気に放たれた。

「これを見ても〝一斉上陸〟情報を、無視する、そういうことですか！」

綾は、沼田から受けた報告書を飯田の目の前に突きつけた。

手に取った飯田は特別な反応はしなかった。

「国家危急の事態を前にして、〝わが社〟はそれを黙って見過ごす、そういうことですか？」

飯田がゆっくりと顔を上げた。

「聞いたはずだ。関係方面へ、輪島課長の人脈で非公式照会したが、まったく裏取りができなかった」

「私は納得できません」

綾が語気強く言った。

飯田は椅子の背もたれに再び体をあずけて綾を見据えた。

「その根拠は？」

口を開きかけた綾を、飯田が手振りで遮って言った。

「根拠はない。ただ、分析官としての勘《カン》のみ、そういうことだな」

「いえ、呂洞賓の活動実績並びに、沼田上席調査官の運営ぶりから、私が情報査定を行った結果、信頼性が高いと判断しました」

綾が毅然と言った。

「君の分析官としての力量はすでに歴代の長官や次長が高い評価を与えており、調査第2部全体でも群を抜いている、と私も評価している。だからこそ前の長官は、普通なら四十歳以上で就くべき本庁分析官のポジションに三十四歳という若さの君を大抜擢されたんだ。特に、どんな些細な情報に対しても必ず事後検証を怠らない仕事ぶりは、すべての調査官が見習うべきだ」

珍しくも褒める飯田が何を言おうとしているのか、綾は全身に力を入れて身構えた。

「しかし」

そらきた、と綾の脳裡に警告音が響いた。

「〝現場〟の調査官との関係は時間が経つにつれ、特に二年というのがターニングポイントだが、ある種の、持ちつ持たれつの関係が生じる。分析官は、〝お気に入り〟の〝現場〟の調査官に対して評価が甘くなるし、調査官もそれを承知で、全面的な協力姿勢を示す」

綾は呆れるしかなかった。分析官として高い評価をしているとそう言った舌の根の乾かぬうちに、よくもそんな、入庁一年目研修で使うような言葉を投げかけられるものだ、と怒りを通り越して、呆れ果てて反論する気にもなれなかった。

だが飯田はさらに続けた。

「しかも、悪意をもった協力者が、〝現場〟の調査官や本庁の分析官の力量を上回る場合、一見もっともらしい、しかし検証ができないB－2情報をいくらでも捏造することができる。毎月、数本の情報を〝寝っ転がって作文〟するだけで、高額な報償費が支払われる。芳野、君にしても、何度かガセを信じ込まされた苦い経験があったはずだな？」

綾は、この会話がまったく意味のないものだと理解した。

「つまりは、臆病なだけ、ということですね」

「何が言いたい！」

苛立った飯田が声を荒らげた。

「内閣情報集約センター、すなわち官邸に情報をサービス《提供》し、そしてそれをもとに官邸の政府緊急参集チーム会議に集まった関係省庁の最高幹部たちの前で、次長や2部長（調査第2部長）が、トンデモ情報を扱うキワモノ野郎、とレッテルを貼られること、それを何としてでも避けたい、そういうことですね」

しばらく綾を見つめていた飯田総括が口を開いた。

「負けたよ」

綾はその言葉に驚いた。

「君がそこまで言うなら、最後まで突き上げろ」

飯田は真剣な眼差しでさらに続けた。

「ただ、知っての通り、拘束事案への対応で、上はピリピリしている。本来なら、緊急の協力者運営や実働《ジッドウ》を支援すべき工作推進参事官室にしてもそのことで頭が一杯で——」

「孤軍奮闘せよ、そういうことですね？」

綾が先んじてそう言った。

「裏取りのエビデンスをかき集めろ」飯田が真顔で続けた。「それができたなら、課長をいかにしても説得し、プロジェクト《P》チーム《T》を立ち上げてやる」

自分のデスクの前に戻った、ちょうどその時、卓上電話が鳴った。再び報告書受理班の東山からだった。

東山は新しい報告書の受信を告げた。それが里見からの報告書であることを知らされた綾は、急いで手続を終えてデスクに戻ると、心を躍らせながら報告書に目を落とした。里見が運営する藍采和《ラアンツァイフウーワ》が、呂洞賓の情報の裏取りとなるはずだ、と期待したからだ。

〈発：関東２－４　里見　上席調査官
宛：本庁２－４　芳野　分析官
秘密区分：極秘・限定
本日、協力者登録番号３１７、協力者登録名『藍采和』より以下の報告あり。
中国人民政治協商会議の常務委員〈Ｙ〉から情報を得た、以下、伝える。
中国共産党中央弁公庁で保管されている、三ヵ月内に開催された国家安全委員会の議事次第の中に、対日関係を意味するものは含まれていない。以上〉

綾は里見からの報告書を何度も読み返した。

想像もしていなかった情報だったが綾は冷静に受け止めた。

つい今しがた、飯田からの〝異例の激励〟を受け、体じゅうから力が湧いたばかりだったことが余計にショックを強くした。

尖閣諸島をはじめとする日本の領土周辺や領海へ出撃する中国の海軍水上艦、海警局の巡視船や漁船の作戦を事前承認し、また事後の報告を受けて指導しているのは、「国家安全委員会」という機関であることは、綾も知っている。国家安全委員会が、軍、海警局などの作戦を調整しているからだ。

ゆえに、直近のその委員会の会議の議事次第に、呂洞賓からの情報の〝一斉上陸〟についての記述がない、ということは、すなわち、そういう作戦計画は存在しないことになる——。

綾は、今こそ頭を働かせろ、と自分に言い聞かせた。

プロフェッショナルな分析官であるからこそ、それをしなければならない、と必死になった。

エビデンスを重視する分析官としての厳格な手法からすればすでに答えは出ている。

しかし、分析官の経験から感じる勘からすれば、呂洞賓の情報に対する信頼は揺るぎない。

だがそれでも——。

綾は激しい焦燥感に襲われた。

綾は辺りを見回した。パソコンを前にした調査官たちは黙々と自分の仕事に没頭し、あるいは小声で電話にかじりついている。

部屋の隅にあるパーテーションの奥から姿を現した飯田が、一人の調査官を呼びつけて険しい表情で何かを言っている。

静かだ、と綾は思った。自分だけがエアポケットの中に放り込まれたように何も音が聞こえない。

綾の、身体の奥で、心が激しくざわめいた。

もし里見からの報告が、少しでも、呂洞賓の情報を補完できるものであったのなら、すべてが一気に前に動いていたはずだった。

一つだけでいい。どんなことでもいい。裏取りできる情報が欲しかった。国家緊急事態の発生が間近に迫っているとの警告をしている情報は、呂洞賓の一本しかないのだ。

しかもあろうことか、主要協力者《シユヨウマルキヨウ》である藍采和からの情報は、裏取りになるどころか、逆に否定するものだったのである。

その時、ハッとしてそのことに気づいた。呂洞賓からの情報にあった漁船団の動きには、中国海軍の艦船も同行する、とあった。恐らく護衛が任務だろう。ということは、誰が考えても、この作戦は軍事作戦である。

つまり、人民解放軍のラインに入らないと、情報は取れないことになる。それで考えると、〈国家安全委員会〉は軍とどういう関係にあるのか、それを突き止めるべきだ。

もし軍と関係なければ、ネガティブな思考になる必要はないからだ。

綾は、一番上の引き出しからネットと繋がっているパソコンを取り出すと、〈国家安全委員会〉というキーワードで片っ端から検索をかけた。さらに、一番下の五段式文字盤鍵がかかった引き出しにあるスタンドアローンのパソコンを机の上に置いた綾は、自分で蓄積していた資料を急いで読みまくった。

満足する情報を得たと確信したところで受話器を握った。綾は、いつもの分析官としての拘《こだわ》りこそ、正しい選択であると確信していた。

電話をかける相手は、飯田総括ではなかった。

関東公安調査局の里見上席調査官だった。

あれだけで報告を終わらせた里見をそのままにしておくことこそ、分析官として許されざることだった。

外線電話専用のブースに里見を呼び出した綾は、一気にまくし立てた。

「先ほど頂いた報告書にありました『国家安全委員会』という組織は、軍とのラインは薄くて、国務院公安部の情報に依存している、とのアメリカ議会調査局の公刊情報があります。ゆえに、軍の筋からの情報のさらなる〝深掘り〟を〈Y〉に依頼してください」

綾が頭に浮かべたのは、アメリカ議会調査局の論文のその一説だけではなかった。全国からの報告書、海外のシンクタンクの報告書や文献、また幾つかの友好的な海外の情報機関からシェア《共有》された情報だった。

〝現場〟の調査官の誘導には完全な自信があった。分析官として頭に入っている情報の質も量も圧倒的に違うからだ。

里見が慌てて言った。

「ちょっと待って欲しい。それだけの情報でも、〈Y〉がどれだけの危険を冒したか、分かるでしょ？　倉庫に忍び込んだんですよ」

不満を口にした里見が、我慢ならないというように続けた。

「藍采和は、日本がいざという時のために温存すべき、日本にとって重要なアセット（国家財産的な協力者）なんです。これ以上、危険なことはさせられません」

「詳細は話せませんが、国家の緊急事態です。つまり、今が日本のその〝いざという時〟です。至急、お願いします」

里見の反応を待たずに受話器を戻した綾は、腕時計へ一度目をやってから、卓上電話を再び見つめた。

必ず沼田は、張果老と接触するはずだと、綾は思った。どちらにしろ、これでシロクロをはっきりできると綾は思っていた。

もし張果老が裏取りとなるような情報を与えてくれるなら、工作推進参事官室から緊急の協力者工作や実働《ジツドウ》などの支援を何としてでも得る、その決心をしていた。しかし、切り札である、張果老の口から裏取りとなるものを取れなければ、中国の漁船団の行動に間に合わず、そして――。

綾はその先を考えることを頭から強引にぬぐい去って、再び報告書の分析に戻った。

6月8日　水曜　午前10時25分　韓国ソウル　金浦《キムポ》国際空港

午前中という時間もさることながら、ザ・ナショナルエアポートの役割を仁川《インチヨン》国際空港に奪われ、国内便のフライトが中心となった韓国の首都、ソウル市郊外にある金浦国際空港内は、混雑という状態ではなかった。ショップやレストランの数も仁川に比べれば少なく、かつては映画館や大規模なショッピングモールもあったというのが嘘のようだった。

ずらっと並ぶ免税店は人けが少ないことから、帰りの福岡行きの便も客数は少ないはずで、リクライニングシートを思いっきり倒して眠りこける自分の姿を沼田は想像した。

出国フロアに二軒あるカフェのうち、フランス語と英語で書かれた看板のある店に入った沼田は、カウンターでアイスコーヒーを注文して、入り口を見通せる店の一番奥の席に座った。

沼田が、アイスコーヒーを一口啜った時に、スマートフォンにメールを受信した。

送信者は、アドレス帳に記載した偽名の加藤一郎。つまり張果老《チヤングウオラアオ》である。

短い文だった。そこから移動して、ある場所へ来い、という。

店を出た沼田は、ロッテ免税ショップの中に足を踏み入れた。店内には、ノーネクタイの地味なスーツ姿で黒縁の眼鏡をかけた中年の男と、白いポロシャツに黒いジャケットを羽織った七十すぎくらいの男がそれぞれ貴金属のショーウインドウを眺めている。また、香水のコーナーではお土産袋を抱えた五十がらみの女性が笑顔で店員と話していた。

腕時計のショーケースに沼田が目を落としている時、視界の隅で、張果老を確認した。血色のいい顔つきから、張果老は公私ともに大きな問題は抱えていない、と安心した。

張果老は、常に沼田に従順だった。いかなる情報要求にも、張果老が知る限りにおいて、真摯に応えてくれている。

沼田にとっては、まさに自分のクローンそのものだった。本来なら、常に接触が可能で、とびきりの情報を提供してくれる主要協力者《シユヨウ・マルキヨウ》となるべきところ、張果老の地位が余りにも高いゆえ、接触することが容易でないことからその安全性を考慮して、エイキョウのまま登録すべしと工作推進参事官室が指示したのだった。

張果老の情報は芳野綾が行った事後検証においても常に正しいと評価されているし工作推進参事官室による査定でもそれは証明されている。

ただ、張果老は、直接の情報を取れるという、中国共産党中央最高幹部〈Z〉がどんな人かについてまったく口にしない。

しかし、工作推進参事官室は知っているはずだ、と沼田は思っていた。

というのも、実は、張果老の獲得過程が、選別、身分の設定、基礎調査、接触、世話焼き作業という協力者工作の基本過程を踏んでの運営ではなかった。

張果老は、そもそも公安調査庁の五反田《ごたんだ》という名の〝伝説〟の参事官が開拓し長年にわたって運営していた協力者だった。

張果老が日本の大学に留学していた時、五反田が目を付け、五年がかりで獲得したエイキョウだった。

しかしその過程はスムーズなことばかりではなかったと、本庁の工作推進参事官室の者から沼田は聞かされていた。

五反田は、留学生の張果老と十数回接触するうちに、自分の公安調査官という本当の身分が彼に露見してしまったことがあった。彼は急に態度を変え、「祖国や親族を裏切ることにならないか」との不安をぶつけ、もはや協力できないとの雰囲気となった。

しかし、張果老の精神状態を冷静に分析した五反田は、直接的な情報提供の要請は控え、しばらくの間、神社仏閣や祭りに連れて行くなど、日本の伝統文化に触れさせながら、自分自身の誠実さを強調し、悩みを聞き出すなど、人間関係を深めることだけに集中したという。

その後、張果老は難病に苦しむ親族のことを話したため、日本の最新治療を受けさせるべく、五反田は関係機関に根回しして、親族を来日させ、手術などの治療を受けさせた上、治療費も援助し、親族は治癒して無事帰国した。これによって、張果老は五反田に心酔し、エージェントとして活動することになったという。

その後、帰国した張果老は、その家柄ゆえ、中国共産党中央のヒエラルキーの中でスピード出世していった。しかし、五反田はその間、まったく連絡をとることはなかった。

そしてついに、張果老が政治局の中に足を踏み入れた時、初めて五反田は、運営を開始したのである。それからはずっと、五反田の元へはとびきりの情報が入り続けた。その噂は、外国の情報機関にまで鳴り響いた。まずイギリスの対外情報収集機関が、五反田をロンドンに招待した。

イギリス対外情報収集機関は用意したセイフハウスで、一週間にわたって五反田からの〝講義〟を受けた。

その二日後、五反田を招いたのはフランスの対外情報収集機関だった。

張果老の運営は、五反田が定年退職をしてからも続けられた。公安調査庁はそのために資金を出し、発展途上国への農業支援を行うＮＰＯにカバーした情報収集拠点の運営を支えた。

その拠点も五年前、撤収された。五反田が鬼籍に入ったからである。ちょうどそんな頃だった。公安調査庁で、中国情報強化を目的とした、あのコンテストが行われたのは――。

その時、工作推進参事官室は、張果老のプロジェクトを稼働させた。五反田が亡くなる直前、張果老との秘匿連絡ラインを工作推進参事官室に託していたからだ。

そして、そのラインを引き継ぎ、そのプロジェクトの担当として工作推進参事官室から指名されたのが沼田だったのである。

指輪のコーナーに足を向けたところで、沼田は、背後から人の気配を感じた。沼田は振り向かず、そのままごくゆっくりとした足取りでショーケースの前を歩いた。

「ぼったくりよ」

張果老の女性らしい柔らかな声が言った。

沼田は顔を向けず、何も応えず、ただそこで初めて足を止め、じっとショーケースのペンダントを眺めた。

それにしても、と沼田は思った。第三国での秘密接触においては日本語で話すことで危険を排除できるのだが、余りにも流暢なのだ。

つまり、諜報員養成を行う北京国際語学学校で優秀な成績だったはずであり、すなわち、沼田と同じ世界に棲む筋者《スジモノ》だ、というのが沼田の最初からの見立てであった。

沼田は、ごく短く、しかし正確に、呂洞賓《ルユードオンサアイ》からの情報を伝えた。

その直後、沼田の耳に聞こえたのは、意外な言葉だった。

「その九十隻のことよりも、別に非常に奇妙なことが起きています」

「奇妙なこと？」

ショーケースから目を離さず沼田が訊いた。沼田の心はざわめいた。張果老の声がいつもの冷静な響きではなかったからだ。

しかし張果老はそれには直接応えなかった。

「見るべきは、中国共産党指導部ではありません。軍です」

張果老が答えた。

「軍？」

騒ぐ心が沼田の言葉を急かした。

「そうです。軍の一部が作戦を準備中です。それにしても何かが奇妙だわ……」

振り向きたい衝動を沼田は必死に抑えた。

「軍のどの部隊です？」

「チンタオ――」

張果老が小さな声で囁《ささや》いた。

「山東省の港湾都市の、青島《チンタオ》ですか？」

「そうです」

その直後、張果老が辺りを見回し、立ち去ろうとしていることが、視界の隅で沼田にはわかった。

この数十秒間だけの接触はいつものことだった。しかし、呂洞賓の顔が脳裡に浮かんだ沼田は、今回に限ってそのことを聞かずにはおれなかった。

「〝わが社〟に、ダブル《二重スパイ》作戦が仕掛けられていますか？」

「ダブル？　そんな生易しいもんじゃないわ」

しばらくその言葉の意味を俯《うつむ》いて考えていた沼田は、ハッとして張果老がいるはずの方向へ顔を向けた。それがルール違反であることを忘れてしまっていた。だが、張果老の姿はそこにはなかった。

沼田の目に入ったのは、快活な笑い声をあげながら到着口の方へと急ぐ若い女性たちの姿だった。


一度の呼び出し音で綾は受話器を取った。

「報告する。まだ日本じゃない」

沼田の声が聞こえた。

「お疲れ様です。お願いします」

綾が緊張しながら訊いた。

沼田は、工作用のスマートフォンで、数秒間の会話を、幾つかの暗号を使って綾に再現してみせた。本来の安全規則では国際回線からのやりとりは原則、禁止されている。だが沼田の帰国までの時間がもったいない、とする綾からの強力な要求に応えたのだった。

沼田からの報告で、綾が関心を寄せたことは幾つかあった。

しかし何より、注目したのは、最初に沼田がぶつけた呂洞賓の情報を、張果老が否定しなかったことだ。

通話を終えた綾は、コーヒーサーバーへと足を運び、マイカップにホットコーヒーを注いだ。デスクに戻るとすぐに、カップを両手で包み込み、そっと口に含んで瞼を閉じて項垂れ、思考を集中させた。

まず考えたのは、張果老の情報は、呂洞賓の裏取りとなったのか、そうでないのか、という点である。

綾は、机の上の書類をすべて五段式文字盤鍵で施錠された一番下の引き出しの中に慌てて仕舞い込み、大部屋を出て、通路を一度右に曲がった先の右側にある資料倉庫の殺風景な灰色のドアの前で立ち止まった。

テンキー式のセキュリティボタンでドアのロックを解除した綾の目の前に、短い通路が左右に並ぶ銀行の貸金庫のようなボックス群が広がっていた。

目指す報告書保管用ボックスの前で足を止めた綾は、上から見下ろす監視カメラにちらっと目をやってから、セキュリティ解除の手順に入った。

まずボックスに見開いた眼を近づけて虹彩認証を行った上で、個人管理のキーでボックスの扉を開けた。中から、目的の段ボール箱を抜き出した綾は、そのまま抱えてボックスの扉を施錠し、資料倉庫のドアは後ろ手で閉め、足を速めて自分のデスクへと戻った。

段ボール箱から取り出した報告書を机の上に積んだ綾は、急いでこれまで寄せられた張果老からの情報をまとめた沼田からの報告書を取り出した。

最大限の安全策が図られて限定的な接触が張果老には求められているので、内容はそれほど多くはなかったが、綾は、細かい部分まで張果老の言葉に集中した。

報告書の「体裁」について、綾は、報告してくる〝現場〟の調査官たちに、微細な部分まで完全にその言葉を記述するように依頼してきた。

もちろん、本当のソースからの言葉は、〝現場〟の調査官が運営する協力者というフィルターを通して、綾の元へ届けられるので、正確ではない可能性もある。しかしそれでも、綾は、その体裁にいつも拘っていた。

しばらくして綾が見つけたものは、張果老の言葉のあるパターンだった。

沼田からの質問や要求に対して、否定する時の言葉は、はっきりと意思表示する場合が多い。

一方、肯定する時は、そうだ、とか、イエスなどの、明確な言葉を使うことは少なく、別の言葉に置き換えて肯定の意味が伝えられることが多い。

ソウルでの沼田に対する張果老の反応は、ノーではなかった。そして、〈非常に奇妙なことが起きています〉という言葉は、呂洞賓からの情報と何か関連がある、と綾は確信した。これまでの張果老の言葉のパターンを読み込んだ結果からだった。

綾は、そのことに気づいた。机の一番下の引き出しの五段式文字盤鍵を急いで解錠し、今朝、里見から届いた報告書を抜き出した。

藍采和《ラアンツアイフウーワ》からの情報には、ある重大な事実が含まれていることに綾ははじめて気づいた。正確に言えば、重大なことが書かれていないことに気づいたのである。

藍采和の正体について、綾が行った独自の情報査定によれば、中国外交部の局長クラスであり、その藍采和が直接に情報が取れる相手とは、国務院公安部の幹部の一人と結論づけていた。

今回の呂洞賓からの情報――つまり〃一斉上陸〃は、人民解放軍海軍の水上艦も護衛として出航するとしていることから明らかに軍事作戦である。

藍采和が伝えてきた「国家安全委員会」という組織は国務院公安部の指揮下にあり、ゆえに、人民解放軍の作戦が極秘であれば知ることはできないはずである。

綾は同時にあることを思い出した。

一昨日、全国の〃現場〃の調査官に依頼したオーダー、それに対する報告書のことだ。中国共産党指導部に近い人物に接触ができる協力者を運営している全国の〃現場〃の調査官からの報告書には、〃一斉上陸〃に関連づけるだけの情報はなく、それどころか、すべての港に特異動向はない、とする報告書もあった。

しかし、綾がそれらの情報を今あらためて精査してみると、新たなことがわかった。呂洞賽の情報を否定する情報は、すべて、人民解放軍との線を持たない中国共産党指導部周辺の情報であった。

つまり、人民解放軍の線で呂洞賓の情報を否定する情報は存在しないのである。

しかし、ある矛盾にも気づいた。

人民解放軍は党のものであって、すなわち指導部のものなのだというのは、中国専門《チャイナスクール》に就いている者なら教科書の冒頭に出てくる、余りにも基本的な事実である。

だがもし、その基本的な事実に呪縛されている、としたらどうだろうか、と綾は考えてみた。張果老から沼田に囁かれた、〈見るべきは、中国共産党指導部ではありません。軍です〉という言葉は、その推定に現実味を与えてくれるようにも綾は思えた。

綾は本能的に分析官としての思考の範囲を伸ばした。

すると、〝不気味な想像〟が脳裡に浮かんだ。つまり、もし中国共産党指導部が〝一斉上陸〟を知らず、人民解放軍、それも一部だけが知っているとすれば――。

だが、綾は、チャイナスクールの分析官として、プロフェッショナルだからこそ、その推定を否定せざるを得なかった。

中国共産党中央という巨大組織の中で、人民解放軍が扱っている情報のすべてを党が把握しているわけではないだろうが、〝一斉上陸〟のような、いわば大規模な軍事作戦が、中国共産党指導部の承認なしに行われるはずもない。

しかも、綾がこれまで扱ってきた情報の中にこそ、その答えを支えるものがあった。人民解放軍総参謀部第2部による台湾の政権内部への諜報工作について、中央軍事委員会と人民解放軍の中だけで取り扱われ、中国共産党指導部へは伝えられていなかったという情報もあった。

そのことは、後になって発覚し、人民解放軍と中央軍事委員会の幹部数人が秘かに失脚させられる事態に発展した。ゆえに、それを知っている人民解放軍の優秀な幹部たちが党指導部の了承を得ずに作戦を指示することなど有り得ないと綾は思った。

しかし、綾は、沼田に対して張果老が口にした、あの言葉が引っかかっていた。

〈非常に奇妙なことが起きています〉

綾は、その言葉の意味こそ、張果老が伝えたかった核心だ、と思った。綾はもう一度、張果老からの情報を記した報告書を読み耽った。

一時間ほど経過したところで、綾の脳裡に、再び、あの〝不気味な想像〟が浮かんだ。

――もし中国共産党指導部が知らず、人民解放軍の一部だけが知っているとすれば……。

綾は思考をさらに進めた。中国共産党と人民解放軍とは一体であって、そもそも切り離して考えられない揺るぎない関係であることは、チャイナスクールの門をくぐる時に知っておかなければならない常識中の常識である。

しかし、その揺るぎない関係のはずの二つの組織の間に、何らかの重大な問題が発生しているると張果老が感じたからこそ、あんな言葉を使ったのではないだろうか。

どちらにも情報線を持っている張果老だからこそ、その思いに至ったのではないだろうか。

そして、中国共産党指導部と人民解放軍の両方にアクセスできるであろうはずの張果老は混乱し、沼田に対してあんな言葉を思わず口にした——。

では、何らかの重大な問題、とは何か？

それが、綾の脳裡にずっと浮かんでいる、〝不気味な想像〟と一致するとすれば。

すなわち、人民解放軍の一部の将軍たちが、中国共産党指導部の了承を取らずに作戦を行おうとしているのならば、しかも日中の軍事的衝突をもいとわないとしているのならば——。

あり得ない！　という言葉が脳裡で舞っているのを自覚していたが、綾は思考を先へ進めた。

人民解放軍の将軍たちは、今回の作戦で政治的目的を果たした上で——つまり懸案の尖閣諸島を実効支配した上で、それを中国国家の勝利という手土産に、中国共産党指導部には事後承認を求め、栄誉を我が物として指導部に食い込んでいく——その思惑があるのではないか。

ただ、それを狙うならば重要なことがある。作戦を行うなら、必ず成功させなければならない、ということである。中途半端な結末ではいけない。完全勝利しかない。まして、日本と交戦するような事態は絶対に避けなければならない。

だからなのか、と思考は一気に結論へと向かった。

だから、〝一斉上陸〟の作戦にしても、事前に日本側に気づかれて反撃の余裕を与えてしまうので、自衛隊の膨大なセンサに――恐らくアメリカ軍も意識して――引っかからないように、目立つ動きを極限まで避けているのではないのか……。

その上で、綾は、張果老が何を伝えたかったのか、さらに核心部分に迫るための思考に入った。

当然、張果老が囁いた、〈チンタオ〉と〈軍〉のフレーズに注目した。

綾は、自分のパソコンにインストールしている、CIA（アメリカ中央情報局）のリエゾンからもらった、〈PLA　ACTIVITY〉（人民解放軍の行動）と題する、中国全土の陸海空部隊とその行動記録を組み込んだデータを立ち上げた。

そこから絞り込みをして、〈海軍基地〉に焦点を絞った。その結果、チンタオには、北部戦区という巨大な陸海空統合部隊の司令部があるとともに、海軍の北海艦隊司令部が置かれ、海軍で唯一、原子力潜水艦部隊が配備されていることがわかった。ジェーン年鑑のウエッブ更新版にアクセスすると、その原子力潜水艦部隊の基地には三隻の漢《ハン》クラス原子力潜水艦を保有しているとある。

この原子力潜水艦こそが、張果老が口にした〈見るべき〉としたものに違いない、というのが分析官としての確信だった。

綾は机の中段の引き出しを開け、黄《ファン》からもらった潜水艦の模型を取り出して手にした。美しいフォルムだ、と思った。

だが、父親が設計した海上自衛隊の潜水艦の方がずっと美しいと綾は思った。

しかし綾は、自分で導いた結論に困惑した。呂洞賓からの情報にあった、福建省の馬尾港、宮口港と秀嶼港という場所は、いずれも東部戦区に属し、また東海艦隊の管轄でもある。ニフティの新聞記事横断検索を使って、ファイル化した幾つかの記事の内容を綾は思い出した。

――現在の中国の揚《ヤン》国家主席は、二〇一五年、人民解放軍の大改革に着手し、真に戦う部隊を創り上げることを目的に、これまでの防衛責任区域を全国七個の軍区から五個の戦区に再編した。そして、それぞれの戦区に、アメリカ軍のシアターディフェンス方式（エリアごとに戦闘責任区域とする）に見習って、陸海空部隊を統合運用する任務を与えた――。

だから、綾は自らの結論に違和感を覚えたのだ。福建省の馬尾港、宮口港と秀嶼港から開始される今回の中国側の尖閣諸島へのオペレーションは、東部戦区の管轄で、台湾に近い浙江省寧波《ニンポー》に司令部を置く東海艦隊の指揮下にあるはずである。

つまり、これらとチンタオの部隊は戦区も艦隊も違っているのだ。シアターディフェンスで配備されている限り、戦区や艦隊の一部が混在してオペレーションを行うことなどあり得ない。では、張果老が伝えてきたチンタオに関する情報は、呂洞賓が伝えてきた今回の尖閣諸島への大量の中国船舶のオペレーションとは関係がないのか……。

だが、綾はあることに気づいた。もし、北部戦区と東部戦区の両方の部隊に命令を〝与えることができる者〟が、そうしたとすれば――。綾は鳥肌が立つ思いに襲われた。

〝その者〟とは、人民解放軍の最高幹部……いや、それよりもさらに上の――。

――このオペレーションは、単に漁船や数隻の海軍水上艦だけが行うのではない。もっと巨大な作戦が存在するのではないか……。

綾は結論を急がなかった。ここからが、分析官としての力量の見せ所だ、と思った。

綾は、積み上げた膨大な報告書を捲った。二時間をかけて百通以上の報告書を読み耽った時、綾は気づいた。

それを見過ごしていたとわかったのだ。

コーヒーカップを手にした綾は、目を閉じて――。

突然の卓上電話の呼び出し音に、もう少しでコーヒーカップを落としそうになった。

綾は、思わず辺りを見回した。すでに部屋には誰もいない。省エネ指示がなされているので、大部屋の照明は、綾のデスクの周りの一部しかないので部屋の全体は薄暗い。銀座のネオンだけが依然として窓から見える空をぼんやりと浮かびあがらせていた。

「まだいたか、やはり」

沼田だった。

驚く綾に沼田は、

「お陰で、徹夜はこれで、三日目だ。そっちは二日目か？」

綾がそれに応えようとする前に、沼田が続けた。

「張果老は異様だった」

「この電話は？」

綾が慌てて訊いた。

「大丈夫、帰国した」

納得した綾は、沼田の言葉の続きを待った。

「いつもの張果老ではなかった」

「どういうことです？」

綾が訊いた。

「上手く言えないが、とにかく妙だった。呂洞賓からの情報は伝えた。ところが、それについての反応が、ストレートな回答ではなく、もっと別のことを示唆した……」

「その別のことについて、沼田さんはどう解釈されているんです？」

綾は巧みに誘導した。

「さらに深刻な事態が起きている、もしくは起きようとしている、そんな風に感じた……」

今度は、綾が分析によって導き出した、〝不気味な想像〟について沼田に語った。

綾の耳に聞こえた沼田からの最初の言葉は、「まさか」というものだったが、その直後、神妙な言葉に変わった。

「オレのこれまでの知見では、党と人民解放軍との一体化は揺るぎない。まして、国家体制上、中国共産党指導部の承認なしに、国家戦略対象である尖閣諸島への〝一斉上陸〟などの大規模軍事作戦を行うことなどまったく不可能であって、絶対にあり得ない」

黙って聞いていた綾は、沼田の言ったことは真実だ、と思った。しかし、それでも、綾は自分の分析結果に拘った。

「疑念があるんです」

として、沼田からの電話の前に思考していたことを綾は続けて口にした。

「〝一斉上陸〟をするのならば、軍事的合理性からすれば、兆候を日本側に事前にキャッチされないために、限界に近くなるまで動かない作戦がとられる、そのことは分かります。しかし、〝一斉上陸〟の日程が決まっているのに、漁船などの大量出航まで二日、尖閣諸島への〝一斉上陸〟にしてもあと四日という、こんな切羽詰まった時でさえ防衛省から、兆候をキャッチしたという連絡がない。つまり、いまだにまったく動かないというのでは、余りにも遅すぎるのではないかと――」

「そんなもの、色々な偽装で、船に必要な資機材を載せることは可能だ」

沼田が軽い口調でそう言って続けた。

「そんなことより、呂洞賓の情報の正確さが証明された以上、〝本店〟の輪島と飯田に頭を下げさせた上で、早く、国家情報コミュニティに通報しろ！」

「分かっています。明日の朝、何としてでも説得します。しかし――」

綾はそこに拘らざるを得なかった。

「分析官とは妄想屋ということか」

沼田は苛立っている風だった。

「いえ、何かを見落としているような、もしくは何かを見つけていない、そんな気がしてならないんです」

綾は、沼田の反応を待たずに続けた。

「〝一斉上陸〟といえども、文字通りの光景は起こらないはずです。一隻ずつが接岸するので時間がかかる。その間に、事前情報がなかった日本側も素早く事態対処するでしょう。中国海軍が何隻集まろうが、海上保安庁、警察、自衛隊も十分な兵力を投入するはずです――」

しかも、綾はもう一つ、大きな問題を解決しなければならなかった。

それは、呂洞賓からの情報が二日前に届いて以来、実は、ずっと引っかかっていたことだった。

膨大な数の漁船団と護衛の海軍の水上艦が向かう、というだけで、果たして完全なる実効支配となるのだろうか。

漁船団に対して海上保安庁も警察も真剣に立ち向かうであろうし、海上民兵の全員を簡単に上陸させるとは思えない。それは、中国側も承知のはずではないか――。

綾は、何かを見落としているのかもしれない、と焦った。海上民兵を乗せると思われる漁船団の出航があと二日、さらに尖閣諸島への〝一斉上陸〟が四日後に迫っている、という情勢の前での激しい焦りだった。

「あんたは、分かっているはずだ。プライオリティが何かを」

沼田が押し殺した声でそう言って、なおも続けた。

「今日はもう水曜日。あと二日で、海上民兵どもが出撃する」

意を決した綾は言った。

「分かってます。明日、必ず、上を説得します」

そう力強く言った綾だったが、まだわだかまりを引き摺ったままだった。

6月9日　木曜　午前10時30分　公安調査庁本庁

プライオリティを追求して作業を進めた綾が輪島課長と飯田総括への説明資料を作成しているちょうどその時、ふと顔を上げると、飯田が出社してくる姿が目に入った。

ほぼ同時に、輪島の在庁ランプも点灯した。

綾は焦った。一刻も早く報告をしなければならなかった。

今日もまた徹夜となった綾は、冴えない頭を無理矢理に働かせ、沼田が運営する呂洞賽《ルユードオンサアイ》の情報に対する情報査定をさらに行い、同じく張果老の情報を分析した結果などを含めて資料を仕上げた。

しかし、〝不気味な想像〟と関東公安調査局の里見からの情報については書き込まなかった。まず、長官もしくは次長による内閣情報官への報告をいち早くさせるために、輪島を説得する方法を見つけ出すことこそ優先される、と綾は判断したからだ。

内線で飯田のアポイントメントをとった綾は、急いでパーテーションの中へ足を踏み入れた。

「五分だけ時間をください」

綾は、そう言って執務机の傍らに立てかけられていたパイプ椅子を強引に手にとって、飯田の前に座った。伝えるべきことは分かっていた。しかし、あの〝不気味な想像〟については、今、ここで話すタイミングではない、ということも自分に言い聞かせていた。

飯田は、綾がパワーポイントで作成した分析レポートを真剣な表情で凝視した。

「その通り、張果老は否定しませんでした。そのことが、呂洞賓の情報が正しいことを物語っています」

そう説明してから綾は、飯田の顔をじっと見つめた。

「禅問答のようだ……」

飯田がそう呟くように言った。

「しかし、ここに書かれた、九十隻の漁船、という言葉にしても、単に、張果老が沼田の言葉を復唱したんだろ？」

飯田はそう言ってレポートを机の上に放り投げた。

綾はその時、呂洞賓からの情報について、張果老にどのように伝えたか、沼田から聞かされた一字一句を思い出した。

「総括、違います」

綾が急いで言った。

「違う？」

飯田が怪訝な表情で尋ねた。

「張果老に、漁船団のことは伝えたんですが、その数までは沼田さんは伝えていないんです」

「伝えていない？」

飯田の目が大きく見開かれた。

「そうです。それを尋ねる前に、張果老は立ち去ったんです」

綾が瞬きを止めて飯田を見据えた。

飯田は激しく目を彷徨わせた。

「しかし、君のその分析は、結論につながる多くの選択肢から最悪のものを選んだだけで

――」

綾は冷静に言葉を続けた。

「もはや、私の頭には勘というあやふやなものはありません。エビデンスだけです。私たちの任務は、総理の目の前で、『事実』と書かれた扉から入ってゆき、帰納《きのう》的に事実を検証し、未来を推測するため、悲観的な言葉を述べることです。楽観的な人間は情報機関では勤まりません」

綾の言葉が終わるや否や、飯田は慌てて卓上電話を握った。

電話が終わると、「課長室へ行く。君も一緒に」と綾を急かした。

綾が作成した資料を見つめ、飯田からの説明を受けた輪島は、開口一番こう言った。

「最早、グリーンにも判断してもらわなければ――」

綾は呆れた。公安調査庁では、かつてキャリア採用組を「グリーン」と呼んでいた頃があった。綾が耳にした噂では、キャリア幹部たちの懇親会である緑新会《りょくしんかい》というのがあって、そこから名付けられたという。しかし、もはやそれは庁内でもまったく死語である。

その二十分後、綾は輪島たちとともに次長室の会議机の前に座っていた。

だが、海老原次長の反応に、綾は逆に面食らった。

検察官であるからなのか、海老原は常に冷静である。来年には、検察庁に戻り、主要な県の地方検察庁のトップ、つまり検事正に就任することが、歴代そうであったように約束されている。しかし、その一方で、海老原は、歴代の次長とはまったく違って、現場のことに口を出す性格だった。

次長というポストは、すべての工作の最終責任者である。だが、海老原は細かい部分まで関わりたがった。地方の〝現場〟の調査官とさえ直接にコンタクトしている、との未確認情報さえあった。

しかしそれでも、今、この時の、海老原の素早い決断とスピード感は予想していなかったものだった。

海老原は一気にまくし立てた。

「二十分後、長官が外出先から帰って来られる。〝御前会議〟に出席する幹部たちも、今ちょうど揃っている。私の秘書が待機中だ。配布する資料があれば、すぐに指示してくれたまえ」

輪島は呆然とした表情で海老原を見つめていた。綾にしてもそうで、まったく質問を投げかけることもない海老原の態度に戸惑ってさえいた。

「何をしてるんだ。さっ、準備を急げ。一斉出航まで、あと一日しかないんだぞ！」

そう声を上げた海老原次長は、会議机の傍らにあるインターフォンで秘書を呼びつけた。

6月9日　木曜　午前11時43分　公安調査庁本庁

それからの流れが余りにも急であり、ダイナミックであることに綾は鳥肌が立つ思いだった。

自分の分析によって次長の指示がなされ、それから十分もしないうちに、対外情報収集部門の責任者たちが公安調査庁長官室に足早に集まったのである。分析官としてのプライドが大いに刺激される瞬間だった。

円卓の後ろにあるパイプ椅子に座った綾の耳に真っ先に入ったのは、大橋《おおはし》長官が、輪島課長に投げかける言葉だった。

「この報告書の体裁はなっていない。印刷もどうしてこんなに悪い？」

綾はため息を吐き出したかった。大橋長官らしい言葉だ、と綾は、これまでの彼の発言を苦々しく思い出した。公安調査庁長官の地位にいる者は、検察官としては最高ポストの、高等検察庁検事長の座が待っているほどの政府の大物である。

そんな大物が、いつも部下たちに小言を、それもどうだっていいことを連発していることに、綾は大きな違和感を抱いていた。

綾は勢揃いした幹部たちを見渡した。

協力者工作の最終責任者である海老原次長をはじめ、嵐山総務部長、海外情報分析部門を統括するキャリア入庁の定岡《さだおか》調査第2部長と、防諜セクションである調査第2部第1部門を率いる玉熊《たまざわ》課長のいずれの顔色もすぐれないことに綾は気づいた。

しかも、朝鮮半島を担当する調査第2部第3部門の谷村《たにむら》課長がいつものように、世の中のすべての事象が気にくわない、といった風に顔を歪め、鷹揚に大きく足を組んで窓を見つめている。

最初は、中国で拘束された日本人たちのことが、彼らの表情を曇らせているのかと思ったが、定岡のその言葉で綾は理解した。

「近畿の沼田から、呂洞賓《ルユードオンサアイ》の情報が寄せられたのは三日前だと？　なぜ、国家の一大事に関する情報を報告するのに、こんなに時間を要したんだ！」

その言葉に呼応するように、円卓を囲むすべての者たちから、輪島と飯田に厳しい視線が向けられていることに綾は気づいた。

そしてもう一つ綾が気づいたのは、全員の顔色がすぐれない理由は、突然、国家の緊急事態を告げる情報を突きつけられて——しかもタイムリミットが迫っている、そのことに困惑している、ということだった。

綾が大橋長官へ視線を流した、その時だった。

「遅れまして」

工作推進参事官室を事実上仕切る高村上席専門職がそう言って、一人のやせ細った男を連れて入ってきた。

高村の表情もいつもながら、ここにいる誰よりも暗かったが、なぜか綾に鋭い視線を送ってきた。

それにしても、と綾は訝った。分析系の会議に、それとは切り離すべき工作系の最高幹部が顔を見せることは異例であり、綾は激しい違和感を持った。

会議机に着いた高村は、帯同してきた、技官の山本《やまもと》とだけ紹介した男を、後ろのパイプ椅子に座らせた。綾は、ちらっと山本の様子をうかがった。

山本は、しきりにメガネの位置を気にしながら、大学ノートを膝の上に広げ、ペンを片手に持ちグルグル回している。雰囲気で言うと、大学の一年生か二年生に見えた。だから、彼がここにいることに大きな違和感を綾は持った。

そして綾が思い出したのは、得体の知れない者ばかりの公安調査庁でも、最も得体の知れないうちの一人だという山本についての本庁の後輩の女性調査官たちから聞いた噂だった。

その時名前も聞いたが、綾は忘れていた。

ただ所属の部署が、工作推進参事官室のサイバー対策室であることは覚えている。さらに、入庁した経緯は珍しくも大手電機メーカーのエーゲ電機からの途中入社で、それも技官としての採用だということも後輩から耳にしていた。外部からのサイバー攻撃に対抗する防御システムの構築のための採用、というのがもっぱらの噂だった。

山本について綾が思い出した噂はもう一つあった。エレベータで同乗した後輩の調査官が、山本の鞄の中に海外の不動産や金融商品系の雑誌が入っているのをチラッと見た、というものだった。

恐らく独身で金を貯めていたとしても、安っぽいデジタル式の腕時計を見ると、それほど金回りがいいとは綾には思えなかった。

それにしても、単なる技官が、しかも調査官でもないのに、なぜ、こんな高級幹部会合の場にいるのだろうか？　極めてセンシティブな情報を協議する場に――。

いずれにしろ、自分の業務とは関係があるはずもない、と思った綾は、視線を大橋長官に戻した。

「それにつきましては、情報の内容が内容ですので、分析部門での慎重な裏取りを時間をかけて行った結果です」

輪島はそう弁明してから、

「協力者に問題もありましたので」

と早口で続けた。

「協力者に問題？　報告を受けてないぞ。何だそれ！」

定岡が飯田を睨み付けた。

「中国での、三名の日本人協力者の拘束事件に関する、情報漏洩の疑いです」

「しかし、結論は出ておりません」

飯田が慌てて説明したのに輪島が付け加えた。

だが定岡は、飯田を見つめたまま尋ねた。

「誰のことだ？」

飯田は救いを求めるように輪島へ視線を送った。輪島が小さく頷いたのを見て、飯田が口を開いた。

「呂洞賓であります」

「呂洞賓だと？」

そう言った海老原は、目の前に置いていた青いファイルから、書類の束を抜き出した。綾は、それが、工作推進参事官室から緊急に取り寄せた、呂洞賓の『活動記録』だと想像した。

綾は、五年目研修で叩き込まれた、極秘だらけの公安調査庁の中で最高機密にあたる根幹のシステムを脳裡に浮かべた。公安調査庁の地方局における〝現場〟の工作活動は、綾のデスクがある本庁の情報分析部門とは別に、同じく本庁の工作推進参事官室が一括して管理している。

工作推進参事官室では、協力者の人定事項や協力者として獲得・登録した協力者工作過程はもちろんのこと、分析セクションへ送付される報告書には記載されない協力者の発言内容や、調査官との接触の状況などを記録した、『活動記録』という名の秘密ファイルを作成し保管している。

今、目の前で海老原がページをめくっているのが、その秘密ファイルであることが綾にはわかった。

協力者工作活動の最終責任者である次長こそが見るべきもので、綾のポジションである分析官はもちろん、飯田総括や輪島課長、さらに定岡部長でさえ見ることができないものである。

「呂洞賓が情報漏洩したとする証拠はあるのか？」

『活動記録』を見つめながら海老原が訊いた。

輪島が、飯田を見つめた。

「いえ、ございません」

飯田が低い声で答えた。

「そちらは何か把握しているのか？」

そう言って海老原の視線が、玉熊に注がれた。

「いえ、何もございません」

カウンター・エスピオナージを任務とする玉熊が即答した。

「工作室（工作推進参事官室）にも聞く必要がある」

そう言った海老原の視線が高村に向けられた。

「工作室では、呂洞賓の『活動記録』はすべて裏取りがなされている、そう判断していま
す」

高村のその言葉に、海老原は満足そうに大きく頷いた。

「ただ、当該運営担当官については、呂洞賓からの情報収集ばかりを優先し、新たな〝大きな魚〟を釣る努力に欠けていますので、現在、独自の方法で査定中です」

高村はそう付け加えた。

その独自の方法というのは、沼田を尾行していた、あの現場査察官たちのことだろうと想像できた。しかし綾は、高村の言葉には納得できなかった。

人事課を掌握する嵐山総務部長を前にしてそんな話をしたら、昇任に相応しくないヤツ、というレッテルを沼田に貼るのと同じだからだ。

「すみません、発言させてください」

と言って綾がパイプ椅子から立ち上がった。

睨み付ける飯田をよそに綾は一気にまくし立てた。

「私たち、分析官にとっても、〝現場〟が情報課題にマッチした人でないと、評価を出せません。どこかの最高幹部を協力者としていくら獲得しても、肝心の必要な情報が取れないと役に立ちません。ゆえに、現在、現下の情勢に関する重要な工作を行っておりますので、どうかご配慮頂きますようお願い致します」

「それがいつも、あなた方、分析屋と意見が合わないところだ」

高村が冷ややかな目を綾に向けて静かに言った。

その姿を見つめながら、高村についての庁内での評価のうち、綾が知っている部分を思い出した。工作推進参事官室からは、〝現場〟での協力者獲得工作で実績をあげたベテランが本庁に吸い上げられるが、その中でも筆頭の評価を受けているのが高村だ。高村は、協力者工作の支援を担当しているが、特に、調査官の協力者候補に対する徹底的な生活支援などの世話焼き活動に加え、工作資金を効果的に投入し、調査官との強固な人間関係を構築させ、協力者にする工作手法については、誰もたどり着けない高度なレベルである――それが、あの癖のある沼田の評価だった。

しかし、棲む世界からして違うと感じている綾にとっての高村の存在は、魑魅魍魎《ちみもうりょう》という表現こそ相応しいと思っていた。恐らく表《オモテ》と裏《ウラ》の顔をいつも使い分けているはずだ、とも思った。

「〝現場〟の話はいい」身を乗り出した海老原は、幹部全員の顔を一人ずつ見つめた。

「とにかく、呂洞賓の信頼度は揺るぎない。その結論について組織として合意したい」

幹部たちの口からは、海老原に賛同する言葉が続いた。

定岡が不機嫌そうな表情で口を開いた。

「問題を戻したい」

定岡が続けた。

「とにかくだ。呂洞賓からの情報の報告が遅れた理由は何だ？」

困惑した表情で顔を突き合わす輪島と飯田の背後から、「よろしいでしょうか？」と言って再び綾が立ち上がった。

「芳野！」

そう声を上げた輪島は、大きな身振りで座るよう命じた。

だが綾は構わず続けた。

「輪島課長が仰《おつしや》ったように、本件は、国家的な緊急事態が予測されるものでしたので、まず多方面からの慎重なる裏取りを行う必要がありました」

不満が残るように小さく頷いた定岡の周りに座る幹部たちが、苦悩の表情を浮かべていることに綾は気づいた。

「ソース《情報源》は、わずか二人の協力者、しかも担当は一人の上席調査官、そして分析したのも、たった一人の分析官――」

腕組みをする定岡はさらに続けた。

「十分な情報とは言えない」

「しかし、もはや時間は限られている」

そう急いで言ったのは海老原だった。

「次長の仰る通りです」

輪島がさらに続けた。

「さらなる裏取りに時間を浪費して、万が一、中国からの船が来てしまえば、国家を揺るがす一大事です。その責任は余りにも重い――」

「しかし、今の手持ち資料はこれだけであり、いずれも一片の情報にしか過ぎず――」

定岡は、目の前に置かれた書類を顎をしゃくって示した。そこには、呂洞賓と張果老からの情報をまとめた沼田からの二冊の報告書、そして呂洞賓と張果老の『活動記録』があることを綾は確認した。

「これだけで〝勝負〟することはギャンブルです」

そう言って定岡が顔を歪めた。

「空振りでもいいじゃないか。帰納的に結論を導き、悲観的に捉えてディシジョンメーカー《政策決定者》に伝える、それこそ情報機関だ」

海老原のその言葉に、綾は驚いた。いつも自分が使うフレーズだったからだ。

「それはわかります。しかし、もし、この情報を事実と仮定するならば――」

定岡が、慎重な言い回しで続けた。

「海上保安庁はもちろん、警察、自衛隊を巻き込む政府総動員の一大オペレーションとなります。それがもし、空振りに終わった時、〝わが社〟の信頼は地に落ちます」

「しかもです」

口を開いた玉熊が続けた。

「日本人拘束事案のことで外務省はすでに、〝わが社〟の関与を疑い、余計なことをするなという雰囲気でありますし今、官邸からも冷たい視線を浴びせられることは必至でありまして、ゆえにこの現状において、虎穴に入るのはいかがかと――」

「日本人拘束事案については、〝わが社〟との関連について官邸には具体的に伝えていない。しかし、総理や官房長官には、忖度して頂いている」

静かにそう口にした大橋長官を見つめていた綾は、どうでもいい事務的なことに拘ることへのいつもの憎々しい気持ちは消え、組織の長としての責任の重さに同情を寄せずにはいられなかった。

「ここで時間を割くべきは、事態への対処ではありませんか？」

調査第2部第3部門の谷村課長が初めて口を開いた。

こういった会議では、常にネガティブな発言を繰り返す谷村にしては珍しく、その言葉は正論だ、と綾はつくづくその横顔を見つめた。

「長官、私は進言申し上げます」

そう語気強く言ったのは海老原だった。

「もはや時間を浪費することは許されない。恥をかく、かかないを考えるよりも、公安調査庁設置法に基づいた公安調査庁の本来任務を遂行するべきです」

その隣で大橋長官は神妙に頷いた。

定岡が何かを言いかけたが、途中で止めたことに綾は気づいた。

大橋長官が、玉熊を見つめた。

「玉熊課長、原田《はらだ》内閣情報官への至急のアポイントメントを取ってください」

玉熊は早くも部屋を飛び出して行った。

綾は、その背中を目で追いながら、大橋長官の決断は正しい、と思った。総理をはじめ官邸サイドから絶大な信頼を受けている原田内閣情報官の頭越しに直接、総理に報告するのはそれなりのリスクが伴うとの計算もあったはずだ、と綾は思った。

自民党が政権に復帰後、第二次岸部《きしべ》内閣がスタートしたが、第一次政権下で、警察官僚として総理秘書官を務めた関係で、総理の原田に対する信頼は非常に厚いものだということを国家情報コミュニティの中での噂話として綾は耳にしていた。

原田が総理報告について総理にお伺いをたてたところ、「時々来てくれ」という趣旨の指示があったことから、それまでの週に一度の定例レクを週に二回行うこととなり、また総理も原田の報告を重視している、そんな噂だった。

その噂には続きがあった。原田は、半年前、総理の私邸で、しかも日曜日に総理報告を行った。それは、前身の内閣情報調査室長の時代からも歴史上、初めてのことであった。霞ヶ関に棲む者の一人として、その事実が物語るのは、総理の原田への信頼は並大抵ではない、ということだ。

ただ、海老原はいつも、総理報告を原田内閣情報官を通して行うこと、または原田内閣情報官が同席することに激しい嫌悪感を持っていると綾は知っていた。説明補充要員として海老原に帯同して原田内閣情報官の元へ向かった最初の時、二人は馬が合わない、とあらためて綾は思った。

検察エリートの世界を駆け上ってきた海老原は、行政官というよりは、法律家としての哲学を強く持っていた。協力者工作の最終責任者としての海老原は、常に、エビデンス、つまり具体的な証拠を、綾たち分析官に厳しく求めている。だから、原田内閣情報官を前にして何ら怖れることなく、ズバズバ批判をし、検察官としての厳しい口ぶりや態度がつい表に出てしまう。

しかし、警察庁警備局長まで務めた警察エリートである原田内閣情報官にしても、国家情報コミュニティのトップとしての強烈なプライドがある。それがまともにぶつかって苛烈な火花が破裂するのは時間の問題だ、と綾はいつもひやひやして見つめていた。いや火花ではなく、もっと激しい――。

「さらなる裏取りは続行、徹底してください。定岡部長、『2の2』（調査第2部第2部門）の内藤《ないとう》課長に言って、米国機関と台湾機関への情報照会をさせてください」

そう告げた大橋長官の横で、海老原が輪島へ視線をやった。

「原田情報官と総理向けの、それぞれの資料を急ぎで。特に、総理向けのものは、一シートに三行、それを厳守！」

綾はそのタイミングを待っていた。

「次長、お願いがあります。衛星画像情報分析も、裏取りの一つとしてやらせてください」

海老原は真剣な眼差しで頷いた。

「忙しくなる。打合せが必要だ」

先頭を歩く輪島がいつになく神妙な表情をして綾に声をかけて、飯田とともに通り過ぎて行った。

資料作りとさらなる報告書の分析、その間にも、輪島課長たちとの断続的な会議をこなした綾は、夕方になって疲れがピークに達していることを知った。

地下一階に降りて、アイスコーヒーを一気に飲み干した綾は、再びデスクに戻り、新たな報告書に目を落とした。間もなく行われるはずの原田内閣情報官への説明においては、さらなる『事実』を突きつけたかった。

眠気を必死に堪《こら》え、再び報告書を捲り始めてから、三十分ほどした時だった。綾の手が止まった。

その報告書は、東北公安調査局の衣笠《きぬがさ》上席調査官からのもので、『リー』という登録名を与えられた協力者《マルキョウ》からの情報だった。

綾は、この協力者のことをよく知っていた。藍采和《ラアンツアイフウーワ》の協力で世界ウイグル会議代表大会を東京で開催し中国政府を揺さぶった、あの工作において、衣笠の運営するそのマルキョウ『リー』は実によく働いてくれたのだ。

その衣笠の報告書に書かれていたのは、『リー』が親しくしている新疆ウイグル自治区の独立派過激組織の幹部と知り合いであるウイグル人、「胡《フー》」という協力者登録名の人物からの情報だった。

それによれば、五月に行われた人民解放軍の陸海空軍の新しい人事を、北京の将軍たちが強引に進めた結果、中国共産党中央内で何らかの問題が発生している模様だという。

そしてそのチンタオ海軍基地の原子力潜水艦部隊の司令員はその強引な人事によって異例の大抜擢が行われた、という情報も加えられていた。

中国政府から最重要の摘発対象とされている新疆ウイグル自治区の独立派過激組織にとって、人民解放軍はまさに真正面の敵であることから、その人事を把握しておくことは重要な〝任務〟なのだろう、と綾は思った。そして、この情報が呂洞賓の裏取りになるかはわからなかったが、チンタオと原子力潜水艦という二つのキーワードに引っかかりを覚え、もっと知りたいとの強い関心が心の中で持ち上がった。

ただ、そのためには、また別の情報線からのものが必要で――。

綾には、分かっていた。この情報に関心を寄せた本当の理由が――。ただ、それを認めたくなかったので、よそ見をしていたのだ。

綾の視線は、〝新疆ウイグル自治区の独立派過激組織〟という、その言葉にくぎ付けになると同時に、激しく心を掻き乱されていた。頭の中に蘇ったのは、長い睫毛《まつげ》で大きな瞳をした、長身の男の姿だった。

彼とは、同じ調査第2部に属しているので、今でもたまに通路で出会うことはある。しかし、軽く会釈をして行き過ぎていくだけだ。十年前の記憶を互いに呼び起こすこともなく――。しかし、今、あの時の記憶が蘇ると、忘れていた胸の痛みを感じた。

綾の脳裡に浮かんだのは、入庁一年目の、二十三歳の溌剌《はつらつ》とした自分の姿だった。

そもそも、大学を卒業して公安調査庁の採用試験を受けたのは、国際情勢を巡る活動の最前線で働きたかった――それは、たまに依頼される講演で口にする建前である。

実際は、情報機関という世界にあるであろうスリルや刺激に、単純に憧れたからだった。

入庁したその翌年に行われた公安研修所での「一年目研修」で、綾が教育されたのは、公安調査庁独特の「身分の設定」という技能だった。ついに公安調査庁の一員になるんだという思いから心躍らせて聞いた教官の言葉は今でもよく覚えている。

〈協力者工作の場合、通常、反政府というか敵対的な人物を調査官は相手にしなければならない。そのような相手を対象者にして接近すると、当然のことながら、警戒や拒絶をされて、説得にまで辿り着かないケースが多い。そのため、ほとんどの場合、対象者が担当官に、関心や興味を抱く身分だけでなく、さらに継続して情報を入手することが自然な身分にカバーすることとなる――〉

その時の自分には、前途洋々とした将来があった。

ところが、関東公安調査局の最前線で協力者獲得工作を継続し、入庁して五年目を迎えた二十七歳の綾は、不安定な精神状態に陥っていた。それは、五年目研修という名の、調査官としての本格的な訓練と試験の開始が迫っていた頃だった。

一年目と三年目の座学での研修とは違い、五年目研修では、野外での尾行、監視など、プロフェッショナルな技能の習得を目指す厳しい訓練と同時に、国際情勢も含めた高度な知識が求められる難しい試験が待っていた。

そこから同期たちの中で差が付くことを、綾は入庁同期の者たちから聞き及んでいた。仕事ができるかできないか、その順番がつけられ、それらが重要な人事評価となって昇格にも影響する。

その時、綾は、自分が同期の男たちの誰よりもポジティブな性格だと信じて疑わなかったが、その自信が大きく揺らいでいた。自分の一生がそこで決まることへの激しい緊張感が動揺を高め、気持ちが不安定になっていた。

そんな頃だった。綾は、突然、本庁に呼ばれた。五年目研修を二ヵ月後に控えた暑い夏のある日のことである、CIA（アメリカ中央情報局）から提供された情報で、在日中国大使館の駐在武官に対する秘匿調査を行うため、本庁でPT《プロジエクトチーム》が緊急に編成された。

綾は、中国大使館員に対する工作で実績を上げたばかりだったので、PTのリーダーに抜擢された。当時の調査第2部第4部門の上席専門職から指名されたのだった。

その時、同じPTに加わっていたのが、現在の調査第2部第2部門の内田《うちだ》総括だった。

内田がナンバー2を務めるその部門は、CIA、MI5（イギリス情報局保安部）など外国情報機関との連絡を担当するリエゾン部門である。世界の主要情報機関どうしには、国際ネットワークに相当するリエゾンという裏の世界が存在する。

内田の業務がまさにそれで、リエゾンの担当官には、語学力は当然のこと、魑魅魍魎の機関員たちを相手に「ギブ・アンド・テイク」を成立させるバランス力と知性と人間力が必要である――それを教えてくれたのは内田だった。「ギブ・アンド・テイク」の言葉どおり、こちらにギブできる情報がないと相手からテイクできないシビアな世界である。そんな外国情報機関とのネットワークの最前線で、内田は常に生き抜いてきたのである。

綾はゆっくりと卓上電話を取った。内田は在席していた。用件を伝えて時間の都合を聞くと、今、ちょうどキリがいいところだ、との返事がすぐに戻ってきた。

その五分後、綾は、内田の部屋で相対していた。

開口一番、内田はどんな言葉をかけるか、そのことに期待した。

だがそれは、

「で、急ぎの用件とは？」

という十年前の思い出をまるで引き摺っていないかのような言葉だった。

しかし、内田の顔を見つめる綾は自分でも驚いていた。すでに心からも身体からも内田のことは消し去っていたと思っていたのに、あの感情がまだ心の奥深くで息づいていたこと、そして、今、その感情が全身の細胞の隅々にまで行き渡る気がすることを――。

今にして思えば、最初は、幼稚な淡い感情だったと思う。一般募集の綾とは違って、東京大学を卒業して、公安調査庁生え抜きの数少ないキャリア入庁だったという内田の、背が高くてスラッとした、そのパフォーマンスに憧れたからかもしれない。

しかし、今、こうやって間近で相対すると、綾は胸が締め付けられる思いがして、鼓動も速くなった。思ってもみなかった心と身体の反応に綾はひどく驚いていた。

そして、綾は思い出した。決して、淡い感情だけではなかったことを――。

十年前の光景が、洪水のように脳裡に一気に蘇った。

「五年目研修」への悩みを内田に残業を終えた後で打ち明けているうちに、何度か夕食を共にするようになり、綾の中で、内田の存在は大きくなっていった。

しかし、その一方で、自分を窘《たしな》める声も聞こえた。なぜなら、内田には、妻も子供もいたからである。

しかし、五年目研修への不安から逃れたいという気持ちも重なって、一時は、綾の気持ちは彼にのめり込んでいった。ＰＴが解散すると、綾は内田への気持ちを自制できた自分を褒めた。

その数ヵ月後、日本の総理大臣の、カザフスタン初訪問を控え、現地の治安情勢についての情報収集のために、ＰＴが調査第２部で再び立ち上がった。カザフスタンは中国の新疆ウイグル自治区と国境を接しているため、再び、綾もＰＴに招集された。ある日、仕事が深夜まで及んだため、最後に残った内田と綾は、遅い夕食を共にした。

二軒目の神田の外れにあるカウンターバーで、綾は、そのことを思い出した。内田がカザフスタンに駐在していたことを。ＰＴに再び呼ばれてから、いつか聞こうと思っていたのを忘れていた。どんな街かを尋ねる綾に、しばらくの沈黙の後に、報告ライン以外では初めて口にすることだが、と言ってから、その世界を語り始めた。

それは、内田が庁内でひた隠しにしていた〝活動記録〟だった。その未知なる魅力的な世界に、調査官としてまだ〝見習い期間中〟だった綾はすっかり魅了された。時間を忘れて引き摺り込まれた。


一九九八年の暮れも押し迫った中央アジアのカザフスタン共和国の旧都アルマティ。九七年十二月にカザフスタン政府は首都機能を約一千キロ北方のアクモラ（現アスタナ）へ移したものの、日本をはじめとする主要国の大使館は依然としてアルマティに留まっていた。一九九六年、三十二歳の若き調査官であった内田は、公安調査庁から外務省へ出向し、在カザフスタン日本大使館に文化担当書記官として着任した。

そして在籍三年目。内田はアルマティでの最後の冬を迎えていた。着任時、内田に「信州松本のようだ」、と思わせた標高四千メートル級の天山山脈《テンリタグ》の山々は、すっかり冠雪し、アルマティの町並みも一面雪で覆われていた。

雪道へ慎重なハンドル捌《さば》きで車を発進させた内田は、今日もバザー《市場》の近くに車を駐め、隣国である中国の新疆ウイグル自治区から鉄路やってきたウイグル人の出稼ぎ商人たちやアルマティ市民でごった返す市場へと足を向けた。

カザフスタンは、東部国境を中華人民共和国の一部である新疆ウイグル自治区と接し、その全人口、約一千六百万人のうち二十万人余りに上るウイグル族を国内に擁していた。

ウイグル族の多くは商都アルマティ周辺に居住し、週末になると、彼らを頼り、中国籍の新疆ウイグル自治区に住むウイグル人が雑貨類をかつぎ、鉄路で国境を越えてアルマティ入りし、街の中央市場ゼリョンヌィー・バザーの北側に隣接するバラホルカ地区で雑貨や衣料品を売っていた。バラホルカ地区は、通称ウイグル・バザールとも呼ばれ、多くのアルマティ市民で溢れかえっていた。

日本大使館の文化担当書記官として、武道や華道といったイベントを仕切るなどの表向きの仕事とは別に、公安調査庁本庁から、新疆ウイグル自治区情勢の情報収集の任務を極秘に下命されていた内田は、着任早々から、中国の新疆ウイグル自治区とアルマティを往来するウイグル人に目をつけ情報網を構築していた。

中国からの独立を叫ぶ新疆ウイグル自治区の情勢は、中国の指導者たちにとってはまさに『毒』であり、その情勢いかんによっては、中国国家の屋台骨を揺さぶりかねない状況だったのである。

内田は、着任一年間で新疆ウイグル自治区のウイグル人たちの間に、広くて深い複数の人脈を構築することに成功した。特筆すべきは、中国当局でさえ、その正体を掴めずにいる、独立派過激組織の最高幹部との深い関係を築き上げたことだった。そして、内田からの質のいい、数々の情報によって、公安調査庁本庁は、アルマティの日本大使館を、トルコのアンカラやドイツのミュンヘンにある日本公館とともに、「ウイグル関係公館」と密かに指定。内田から外交公電を使わない通信ルートによって公安調査庁に届けられたそれらの情報は、日本の国家情報コミュニティの中で一目置かれるようになっていた。

十二月八日、その日もまたウイグル・バザールに出かけた内田は、その外れにある、ビニールシートだけで囲まれた食堂で、自身が三年かけて築き上げた〝ウイグル・ネットワーク〟の一人であって、しかも最も重要な、ウイグル人独立派過激組織の最高幹部と密かに接触した。その男は、五人もの警備役と思われる男たちを引き連れて時間通りにやってきた。

内田は、目の前の男を、ラテン語で〝魔王〟を意味する『デアボリ』という協力者登録名にしたことは正解だった、とあらためて思った。

そうした理由は、いつも瞳の奥で怪しい光を輝かせ、笑うと真っ直ぐに突き出た大きな犬歯が露出し、初めての者なら思わずゾッとするその外見からだけではなかった。

この独立派過激組織の軍事部門の責任者『デアボリ』は、そもそもは中国に対する破壊活動を行う軍事部門の責任者という怖ろしい奴だが、中国政府を根底から破壊するための策を寝ても醒めても考えているという壮大な男で、部隊は常に揃っているといつも豪語していた。だからもちろん、中国の法執行組織や軍からは、お尋ね者の最上位に掲げられていた。

『デアボリ』は、ウイグル式焼き肉のカワープに食いつきながら、耳寄りな情報をもたらした。

ウルムチ駅（新疆ウイグル自治区内の駅）で作業員をしている同胞によると、先月、カザフスタンから鉄路で輸送されたコンテナの中から、戦闘機のパーツとみられる積み荷が発見されたらしい。そのコンテナは、数日間、ウルムチ駅の倉庫に留め置かれた後、中国本土へ向けて東送《トウソウ》された。

『デアボリ』は内田には詳しくは言わなかったが、新疆ウイグル自治区を管轄する陸軍部隊の司令官の執務室に盗聴器を仕掛けている、と内田は直感した。

内田は翌日、アルマティの韓国大使館でインテリジェンスを担当する旧知のパク書記官をランチに誘い出し、ウルムチ駅のコンテナの存在について話した。内田の話を注意深く聴いていたパク書記官は、身を乗り出し、周囲を気にしながら小声で囁いた。

「実は、北朝鮮の工作員が最近、カザフスタンから旧式の元ソ連製ミグ21戦闘機を調達するために動き回っているとの情報に接しており、確認を行っている」

パク書記官によれば、北朝鮮はミグ21戦闘機を正面装備として配備するために獲得したいのではなくて、〝カニバリザーザーツィア〟としての利用価値を目論んでいる可能性が高いとした。

〝カニバリザーザーツィア〟とは、〝共食い〟を意味するロシア語で、買い付けるミグ21戦闘機から使用可能な部品のみを選択的に取り出し、老朽化している現有のミグ21戦闘機の故障部品と交換し、戦闘能力を維持することを意味していた。

パク書記官はさらに、アルマティの北朝鮮大使館に外交官のカバーで勤務している朝鮮人民軍中佐のキム書記官が、アルマティを拠点に武器密売を仲介している元GRU（ソ連軍情報機関）のセンキン大佐の紹介を受け、カザフスタン北部のウラリスクに本社を置く、武器商社「メタリスト」の社長に対する働きかけを強力に行っているとの情報をシェアしてくれた。また、その働きかけの結果、「メタリスト」の社長は、カザフスタン空軍の幹部に手を回し、タルディコルガン空軍基地に放置されていたミグ21戦闘機をスクラップメタルとして外国へ売却するのに必要な余剰品売却ライセンスをカザフスタン国防省から取得した、という情報もシェアしてくれた。

さらに加えて、もし、売却が実現すれば、北朝鮮への輸送については、チェコの武器商社が国際法や国連の取り締まりの網をくぐり抜け行うとの未確認情報も得ているとも語ってくれた。

内田は、すぐに、在チェコ日本大使館に公安調査庁から出向している白西《しらにし》書記官に電話で連絡をとった。二人の会話は暗号や〝禅問答〟にまみれてはいたが、内田は直感的にウィーン行きを決めた。

大使館内で、今月中にウィーンへ行く外交クーリエ（極秘資料の運搬人）としての任務を見つけるとすぐに大使館幹部をなんとか丸め込み、白西にも、策を講じてウィーンへ来るように伝えた。

十二月中旬、ウィーンへ空路飛んだ内田は、クリスマスのデコレーションに溢れる街の片隅にあったソーセージスタンドで、早めのクリスマス休暇を無理矢理にとってやってきた白西と会った。旧交を温める間もなく、内田は、自分が摑んだ情報を披露した後で、「今度はお前だ。電話でのあの口ぶりなら重要なモノがあるんだろ？」と促した。

白西は、「繫がった！」と小さく歓声を上げてからさっそく説明を始めた。

「チェコのインテリジェンス機関から先日、北朝鮮当局者がカザフスタン及びチェコの武器商社の代表らとチェコ国内で会談した、との情報が〝シェア〟された。チェコ機関は、会談の内容まではわからないとしている。ただ、このうちのカザフスタンの武器商社とは、『メタリスト』という会社だった」

すぐにウィーンからアルマティへ戻った内田は、アメリカ大使館のインテリジェンス部門で働くパステリック書記官と、自分の車の中で接触した。

パステリックは、旧ソ連圏諸国から北朝鮮、イランやイラクなどの懸念国への大量破壊兵器の拡散関連情報の収集を担当しており、カザフスタン国内の軍系企業の内情によく通じていた。

内田はパステリックに、これまでわかっていることをすべて説明するとともに、カザフスタンの武器商社「メタリスト」について尋ねた。すると目を輝かせたパステリックは、ある情報を開示した。

「『メタリスト』は、タルディコルガン空軍基地に放置されている、二百機余りのミグ21戦闘機の解体と売却を担っている」

との情報を〝シェア〟してくれた後、

「今、口にしたそのチェコの武器商社は、確か、武器密輸案件で輸送を手がける悪質企業として国連軍縮局でマークされている――」

内田はその日の夕方、〝すべての点と点が繫がった！〟という言葉を脳裡に浮かべながら、カザフスタンの武器商社「メタリスト」とチェコの武器商社のチャンネルで、カザフスタン空軍のミグ21戦闘機が北朝鮮へ輸出される可能性を指摘する報告書を書いた。

その報告書はいつものように別ルートを使って公安調査庁本庁に届ける方式はとらなかった。敢えて大使館次席の決裁を経た上で、正式な外務大臣宛の外交公電として、東京の外務省本省地域課に発電《はつでん》するとともに、公安調査庁本庁と在アメリカの日本大使館との両方へ転《てん》電《でん》する手続を内田はとった。

内田と白西が会った三ヵ月後の三月十八日、間もなくの離任を控えて、内田が関係書類のファイリングや廃棄の仕事に追われていた時、デスクの盗聴防止用外線電話が鳴った。出ると、パステリックからだった。

「『メタリスト』が用立てた、例のミグ21戦闘機なんだが、それを載せたアントノフ124輸送機が今日、タルディコルガン空軍基地からアゼルバイジャンのバクーへ飛び立った。フライトスタッフは、ボスニア・ヘルツェゴビナ軍がエンドユーザーである旨のボスニア・ヘルツェゴビナ国防大臣の署名入りの書類を持っているが、それはチェコの武器商社が用意した偽装書類であり、実際の最終目的地はピョンヤンだ。我々は、アゼルバイジャン当局へこれから連絡し、バクー空港でアントノフ輸送機を捕捉する予定だ」

　そして、一瞬の間を置いてからパステリックはこう続けた。

「ミスターウチダ、あなたから聴かせてもらった同種の〝情報〟が、なぜか在米の日本大使館から我々の本部に〝シェア〟され、今回の捕捉オペレーションに向けたリード・インフォメーションに繋がった。我々は、北朝鮮に対する武器密輸を必ず断ち切ってみせる」

　パステリックが強調した、同種の〝情報〟という言葉を、内田も語気強く復唱してみせた。

　二人は、笑い合った。三ヵ月前のパステリックと内田とのやりとりは、セカンドトラック（非公式接触での情報交換）であって、国家を動かすためには、あえて公式なルート、つまり外務本省と在アメリカ日本大使館への外交公電を発電、転電するという表向きの〝舞台〟が必要であることをパステリックが見抜いてくれたことが内田には嬉しかった。

　ただ、パステリックは最後にこう言った。

「素敵なソースを持ってそうだね。どうかね、我々と組まないか？」

　内田は快活に笑ってみせた。

「韓国なら、そっちが得意だろ」

「いやそうじゃなく、お隣の国から来た――」

　パステリックは反応をうかがうように言葉を切った。

「そんなもの、いるわけがない」

内田はそう言いながら、今回の最大の功労者である、あの怖ろしい犬歯を持った男の顔を思い出した。


内田の話は、当時の綾にとってまさしく夢物語だった。

綾は、バーカウンターの横に座る内田のその横顔をじっと見つめた。

気配に気づいて振り向いた内田も、綾の瞳を見つめた。

それからのことは、すでにお互いが気づいていた。

バーを出た二人は寄り添いながら夜のネオンの海に吸い込まれた。

シャワーも浴びずに、二人はベッドの上で互いを求めた。

唇が溶けたかと思うほど快楽に身を任せた。

だが、二人の身体は一つになれなかった。内田はアルコールが過ぎて男性としての機能が働かなかったからだった。

だが、綾は、内田が送ってくれるタクシーの中で、内田の手を握りながら、物語の始まりを自覚した。

不条理な物語であることは分かっていた。だが、もう遅い、という言葉が自分の頭の中で駆け巡った。

しかし、綾のその思いは、儚《はかな》い夢と消えた。

数日後の土曜日の昼、綾は内田からドライブに誘われた。心を弾ませて内田が運転するレンタカーに乗った時に、すでに違和感があった。しばらく走らせても内田は無言だった。そして、レインボーブリッジを見上げる岸壁に車が停まった時、唐突に、その話を聞かされた。

内田が口にしたのは、自分の妻や子供についての、たわいもない話だった。ほとんど会話もなく、お茶をすることもなく、ドライブは終わった。

それからしばらくの間、自分が自分でなかったような気がする。

忘れるのに、どれくらいかかっただろうか。実はその記憶があまりない。しかし、二ヵ月後、内田が、地方の公安調査局へ人事異動したことが、自分を取り戻すきっかけとなったという記憶だけはある。そして、巡る時間は、綾の心と身体からすべてを消し去っていった。

五年目研修を無事通過した綾は、業務に没頭し、協力者工作に邁進《まいしん》した。「選定」した協力者候補に対し、工作推進参事官室の指導の下で「身分の設定」を行った上で、調査官が対象者のあらゆることを徹底的に調べ上げ、事前に対象者の身上事項などを収集し、生い立ちや他人に秘匿している事柄を把握した。

その後、「面接」を重ね、対象者の話を真剣に聞き、共感を示しつつ、種々の支援活動を行うなど自然な流れの中で、人間関係を構築していった。たとえば、子供の病気や、それによる経済的困窮、自身の再婚問題に対する子供たちの反対、組織に対する自身の処遇への不満などを対象者に語らせた後、見舞金と称しての手交金、病院の紹介や治療法の提供、温泉旅行などによる対象者の慰労——それらで人間関係の強化を目指し、多くの協力者を獲得していった。

そうしてから、徐々に情報提供を依頼して秘匿情報へと迫っていった。綾は、その段階で、本当の身分を明かした。しかし、不満や批判を口にする者は誰もいなかった。もはや対象者の魂と綾の魂とは溶け合っていることを綾は実感していた。そして綾は益々公安調査庁の業務にのめりこんでいった。それは、この組織の〝棲み易さ〟という面もあった。他の官庁のように、ノンキャリ、キャリアに歴然とした差をつけず、ノンキャリアには重要な価値ある仕事をさせないということもほとんどない。また根本として実力主義なので、業績を上げていけば、昇任が進む環境も、内田を忘れさせるのに十分だった。

そしてさらに月日は経ち、内田の声さえ忘れるほどに変わっていった——そのつもりだった。

「どうした？」

それでも綾は応えなかった。

「聞こえているか？」

それでやっと綾は現実を取り戻した。

「寝てないな、相当――」

内田が綾の顔を覗き込んだ。

ほのかな香りがした。あの頃と変えたんだ、とふと思った。

「あっ、すみません、大丈夫です」

綾は、慌てて目を擦る仕草をしてみせた。

「ちょっとでも寝ろ」と言ってから内田は続けた。「早く、やろう。で、何をすればいい？」

口を開きかけた綾は、迷った。肩書で呼べばいいのか、それとも名前で呼べば――。

「で？」

内田が促した。

「今でも、ウイグル人周辺に情報線をお持ちですか？」

その言葉で、一瞬にして綾の頭は分析官としてのそれに戻った。綾の脳裡にあるのは、あの〝不気味な想像〟、つまり、もし中国共産党指導部が知らず、人民解放軍、それも一部だけが知っているとすれば――そのことだった。

〝御前会議〟において官邸に報告されることになったのに対しては、やっと動き出した、という喜ばしい思いがもちろんある。しかし、その〝不気味な想像〟が、頭に引っかかってどうしようもなかった。しかも、その思いは、まだ何かを見落としているのではないか、という焦りに繋がっていた。長官か海老原次長が原田内閣情報官と会う前に、その思いに結論をつけなければならない、と綾は思った。

綾の問いかけに内田はすぐに力強く頷いた。

「お願いがあります。それも緊急の――」

綾の言葉に、内田は神妙な表情を向けた。

綾は説明を始めた。

「〝ある運営担当官〟が運営する独立派過激組織の幹部と親しくしているという協力者が、人民解放軍の複数の最高幹部による強硬な人事措置が最近行われたことで、中国の政府内で問題が発生している模様という情報を伝えてきました。特に、チンタオの原子力潜水艦部隊の司令員、日本で言うところの司令官ですが、その人事についても、何か重要な問題が発生している形跡があるとのことですが、私の分析では明確にできませんでした。しかし、常に人民解放軍の動向を追跡している新疆ウイグル自治区の独立派過激組織ならその詳細についての情報を把握している可能性があります」

「わかった。連絡する」

内田は即答した。

そして立ち上がると、「ちゃんと寝ろよ」と声を掛けてから執務机に戻った。

綾がドアを開けた時、内田が言った。

「今度、晩飯でも喰おうや」

綾はぎこちない笑顔を返すのが精一杯だった。

デスクに戻った綾は、思わず、ふうーと息を吐き出した。

そして、ついさっきまでのことを、すべて頭から捨て去るために、もう一度、報告書の山と立ち向かった。

大急ぎで読み続けた報告書の中で、ある報告書に手が止まった。それは昨日急ぎで〝オーダー〟したものではなく、先週すでに読み込んでいた報告書だ、と綾は気づいた。

発信者は、北海道公安調査局の調査第2部第4部門、時任《ときとう》上席調査官。彼が運営している、マルキョウ『王《ワン》』から得た情報だとあった。

もちろん、この協力者についても人定に関する情報から綾は遮断されている。だが綾の情報査定による独自の見立てでは、時任が運営するマルキョウは、かつて中国の食肉加工企業の日本支店に派遣されていた幹部社員で、現在は、チンタオの経済団体に出向している者、と考えていた。これまで一度、綾は時任と工作を行ったことがあった。

その報告書は、人民解放軍内部の、様々な噂やゴシップなどへの重要性の評価を一切せずにわんさか集めたもので、本庁調査第2部では、略して、ＩＳＲ、正式には、インテグレイテッド・サポート・リポートというジャンル分けで管理しているファイルの中にあった。インテグレイテッド・サポート・リポート・ファイルとは、直訳すれば、統合支援ファイルだが、〝現場〟の調査官は、工作に役に立つかどうかの判断はせずに、とにかく、気になったのなら何でも、あらゆる情報を本庁調査第2部のＩＳＲ管理担当部門へあげることが重要な任務の一つでもあった。若き調査官であった頃、それを徹底してやらされたことを綾は思い出した。

昨夜、沼田から報告があるまではまったく注目しなかったが、チンタオ、というフレーズを見つめると、綾の脳細胞が激しく刺激された。この報告には、重要なサブスタンス《実質的な内容》があると綾は確信した。

綾は腕時計を見つめた。ちょうど出勤途中かもしれないが、とにかくやるべきことを急ぐ必要があった。

卓上電話をつかんだ綾は、時任のスマートフォンを呼び出した。一回の呼び出し音で時任が対応した。

「本庁の芳野です。先週、頂いた報告書のことでお訊きしたいことがあるんです。今、話ができますか？」

「はい、どうぞ」

綾は、時任とは会議の場で一度しか会ったことがないが、愚直なほどの真面目そうな姿に好感を持ったことを思い出した。

「頂いた報告書の中にあります、この部分、軍属における軍への不満を集めた、その情報の一つです。要約すると、中国海軍のチンタオ基地近くで、食材卸商を営む中国人経営者のこんな言葉がある。〝ただ煩わしく、面倒くさい注文だ！　利益どころか赤字となる注文が来て頭にくる。司令員をぶっ殺したい！〟。この食材卸商経営者の不満の詳細、ここには記載がありませんが、そちらでわかりますか？」

綾は、〝面倒くさい注文〟という言葉に引っかかった。分析官としての経験が、面倒くさい、その原因が、いつもと違うことが起きたから、ではないかと推定させた。つまり、その、〝いつもとは違うこと〟とはいったい何か、それが気になったのだ。

「急ぎ、ということですね？」

時任が慎重な口調で訊いた。

「ええ、国家非常事態対処に資するための、大至急案件です」

そう語気強く言った綾は、公安調査庁のいつものルールを思い出した。〝現場〟の調査官は、協力者との会話をすべて本庁の情報分析部門への報告書に記載するわけではない。協力者の発言がすべて報告されるのは、〝現場〟の工作を一括して管理している本庁の工作推進参事官室だけである。

もちろん、その部門は、綾の情報分析部門とは厳格に分離されている。だが、今、綾にとって、いかなる方法によってでもすべての情報が必要だった。

「わかりました。しかし機微な内容でして、電話ではお話しできません。外出先ですが、間もなく登庁しますので、しばらくお待ちください」

時任は、緊張した雰囲気でそう言った。


北海道公安調査局の時任上席調査官からのメールが入ったのは、それから三十分後のことだった。

暗号化された添付ファイルには、貿易業務でチンタオと日本とを頻繁に行き来している時任が運営するマルキョウに、たまたま業務で出会った食材卸商を営む中国人経営者、登録名「陳《チン》」、登録番号〈882〉が、軍に対する激しい不満をぶちまけた。その詳細については、綾に対する報告書とは別に工作推進参事官室に報告した中に、その言葉があった。

まず、当該の中国人が経営する食材卸会社〈海南食材公司〉についてのデータを見た綾は訝った。この海南食材公司は、人民解放軍海軍のチンタオ基地へ食材を毎日、卸している従業員二百名の中堅企業だった。中国人経営者は、チンタオ海軍基地との取引で相当な利益を得ていることがうかがえた。つまり、チンタオ海軍基地は、この中国人経営者にとって、ごひいき様、であって、感謝こそすれ不満をぶちまける相手とは思えなかった。

不満をぶちまけた理由として、時任が報告してきたのは、要約すると、こういうことだった。

いつもなら、チンタオ海軍基地の補給処次長は、「米や調味料は必ず一週間前に積み入れろ」と海南食材公司の社長に命じた上で、野菜については「フレッシュさが何より大事だ」とうるさく、「出航の前日にちゃんと搬入してもらうから今から準備しておけ」と言っていた。

いずれにしても、どんなに遅くても、一ヵ月前にはオーダーしてきた。しかし、先週の水曜日の六月一日、突然、「二日後の六月三日の金曜日、二ヵ月分のすべての食材を必ず搬入せよ」との強引なオーダーを補給処次長から受けたという。また、海南食材公司は、ディーゼルエンジン用の軽油などの燃料も扱っていることから、これについても同じく突然の、無理な注文をしてきたという。これほどむちゃくちゃな性急なオーダーは初めてのことで、しかも、発注された量というのが、通常の六倍という途方もないものだった。さらに追加として、二十人分の中華の即席レトルトフードパックを十日分という発注もあったという。理由を尋ねる海南食材公司の社長、陳に対して、補給処次長は、自分も詳しくは知らされていなく、こっちも大変だと逆に不満をぶちまけ、お前は儲かるんだからと賄賂まで要求されることになり、最後には、文句があるなら司令員に言え、と吐き捨てたという。

とにもかくにも、海南食材公司社長の陳は、それから買い入れなどの準備が大変だったという。いつものルーティーンでの輸送や保管の仕組みがぶち壊され、それに伴う多額な料金を支払うハメになり、臨時の職員も大勢雇わなくてはならなくなり、経費がかさみ、ついには大幅な赤字が出る見込みとなったことで、最初の報告書にあった〝司令員をぶっ殺したい〟という発言を放つことになったという。

綾は、この報告に対する関心を一層強くした。

真っ先に聞いたのは、当然、そのことだった。

「量が多いということは、それだけ多くの船が出航すると？」

「いえ、そうではありません。海南食材公司の社長は、パッケージに分けるオーダーを受けていないので、一隻の船のはずだ、とも言っていた、それがマルキョウからの情報です」

納得した綾は、次の重要な質問をしようとしたが、それに先んじて時任が口を開いた。

「それらの食料をどこの部隊へ臨時搬入したかについて、マルキョウにすぐに連絡をとりましたが、陳から聞いていない、としています」

「聞いていない？」

と綾が訊いた。

「正確に言えば、〝聞けなかった〟そんなピリピリした雰囲気だったとマルキョウは言っています」

「二十人分の即席レトルトフード云々については？」

「私もそれが気になりました。しかし、それについても、マルキョウは、聞いていないと。ただ——」

時任がページをめくる音がした。

「答えになるかどうかはわかりませんが、報告書の最後、別紙15としたところを見てください」

受話器を首に挟みながら綾は急いでそのページを開いた。

「マルキョウが、先ほど送ってきました。下段の右、そこに貼り付けたものの中に、第９区食料調達倉庫、第14区食料調達倉庫、第21区食料調達倉庫、という無味乾燥な文字の羅列が見えますか？」

綾が見つめたものは、何らかのリストをスマートフォンか何かで撮影した画像だった。時任が口にした言葉はなんとか読み取れた。

「よく見ると、そのうち、第14区食料調達倉庫、の文字の右上に、レ点がされています——」

綾が目を近づけると、うっすらとした、黒色のそれがわかった。

「ここが、その搬入先？」

「申し訳ありません。マルキョウは、ただ目の前のものを夢中で撮った、とだけしています」

「わかりました。あっ、最後にもう一つ。たくさんの即席レトルトフードをオーダーした意味については？」

「私も聞きました。しかし、わからない、としています」

「国家危急の事態対処に資する非常に素晴らしい情報です。本当に感謝しています。ありがとう」

「で、その国家非常事態対処とは——。あっ、聞いてはいけませんね」

「ええ、申し訳ありません。ですが、長官にはあなたのご尽力について必ず報告します」

入庁が五年後輩の時任の笑い声が聞こえた。

「どうかした？」

綾が訝った。

「失礼なことを申し上げてもよろしいでしょうか？」

遠慮がちに時任が訊いた。

「どうぞ」

綾が軽く言った。

「芳野上席がジジイ殺しだという噂、それがよくわかりました。いや、失礼しました！」

「お褒めの言葉だと受け取らせてもらいます。では――」

綾はそれだけ言って時任との会話を終えると、すぐに、ネットと繋がったオープンサーキットのパソコンを開いてグーグルアースを立ち上げると、中国青島市の〝その場所〟の緯度と経度を調べてメモに書き留めた。

綾の手は次に、一番下の引き出しに伸びた。五段式文字盤鍵を解錠して、ピンク色のペーパーを取り出した。先ほど書き留めたメモなどを元に必要事項をそこに記入すると、席を立って飯田総括の元へ足早に向かった。しかし飯田は外出中で、仕方なく、綾は輪島課長とアポイントメントをとってその部屋へ足を向けた。

「これは何だ？」

内閣衛星情報センター業務運用管理課に対するリソース申請許可書を渡された輪島は開口一番そう言った。

「次長もご承認くださいました。必要なものです」

綾は毅然と言い放った。

「それは分かってる。しかしこの申請が、原田内閣情報官と総理への報告資料の作成とどう関係があるんだ？」

輪島が申請許可書を押し返しながら訊いた。

「さらなる情報の〝深掘り〟による裏取りの一環です。それもまた、長官のご指示でした」

「これらの港に対する衛星画像要求はともかく、この指定座標とチンタオの名は呂洞賓の報告書のどこにも含まれていない。それがなぜ必要なんだ？」

綾を執務机の前に立たせたまま、座らせようともしない輪島が言った。もちろん、早く決裁印をもらってここを出たい綾も座る気はまったくなかった。

勝負のタイミングだ、と綾は思った。

「私は、長官と次長への追加報告の遅れを、なにより心配しています」

綾はそうきっぱり言ったが、昨日から脳裡の隅にずっと引っかかっている不気味な想像

──もし中国共産党指導部が知らず、人民解放軍、それも一部だけが知っているとすれば──その思いと自分の中での焦り、そのことは口にはしなかった。

「追加報告の遅れ？」

輪島の眉間に深い皺が刻まれた。

「長官、次長、そして定岡部長が要求されているのは、すべての情報を、直ちに報告せよ、そのことです」

「それは──」

「長官、次長、そして定岡部長が常に仰っていることは」綾が輪島の言葉を遮って続けた。

「すべてを報告せよ。総理報告のために判断するのは私たちだ──」

輪島は椅子の背もたれに体をあずけて綾を見据えた。

「この件を一刻も早く分析し、報告をさせてください」

綾は、ピンク色の申請許可書を輪島の元へ押し戻した。

渋々という表情で輪島は、引き出しから決裁印を取り出してピンク色の申請許可書の上に捺印した。

すぐさま輪島の部屋を後にした綾は、これだけでは不満足だった。単にこのまま内閣衛星情報センターに申請しただけでは、プライオリティが低く扱われる可能性が高い。

昨日、飯田が綾に告げた言葉は正しく、各省庁から膨大に寄せられるコーディネーション・フローのオーダーの海で溺れかねない。センターへの各省庁からの〝申込み〟は、一日だけでも大量である。それをセンターの業務運用管理課が、最高レベルの「0《ゼロ》」から平時の「9《ナイン》」までのプライオリティ・ランクに選別し、コーディネーション・フローを行う、そういうシステムだからだ。

しかも、これから綾がやろうとしている申請内容は、まだ綾の中での思考の組み立ての途中なので、すべてを公開できないものである。プライオリティ・ランクが低くなって、画像が届くまでに時間がかかることは容易に想像できた。

考えるよりも先に綾の足はそこへ急いだ。入庁は一年後輩だが、キャリア入庁組である長官秘書の西城《さいじょう》は、秘書室を突然訪れた綾の姿に驚いた表情を一瞬見せたが、すぐに真顔となって通路へ連れ出した。

「緊急なのか？」

西城が訊いた。その表情から、さっきの長官室での会議の内容を彼は知っている、と綾は分かった。

つまり、全庁的に対応しなければならない状況が近づいていることを把握しているようだった。それなら話が早い、と綾は思った。

「今、いらっしゃる」

西城が背後を目配せして囁いた。

「では、どうかアポイントメントを」

と綾が急いで言った。

応える代わりに、西城は手を差し出した。

「私が決裁を頂こう。その方が早いし、それに——余計なことを話さなくていい」

目を輝かせた綾は、脇に抱えていたファイルケースからピンク色の紙を西城に手渡した。

渡された紙にしばらく目を落としていた西城が訊いた。

「で、リクエストは？」

「プライオリティを0《ゼロ》、つまりクライシス・エネメント、その認定がどうしても必要なんです」

決裁をもらい足早になっていた綾は思わずそこで歩みを止めた。廊下の先にある、無機質なベージュ色のドアの前でいつも落ち着きをなくす自分の姿を思い出した。

五年前に創設されたその部屋は、心躍らされる、わくわくとした気分になる一方、なぜかいつも落ち着きをなくさせる。公安調査庁の最も秘められた組織である工作推進参事官室へ感じる思いとは別の、怖ろしさであった。

綾は二年前、内閣衛星情報センターが運用管理する情報収集衛星が撮像《さつぞう》した衛星画像を見ることができるクリアランスを、二年間に及ぶ研修と三親等まで遡って行われる徹底した身元調査によって与えられていた。

ベージュ色のドアの傍らにあるインターフォンを押した綾は、スピーカーからの無愛想な声を想像した。

想像は当たったが、意外だったのは女性の声だ、ということだった。

スピーカーからの女性のガイダンスに合わせて入室許可証明カードをカードリーダに滑らせ、解錠される音がするのを確認した綾はドアノブを回した。

六畳ほどの狭い空間に小さなカウンターが設置され、その中で女性職員が無表情で待ち構えていた。調査官としては見覚えがなく、この部屋を管理するために特別に雇用された職員だろうと綾は思った。

ピンク色の申請許可書を差し出した綾に対して、女性スタッフは、しばらく待つよう、笑顔もなく伝えた。五分ほど経ってから呼ばれた綾は、次の部屋へと誘《いざな》われ、そこにいたもう一人の女性スタッフが持つパドルによって、全身の金属探知機で検査を受けたあと、すべてのポケットを調べられ、ボディチェックも受けた。

「三番のブースへ」

女性スタッフはそう言って、さらに次の部屋へ繋がるドアを開けた。足を踏み入れた部屋には細い廊下が延び、それに平行して、幾つかのドアが見えた。小さな文字で、〈3〉とだけ書かれた表札が掲げられたドアの横のカードリーダに入室許可証明を滑らせた。二畳ほどの部屋にあるデスクの上に置かれていたのは、一台のパソコンだった。

綾はいつもの手順で準備を進め、デスクトップにあるアイコンをクリックし、幾つかのパスワードを入力して内閣衛星情報センター業務運用管理課のデータベースにアクセスした。リソースのコーディネーション・フローとして申請していた衛星画像のデータがニッパネット《秘匿通信》ラインで自分宛のボックスにすでに届いていた。綾は、そもそもそれを期待していたのだが、長官決裁という〝印籠〟がこれほどまでに効果的であることにあらためて驚いた。

画面に表示されたリソースは、パワーポイント形式のプレゼンテーションツールとして綾の目の前に現れた。

右上の隅には、秘密指定の記載があり、全体の上半分には、パンクロマチックの衛星画像が貼り付けられている。

だがそれは内閣衛星情報センターが運用管理する情報収集衛星が撮像した、〝ナマ〟の衛星画像そのものではないことを綾は知っていた。コーディネーション・フローで各省庁へ渡す際にはナマでは渡さないのが原則である。内閣衛星情報センターが、情報収集衛星の真の能力を隠すために加工《サニタイズ》して処理した上でコーディネーション・フローが行われるのだ。

リソースに表示される衛星画像は、イコノスのような商業衛星映像をスクリーンキャプチャー的に取り込んだ画像を使うのだ、という説明を、クリアランスを得るための研修で受けたことを綾は思い出した。内閣衛星情報センターの分析官を養成する教官はこう続けた。

「そんな画像を素人が見たってわからない。重要なのは、プレゼンテーションの下半分に内閣衛星情報センター分析部が記載する、最も極秘扱いとされている説明文と解析結果である」

綾は、その下半分の解析結果に目がくぎ付けとなった。内閣衛星情報センターの分析部は、呂洞賓が出港準備をしていると指摘した幾つかの港について、綾の申請どおりに三週間ごとのそれぞれ同じ港のエクストラクションの分析結果を記述している。

リソースを読み終えた綾はため息をついた。分析結果にあったのは、変化がない、という単純な言葉ではなかった。内閣衛星情報センターの本来の任務である〝広い意味での安全保障上の相手の意図を見抜くこと〟というフィロソフィーを遵守《じゅんしゅ》し、〝あらゆる意図を確認できない〟と回答してきたのだった。

綾は焦りを覚えた。自分と沼田との工作によって導いた、〝尖閣諸島一斉上陸〟情報が、間もなく国家情報コミュニティに組み込まれる。その時、国家情報コミュニティの核心にいる政策決定者《ディシジョンメーカー》たちが、呂洞賓と張果老の情報だけでどれだけ真剣に受けとめるか、それが不安であった。

それでなくとも、年予算が二千億円弱で、職員も二千人足らずという規模から考えれば、公安調査庁という組織は、弱小官庁と呼ばれても仕方がなく、中央官庁の中でも、数万、数十万という頭数を抱えている警察や防衛省のように、〝大きな声を出せる〟役所ではない。だから、長官に持たせるべき裏取り情報をできるだけ入手しようとしたのだが、その努力が無駄になったのだ。

綾は、最後に申請していたリソースを、半分諦めかけた気分で見つめた。それはエクストラクションのオーダーではなかった。広大なチンタオ海軍基地内で、〈第14区食料調達倉庫〉と名付けられた場所を突き止めて欲しい、そんな途方もない申請だった。

内閣衛星情報センターからのリソース、つまり上半分のパンクロマチック衛星画像の下に記載されていた分析結果には、〈第14区食料調達倉庫〉の特定について、酷似しているターゲットを把握したが、未確認ゆえ、時間がかかる、とあった。

綾は、その結果に納得できなかった。受付スペースに戻って預けていた物を受け取ると、デスクに戻り、内閣衛星情報センターで担当した主任分析官に、規則に反して電話で強引に掛け合った。

「未確認、その意味を教えてください」

「ご存じのとおり、それが答えです」

主任分析官は門前払いした。

「もちろん」

綾はそれに続く言葉は呑み込んだ。電話での照会には答えられないという規則は知っている。しかし、それでもやはり聞かずにはいられなかった。

綾は、衛星画像閲覧のクリアランスを獲得するときの研修で学んだことを必死に思い出した。

「つまり、一部が見えた、そういうことだと理解してよろしいですね?」

主任分析官は何も言わなかった。

だが綾は構わず続けた。

「光学式の情報収集衛星は約九十分で地球を一周していますが、二回目のパス(軌道)では、衛星自体のパスは同じでも、地球の自転によって、対地的には、地球を斜めに切るような形でパスが変化していき、撮像できる範囲が変わっていく。その差は一回目の撮像ポイントと約二千キロも離れてしまう――」

綾は、主任分析官からの同意は期待しなかった。どうせ、断られてもともとの話をしているのだ。綾は、やけくそ半分になって逆に勢いづいた。

「ですから、同じターゲットを二回狙うためには、一回目の後にコマンドを出せばいい話ですが、それでは撮像にブレが起きる。それを避けて、もう一度、リソースを得るため撮像の日時とターゲット・ポイントをプリコマンドすること、それを行って頂きたいのです」

「CSICE（内閣衛星情報センター）の規則は厳格です」

そう言っただけで主任分析官は通話を切った。

それからの綾は、大橋長官への資料作りに没頭せざるを得なかった。それもこれも、飯田が、何度も電話で急かし、ついにはデスクにもやってきて苛立つ声を浴びせかけたからだ。

分析に没頭した綾が資料を完成させたのは午後五時半のことで、駆け込むように入った課長室では、輪島と飯田が、できるだけ短い説明文にする努力と、官僚用語にするための幾つかの修正を行った上で、次長室へ急いで向かった。

エレベータホールで海老原次長を見送った時、スマートフォンに電話の着信があった。画像分析室の女性スタッフからだった。綾の連絡先は、クリアランスリストに登録されている。

その五分後、綾は、再び画像分析室のブースに座っていた。

至急扱いのリソースが届いていた。

プレゼンテーションツールで表現されたリソースの、下半分に記された分析の結果にある、そのたった一行の言葉に、綾の視線はくぎ付けとなった。

〈コーディネーション・フローNo．232、ターゲット918の第14区倉庫は、原子力潜水艦に搬入する食料保管倉庫である〉

綾は、その文字から上へ伸びる矢印を追った上で、上半分にあるカラーに加工された衛星画像の説明文を見つめた。

〈朝鮮半島へ突き出るような中国山東半島、その根元に位置するチンタオ市、さらにそのチンタオ市の三分の一ほどを占める膠洲《チヤオチヨウ》湾、その入り口近くにあるチンタオ海軍基地の一部である原子力潜水艦基地〉

そこには、五つの桟橋《さんばし》とそれぞれに係留されている三隻の原子力潜水艦、その船尾方向にある、煉瓦色の大きなかまぼこ形状の建築物があった。

息を止めてそのリソースに綾が目を奪われていた時、先ほど自席を立つ時、スマートフォンのバイブレーションが作動していたことを思い出した。

しかし、綾はすぐに対応できなかった。その発信元である、北海道公安調査局の時任に、折り返しの電話ができたのは、十分も経ってからであった。

走ることが許されない通路を綾は駆けだした。

綾が通り過ぎるのを職員たちは驚いた表情で振り返った。自分のデスクに戻る前に、綾は通路の隅まで駆けて行き、スマートフォンで沼田を呼び出した。いつもの通り、沼田のレスポンスは速かった。

綾は、本庁で長官を前にした御前会議が開かれて、ついにコトが動き出したこと、また今頃、海老原次長が原田内閣情報官へ通報しているはずであることを短く告げた上で、さっそく本題に入った。

「呂洞賓と、コンタクト、とれますか？」

と綾が訊いた。

「あの関連情報なら、あれがすべてだと言ったはずだ。工作推進参事官室だけに送った余分な会話もない」

沼田が訝る口調で言った。

「いえ、別件です」

「別件？」

「ええ、そうです。チンタオの原子力潜水艦基地、このキーワードを呂洞賓に照会し、〈X〉から情報を取って欲しいんです」

綾の口調は次第に早口となった。

「今回の事態と関係が？」

と沼田が尋ねた。

「ええ、もちろん」

「ということは、今日明日、ということか？」

「そうです」

綾にはそれが絶対に必要だった。

「なら無理だ」

沼田はキッパリ言った。

綾はその言葉を予想していた。

「性急なオーダーは、協力者や〈X〉を危険に晒す、ということは分かっています」

綾が先んじて言った。

「こちらの分析で、新事実が見つかったんです。それを大至急、検証しなければならない、そういうことなんです」

しばらくの沈黙後、沼田がぶっきらぼうに言い放った。

「今、〝社〟にいる。ブースにかけてくれ」

デスクに戻った綾は、すぐに卓上電話を握った。

「沼田だ」

秘匿電話専用の個室ブースからの特徴的な、少しくぐもった声が聞こえた。

綾は、なぜチンタオ海軍基地に関心を寄せているかを説明した上で、内閣衛星情報センターの分析結果も詳しく説明した。

「で、それが、今回の事態とどう結びつくんだ？」

沼田はまだ納得できないでいる、と綾は分かった。

「張果老が指摘した、軍、チンタオ、そのキーワードを全国に投げ、あたって頂いたところ、先週届いた一つの報告書――」

綾が説明した。

「それが、〈第14区食料調達倉庫〉、そしてそれが原子力潜水艦への搬入倉庫、それは今、聞いた」

沼田は面倒くさそうに言った。

「いいですか、すべてをつなぎ合わせてください」

綾はそう言ってから、さらに一気にまくし立てた。

「原子力潜水艦の突然の出航は、隠密作戦を貫くため、また二ヵ月分の食料の積み込みが意味するところは不測の事態が起きる可能性のある危険かつ大規模な行動を行うため、つまり、重要軍事作戦を開始するための準備だった、そう判断するのが自然ではありませんか？」

「乱暴な解釈だ」

沼田が言った。

綾は、その事実を告げるタイミングがきたことを確信した。

「福建省の、馬尾港、宮口港と秀嶼港の周辺でも、食材卸会社が多数、招集されているようです」

「それは、君の想像だろ？　呂洞賓の情報からそれは容易に想像できる」

沼田が苦笑するため息が聞こえた。

「いえ、実は、チンタオの海南食材公司の社長の怒りはいよいよピークとなって、本来ならあり得ないことですが、海軍基地司令員を電話で激しく罵倒する騒動となりました」

綾は敢えてそこで話を止めた。

沼田は聞き入っているようだった。

「海南食材公司に、さらなる新しいオーダーが下ったのは、昨日のことでした。それによれば、福建省の、馬尾港、宮口港と秀嶼港で船舶への食材積み込みの発注が多数発生しているが、対応に苦慮しているので、原子力潜水艦に対応したそちらの会社からも、支店を通して応援を求むと。そのオーダーはそれまでのチンタオ海軍補給処からではなく、北京の人民解放軍総参謀部第4部からだった――」

綾は、廊下を走る直前、時任に聞かされた新しい特異情報を正確に言い切った。

沼田の返事を待つ前に綾が言った。

「呂洞賓からの情報にあった〝一斉上陸〟と、当該原子力潜水艦の動きは同一作戦です」

しばらくの沈黙の後、沼田が言った。

「で、当該の原子力潜水艦は今……」

「情報を統合すれば、先週すでに出航しています」

綾が、声を落として説明した。

「いったい何が始まるんだ……」

沼田の声が低く響いた。

「急ぎ、分析が必要です」

綾が即答した。

「わかった。こっちは、今晩中に呂洞賓と連絡を取る。で、君は？　輪島課長にすぐにでも言って、国家情報コミュニティへ――。いや、あいつがわかるはずもない……」

沼田の困惑するような声が聞こえた。

「すでに決めています」

綾は毅然と言った。実際、それは綾にとって大きな決断だった。

「すでに？」

沼田が怪訝そうに復唱した。

「もはや、〝わが社〟のアセット（協力者）だけでは限界です。あらたなツールが必要です」

「ツール？」

「軍事部門の協力が必要です」

そう力強く言った綾の脳裡にはすでに、一人の男の顔が浮かんでいた。

卓上電話へ手を伸ばした綾を呼ぶ声がした。

顔を向けると飯田が手招きしていた。

パーテーションで仕切られた総括室に入った綾に、飯田は困惑の表情を向けた。

「やっかいなことになった」

飯田がそう呟くように小さな声で言ってから、いつもの執務机の前のパイプ椅子ではなく、会議用机の椅子を身振りで示した。

「つい先ほど次長が原田内閣情報官に説明された」

飯田が言った。

「ご反応はいかがでしたか？」

椅子に腰を落としながら綾が訊いた。

「それが問題なんだ」

目の前に座った飯田の表情は困惑のそれだった。

綾はその姿に訝った。公安調査庁のNo．2である次長が、しかも常に、刑事訴訟法に則っての採証作業こそ最も重要とする検察官の次長が判断した上での通報に、どれほどの重みがあるか、内閣情報官はきちんと理解しているはずである。だから、情報について何らかの躊躇をしているとは綾には思えない。ならば、飯田の苦悩は何なのか——。

「内閣情報官は、情報の中身についてあれこれは言わず、それどころか、同じ報告を直ちに、公安調査庁《ウチ》から国家安全保障局長と、内閣危機管理監に伝えること、そして明日、内閣情報官が緊急の総理報告を行うことが決まり、その場に、密かに海老原次長も同席されたい、と言われた。そしてその総理報告には、国家安全保障局長と内閣危機管理監も加わると——」

綾は、飯田の話を聞きながら、どこに、〝やっかいなこと〟があるのか、まったくわからなかった。しかも、内心、震える思いだった。国家安全保障局長と内閣危機管理監に連絡をした時点で、実質的に国家レベルのオペレーションが稼働する。自らが関わった工作によって、それが実現した、そのダイナミズムに鳥肌が立った。

「そして、それまでに、可能な限り、追加情報の入手に努められたい、とも仰った」

その飯田の言葉に、綾は、もちろん！　と心の中で叫んだ。

「そして、最後にだ」

顔が歪んでゆく飯田の姿に、綾は、今しがたの興奮を忘れて驚いた。

「内閣情報官は、そもそものソース（情報源）である中国共産党中央最高幹部〈X〉について、明日の総理報告の場で開示を行うこと、それを指示されたんだ」

「開示？」

綾は、最初、その言葉の意味がわからなかった。

「〈X〉とは、誰だ？　ということだ」

「まさか……協力者の名前を開示せよと？」

驚愕の表情で綾は飯田を見つめた。

飯田は顔を醜く歪めたまま頷いた。

綾は、その時の海老原の姿を想像した。海老原は、情報機関としての厳しいルール通りに、ソースである協力者については、中国共産党中央最高幹部〈X〉とし、そこから情報を得た呂洞賓についても、単に、協力者、という表現にとどめたであろうことは容易に想像できた。

原田内閣情報官が、その協力者と、その先にいる〈X〉の人定について求めたときにも、海老原は拒絶したであろうことも、また間違いない。しかし原田は、執拗に迫ったに違いない。

対して、海老原――あの男のことである。検察官としての本性が表に出て、きっぱりと、いや冷たく突き放した。そして二人は――。

「まずいですね」

綾が言った。

「そうなんだ。なんとか、穏便に済ます策を考えないと――」

飯田の顔がどす黒く変色したように綾には思えた。

「状況は、すでに悪化しています」

原田と海老原が怒鳴りあう光景を想像した綾が言い切った。

飯田は驚いた表情で綾を見つめた。

「海老原次長の態度に気分を悪くした原田内閣情報官は、明日、総理の前で、次長に恥をかかせますよ」

綾が平然と言ってのけた。

「まさか……いや……確かに、そうかもしれない……いや、きっとそうだ」

飯田がひとり呟いた。

「いい策はあるか？」

飯田は縋《すが》るような目で綾を見つめた。

「ありません」

綾はキッパリ言った。

「ない？」

飯田の表情が咎《とが》めるそれに変わった。

「協力者の開示ができない、という情報機関の絶対的な前提がある以上、何も変わりません」

綾の結論はそれしかなかった。

「じゃあ、なにか、総理や政府高官の前で次長が恥をかかされたとしても君は平気なのか？　次長は、今回の情報を内閣情報官に伝えることについて、恥をかいてでも、とご決断された、そのお気持ちを忘れたのか？」

飯田の口調は怒りに満ちたものになった。

「恥ではありません。情報機関の最高幹部としての意地を貫き通すこと、それは美学です」

「何をふざけたことを言ってるんだ、君は！」

飯田は吐き捨てた。

「では、総括は、情報機関が存在するための最も揺るぎない掟《おきて》を葬り去れと？」

綾は引かなかった。

「いや、そんなことは……」

綾は苛立った。優柔不断なこんな男とこれ以上時間を費やして話す価値を見いだせなかった。

「私は、分析官としての役割を果たします。では急ぎますので」

そう言うなり綾はすぐに席を立ち、パーテーションから出て行った。


「ひさしぶりだね」

自民党の若手のホープである等々力《とどろき》衆議院議員の迫力ある声が受話器から聞こえた。

等々力と初めて会ったのは何年前のことだろう、と綾は記憶をたぐり寄せた。そう確か、二年半ほど前だった。自民党の治安対策特別委員会で、公安調査庁の〝白書〟と言うべき、一年に一度作成する「回顧と展望」について党本部でブリーフィングを行った時の場面を脳裡に蘇らせた。その年の「回顧と展望」は中国情勢に大幅なスペースを割いていたため、補充説明要員として抜擢された綾は調査第2部長に帯同して党本部へ向かった。

その翌日、副委員長として治安対策特別委員会に出席していた等々力議員が、さらに詳しい話を聞きたいと政策担当秘書の皆川真緒《みながわまお》を通して、綾を指名してきたのである。

飯田に許可を求めると、

「君はいい。輪島課長に行って頂く」

ということに一度は決められた。

だが、等々力議員は、再度、綾だけを指名してきたのだった。その時、綾はある噂を耳にしていた。来月にでも行われるであろうとマスコミが報じている内閣改造人事に伴う党役員人事で、等々力議員が四股《しこ》を踏み出している、との噂である。

その噂はズバリ当たって、しばらくして等々力議員が自民党政務調査会の副会長に就任。治安対策特別委員会の副会長を兼務したことでブリーフィングの要請をそれからも何度か受けた。

等々力議員は、常日頃から公安調査庁の存在意義に理解を示すだけでなく、世界の情報機関と同等のレベルにまで組織を強化するためには、幅広い分野からの人材確保が必要だと訴え、さらに欧米の情報機関のように、軍事部門、つまり自衛隊との連携の重要性も強く提案していた。

「本当にご無沙汰して申し訳ございません」

と丁寧な口調で挨拶してから綾は本題に入った。

「ご無沙汰していながら恐縮ですが、お力をお借りしたいことがありまして」

「芳野さんには、ずっとお世話になりっぱなしで、こちらこそ申し訳ないと思っていたんです。ですから、もちろん、なんなりと」

等々力が快活に言った。

「前に仰っておられた、元陸上自衛隊の情報筋の、おもしろい男、その方をご紹介頂けないでしょうか？」

そう言った綾は、一年ほど前、等々力議員が口にした〝陸海空自衛隊の、いわゆる〈キワモノ〉たちに幅広い人脈を持つ、元陸自のおもしろい男〟という言葉を思い出していた。

本当なら、ダイレクトに、海上自衛隊の潜水艦隊司令部とコンタクトを取りたいところだった。

そもそも綾が、この切迫した状況において、潜水艦隊司令部をターゲットにしたのは、十数年前、中国の原子力潜水艦が先島諸島で領海侵犯をした事件について、後になってから、綾のカウンターパートである内閣情報調査室の国際部中国班を仕切る参事官から聞いたことを思い出したからだった。

それは、領海侵犯があったその時、海上自衛隊の中でも潜水艦隊司令部だけは、アメリカ海軍から、中国の原子力潜水艦の動きについて情報を逐次得ていたという話だった。

だから今回のチンタオの原子力潜水艦基地の動きについても潜水艦隊司令部は必ず知っているはずだ、という見立てが綾にはあった。

しかし綾には、潜水艦隊司令部だけでなく、海上自衛官そのものにも人脈がなかった。父親が潜水艦の設計に携わっていたと言っても、仕事は家庭に持ち込まない人だったし、同僚や上司を自宅に連れて来ることはなかった。組織として正式に接触するためにはどれだけの煩雑な書類の提出が必要かと思うとゾッとしたし、この緊急時には間に合わない。

それより何より、あの飯田総括がそれを許さないのは目に見えている。ゆえに、一見すれば回り道のようにも思えたが、キワモノのラインこそ、物事を一気に進められる——それが分析官としての経験から会得した真実だと綾は賭けに出たのだった。

「それは、〝今、そこにある危機〟?」

等々力の口調が緊張したものに変わったことに綾は気づいた。

綾は、情報を得た経緯は一切説明せず、かつ伝える情報の抑制もしながら、現下《げんか》の情勢の概略について説明した。等々力の信頼性を確信していた綾は、彼が絶対にマスコミを含めた第三者に明かさないという確信があった。

「わかった」

等々力はただひと言そう言った。しばらくの沈黙の後、等々力は、ある携帯電話の番号を告げた。

「それにしても、明日か、明後日か、そちらの本庁からくるであろう正式な報告に、どんな風に驚いた顔をしてやろうか」

等々力はそう言って大きな声で笑った。

6月9日　木曜　午後6時52分　港区六本木2丁目　田山フロンティア本社ビル22階

応接室に入ってきた本宮《ほんぐう》という名の男の印象は、綾が想像していたものとはまったく違っていた。まず目がいったのがその大きな額で、後ろに長く伸ばしたくせ毛の髪は、七十近いという歳が信じられないほど黒々としていた。黒く染めたのかと思ってもみたが、顔の肌の艶からもその歳は想像できなかった。そして何より、脚を組んでパイプを吹かし始めた姿に、ぞくぞくするような、キワモノの雰囲気を綾は感じていた。

綾は、等々力議員から、かつて、目の前の男について教えられたことを思い出した。机の上に置かれた名刺から、軍需専門商社『田山フロンティア』の参与という立場であることはわかったが、十年ほど前まで、陸上自衛隊の幹部自衛官だったという。

ただ、陸上自衛隊のどの部隊にいたかは知らないと等々力は笑っていた。等々力も、他の議員から、〝人事記録から一度消えた〟男、とだけ紹介を受けたという。エピソードとしては、霞ヶ関の官僚の間で伝説となっていることがある、と等々力は教えてくれた。

一九八二年のフォークランド紛争（イギリスとアルゼンチンが大西洋にあるフォークランド諸島の領有権を巡って起こした軍事衝突）勃発直後。慌てふためく在アルゼンチン日本大使を前にして、当時、大使館で防衛駐在官をしていた本宮は、自身の日本刀を抜いて大使の前でひと振りし、

「男子たる者、このような時こそ、泰然自若《たいぜんじじやく》とせよ！」

と言い放ったという。また、インテリジェンスには、セックスが不可欠だというのが持論で、もし男が外国に行ったならば真っ先に売春婦と寝てこそその国の基礎知識が得られると言い放ち、実際、自分も何十人もの外国人の女とヤってきたと豪語していたという。

「で、御用向きは？」

パイプの煙をくゆらせながら、本宮がいきなり言った。

「私どもが把握している、尖閣諸島への脅威に関する情報を検証するため、海上自衛隊の潜

水艦隊司令部のどなたかから、ご教示を頂きたく、そのために、そこへ繋がるどなたかのご紹介を頂けないものか、それをお願いに参りました」

綾は、潜水艦の作戦とは、インテリジェンスと同等であると知っていた。亡き父が、子供がわかるような話として語ってくれたことを今でも憶えていた。そこから、海上自衛隊の潜水艦隊司令部の幹部たちは、〝キワモノ〟である、という認識を持っていた。

だからこそ、本宮と繋がっているはずだ、というのが綾の期待——しかしそれは賭けに近い——だった。

「回りくどいね。ハッキリと、潜艦隊《センカンタイ》（潜水艦隊司令部）の偉いさんを誰か紹介しろ、そう言ったらいい」

本宮はそう言ってのけた。しかし、顔は笑顔で、しかも可愛い目をしている、と感じた綾は同時に、早くもこの男のペースに引き摺り込まれていると思った。

「恐縮です」

綾はそう言って頭を下げてから、その言葉を口にした。

「しかし、明日、という誠に勝手なお願いでございます」

「明日？」

本宮は驚いた顔で綾を見つめた。

「どれだけ失礼なお願いか十分わかっています。しかし、国家危急の時ゆえ、そのことを何卒ご理解ください」

だが本宮は、綾のその言葉には直接応えず、

「今、尖閣と言ったね？」

と尋ねてきた。

綾は、これからどんな厳しい質問を受けるのか、と緊張した。

「それで思い出したんだが、日本政府は、かつて、有事における武力の発動の条件として、十五事例、というものを発表した。その中に、離島等における不法行為への対処、というのがあったね」

綾は安堵した。そっち系の、つまり軍事系の話は得意中の得意だった。

大きく頷いた綾は、もちろん、と声に出して言いたかった。綾が大好きなそっち系の会話は、公安調査庁では余りされないからだ。

「あの事例の内容は、すでに離島に武装勢力が上陸し、島を占拠していることを想定したもので、まず警察と海保が対応するが、それでは対処できない場合、自衛隊の出動になる。そういうことになっとる」

本宮はここまで分かるか、という目をして見つめたが、有事法制の法律文の隅々まで頭に

入っている綾は大きく頷いてみせた。そして、綾の頭の中には、自民党の治安対策特別委員会のメンバーの一人である議員の秘書からもらったＤＶＤの、自衛隊の広報映像が蘇った。

〈日本の離島に外国の武装勢力が上陸したとの情報を受けた自衛隊は、まず、海上自衛隊の哨戒機がその島を上空から偵察。外国の軍隊の存在を確認した後、政府が武力攻撃事態との認定を行った上で、陸海空自衛隊が防衛出動。島の沖に展開した海上自衛隊の護衛艦の速射砲から、その島に対する艦砲射撃を実施。さらに航空自衛隊のＦ２戦闘機からのミサイルによる対地攻撃を行った上で、陸上自衛隊の水陸機動団が水陸両用車を使っての島奪回作戦を大々的に敢行する〉

「しかし、そこに書かれた、〝離島等における不法行為への対処〟というのは、軍人としてはまったく納得できない。つまり――」

本宮の言葉に全身が深く引き込まれていくのを感じた。綾は、父がかつて言っていたある言葉を思い出した。父が持ってきた、新しい潜水艦の模型を手にした綾が、

「これで、敵の潜水艦をやっつけて、たくさんの敵を殺すんでしょ？」

と子供らしい遠慮ない質問を投げかけた時、父は優しく語りかけた。

「アヤちゃん、潜水艦はね、大きな戦争が起こらないように、その前に小さな戦いをして、たくさんの命を守るんだよ」

綾にはその時、父が何を言いたいのかわからなかったが、今、本宮の言葉でようやくわかった気がした。

「まっ、私のくだらない講釈はこれくらいにして、お嬢さんの言葉に応えないとな」

苦笑しながらそう言った本宮が立ち上がった。

「ちょっと待ってなさい」

本宮はそれだけ言うと、応接室から出て行った。

綾は、拍子抜けしたような気分で、大きく息を吐き出した。

詳しい説明を綾はまだ何もしていない。しかし、ソファから立ち上がる時に、綾に向かって一瞬だけ投げかけた本宮の目を綾は思い出した。人の心を射貫《いぬ》く目、との表現がまさに相応しかった。

しばらくして再登場した本宮は、「潜艦隊の幕僚長である、杉浦《すぎうら》海将補、そのデスクの直通番号だ」とだけ言って、ひとつの電話番号を書き込んだメモ用紙を机越しに綾の元に滑らせた。

「すぐに会いたいのなら、その男だ。今、電話しておいた」

と本宮が続けた。

「本当にありがとうございます」

綾は再び深々と頭を下げた。実際、自分の賭けが当たったことに内心で激しく興奮していた。

「幕僚長って、どんな立場か、わかるね？」

孫娘に言って聞かせるような口調で本宮が尋ねた。

かしこまって頷いた綾は、「はい、それだけはなんとか」とへりくだった。

「お役に立てばいい」

笑顔のままそう言った本宮は立ち上がった。

本宮は無言のまま、エレベータホールまで見送ってくれた。

エレベータが到着した時、綾は、礼を尽くそうと再び頭を下げた。扉が閉まる寸前、本宮が微笑みながら言った。

「秋田の母親を大事にしないといけないよ」

本庁に戻るタクシーの中で、本宮の顔を脳裡に思い浮かべていた。最終階級もわからない、はっきり言えば得体の知れない元陸上自衛官が、海上自衛隊の、それも現役の海将補という高い階級の人間との面会をいとも簡単に成立させてくれたことに、あらためて信じがたい気持ちだった。

そして次に頭の中で蘇ったのは、エレベータの扉が閉まる寸前に本宮が言い放った、あの言葉だった。まったく、なんにしても怪しい男だ――。

綾は頭を振って苦笑した。この国の政府は、日本という国家は、なんとも懐が深いじゃない！　あんな男をきちんと囲って、育ててきた、その〝懐の深さ〟！

本庁に戻った綾がデスクがある大部屋に近づいたところだった。視線の先で、西城が足早に過ぎていく。綾は急いで駆けよった。

公安調査庁の通報による政府の対応を尋ねる綾に、長官秘書の西城は、まず、クソッと言ってから、

「ずっとクレーム対応だ！」

と怒りをぶちまけた。

「クレーム対応？」

綾が訊いた。

「まったく、呆れたよ。次長と輪島課長が、電話対応に忙殺されっぱなしだよ」

そう口にした西城は怒りが収まらない風だった。

「他官庁から？」

「そうなんだ。特に、国家安全保障局と防衛省の対応が強硬でさ。これじゃあ、情報の照会

ってもんじゃない！　こっちはクレーム対応をしている気分だ」

西城がまくし立てた。

「強硬とは？」

「ＮＳＳも防衛省も、中国の港での漁船や海軍の水上艦の特異動向に関する情報を得ていない、とうるさくて――」

「得ていない？」

綾の脳裡に、様々な思いが目まぐるしく乱舞した。分析官としての結論は出ている。呂洞賓《ルユードオンサアイ》や、張果老《チヤングウオラアオ》からの情報は正しく、〝一斉上陸〟は必ず行われると――。

しかし、いまだに、他官庁との情報の照合ができずにいるのはなぜなのか？

中国の漁船や水上艦はなぜ動かないのか？

原子力潜水艦の特異動向と何らかの関係があるのか？

「特に、防衛省の友利《ともり》防衛政策局長は酷いもんだ。電話口で次長に対し、〝もし貴庁の情報が正しければ、自衛隊法78条に基づき、首相が治安出動を下令することになる。早速、防衛省は警察庁との協議を開始するが、宜しいか？〟と詰問口調でまくし立てた上に、〝とにかく、国家の一大事であるがゆえに、どうしても情報源を開示されたい〟と強硬に迫る始末でさ。次長はもうカンカンだよ」

綾は何も言えずにいた。

だが、西城は怒りが収まらない風に続けた。

「しかも、国家安全保障局の八重樫《やえがし》局長も、昨日の通報時には何も言わなかったのに、次長に電話をかけてきて、間もなく呼集がかかる政府緊急参集チームの協議結果次第では、国家安全保障会議の緊急開催も有り得るとし、その政府緊急参集チームの協議で、貴庁から説明されたい、とした上で、その場で貴庁の情報源を開示して欲しい、という言葉を何度も繰り返した。一方、警察庁玉造《たまつくり》警備局長などは露骨に情報源の信頼性を疑うような言動を次長に投げかけ——。まったくどいつもこいつも、ふざけた奴らだ！」

様々な情報を頭の中で整理しながらも、綾は訊いた。

「で、上は、どのような判断を？」

「情報源の開示のことか？　あり得ない！」

西城は吐き捨てた。

「あっ、今から御前会議が始まる。また後で」

腕時計へ目をやった西城は走り出した。

明日の総理報告用の資料作りに没頭していた綾が、夕食も摂らないまま、深夜になってしまっていることを知ったのは、西城からの電話だった。

「信じられない」

開口一番そう言った長官秘書の西城は、苛立っていた。

「また、クレームが？」

腕時計へ目を落としながら綾が訊いた。

「いや、夕方の御前会議でさ、大橋長官が、〝特定秘密に指定した上で、呂洞賓の情報源、つまり〈X〉について、人定に関する一部開示も検討すべき〟と仰ったんだ」

「呂洞賓についての信頼度ウンヌンは出なかったんですか？」

綾が急いで訊いた。

「信頼度？」

西城が訝った。

「三人の日本人拘束事件との関連で――」

「それが、長官は、その事案を口にされたが、それよりも海老原次長が〈X〉の開示についての激しい反論をされた」

「海老原次長？」

「あんな次長の姿を見たのは初めてだ」

西城が続けた。

「大橋長官に面と向かって〝いかなる事情があれ、情報源を開示すれば、公安調査庁はもはや情報機関と言えなくなる。存立する根拠を失ってしまう〟と言ってのけたよ」

「長官はどのように？」

「もちろん、ご自身の主張を続けられた。当方からの情報だけという状況下、国家の一大事を前にして、何としてでも政府全体を動かさなければならないと――」

「それにもまた？」

「そうだ、次長はなおも反論され、とにかく、最後まで呂洞賓と張果老からの追加情報を待つべきだと――」

「ちょっと待ってください。沼田さんに指示を？　いったい誰が？」

綾は納得できなかった。今回の工作で沼田を担当しているのは自分なのだ。それを差し置いての指示はあり得ない！

「今、君に電話をした理由はその件なんだ」西城の声が低くなった。「もう一度、沼田と連絡をとって欲しい」

「それは――」

「そう、長官からのご指示だ。しかし、そのご指示には続きがある。御前会議の結論は大橋長官が決定された」

綾は嫌な予感がした。

「大橋長官は、〝近畿の沼田上席調査官が、〈X〉について呂洞賓から聞かされていないのであれば、状況は変わらない。また、呂洞賓の正体を明かしたところで意味はない〟と――」

公安調査庁の発足以来の厳格なる規則が身体の隅々にまで染み渡っている綾にしても、この緊急事態においてもそれを守らなければならない情報機関としての〝運命〟に困惑した。

〝現場〟の協力者運営担当官が運営する協力者が、情報を得る、その対象者についての人定は、〝現場〟の協力者運営担当官でしか知ることができない。協力者工作の最終責任者である次長や協力者工作を指導、管理する工作推進参事官室であっても知らされることはない。

そして長官にさえ伝えられることはないのだ。綾は、その〝運命〟を身体全体で感じ取っていた。つまり、この国家の緊急事態においても、最高の決断者である組織のトップがすべてを知らされないという、他の日本の国家組織にはない、その〝運命〟にこそ、この事態は公安調査庁の存立がかかっている。

「それで、長官が下された結論とは？」

綾が急かした。

「長官は、〝工作推進参事官室と各課部門の余剰資金を急ぎ確認し、そのありったけを突っ込んで、沼田から呂洞賓に〈X〉の開示を要請しよう〟——そう仰った」

「わかりました」

綾が躊躇なく答えた。

「えっ？　理解するのか？」

と西城は驚いた。

「とにかく、沼田さんと連絡をとります」

「いや、輪島課長や飯田総括を巻き込んでおく方がいい。結果責任を一人でとらされる危険性がある」

西城はそう言って電話を切ろうとしたが、綾はそのことを聞かずにはいられなかった。

「ところで、日本人拘束事件ですが、〝わが社〟からの情報洩れについての検証はなされているんですか？」

「それをやるんなら、『2の1』（調査第2部第1部門・防諜担当）だろうが、そこからは何の情報も上がって来ていないし、長官室に入る者もいない……何か具体的なことを心配しているのか？」

西城が訊いた。

適当な答えで電話を終えた綾は、その事件について誰もが腫れ物に触るような、いや、ほおかぶりして息を殺している光景を想像した。

できるのなら、このままマスコミに洩れることなく、と祈っているはずだ、とも思った。それはイコール、日本人協力者を見捨てることにつながる。

だが綾は、自分が情報機関の一員として冷厳な掟を貫く覚悟を持っていることを自覚した。だからこそ綾は頭を切り換えた。これから沼田へ連絡を取らなければならない。もちろん、〈X〉の開示など、沼田を通して呂洞賓に伝えるつもりはさらさらなかった。

6月10日　金曜　午前5時42分　神奈川県横須賀市　海上自衛隊船越基地

三時間の睡眠でも頭は冴えきっている、綾はそう思った。ただ、大部屋の片隅にあるソファで寝たものだから、体のあちこちが痛かった。

タクシーの車窓からの流れゆくビル群を漠然と見つめる綾は、つい今しがた脳裡に浮かんだ、〝賭け〟という言葉を強引に頭の隅に押し込めた。答えはこれから向かう先に待っている、と自分に言い聞かせた。

綾は腕時計を見つめた。呂洞賓《ルードオンサアイ》からの情報では、九十隻もの漁船団が、一斉に出航するまで、あと約十一時間しかない。

それでもまだ、防衛省など関係機関は、その兆候さえ摑めないでいる。だからNSSや防衛省は、いまだに公安調査庁にソースの開示を迫っている、と早朝にもかかわらず西城から電話がかかってきた。

時間を有効に使うためタクシーを捕まえて首都高速道路に乗り、横須賀市内のファミリーレストラン前に乗り付けた綾は、二万円近い料金をクレジットカードで払うと、後部座席を飛び出した。目的の場所は、ここからさらにタクシーで五分ほどのところにあった。約束の時間にもまだ一時間ほどある。だが、朝の渋滞を嫌った綾は早めに着いて時間潰しをする選択をした。

軽い朝食と温かいコーヒーを味わった綾は、決めていた時間でレストランを出ると、タクシーを呼んだ。

海上自衛隊船越《ふなこし》基地のゲートの前でタクシーから降り、真っ直ぐに警備詰所へと駆け込んだ。本来なら、他官庁と接触する時は――特にこちらの情報を開示して重要な協議を行う時は――必ず飯田総括の決裁が必要であった。だが綾は、当然、そんなバカげたことは頭の中から排除した。

アポイントメントの確認を終えた警備の隊員は、Ａ４判ほどの地図を広げた。

「今、こちらにおられます。そして潜水艦隊司令部は、この建物です」

警備隊員は、地図の一点を指し示した。

綾が見ると、現在地とされたところから、サインペンの赤い丸が記されたところまでは相当な距離がある。戸惑う綾に、隊員はこともなげに言い放った。

「ご自身で行って頂くしかありません」

歩くのはいい。しかし、時間がもったいなかった。

しばらく歩いた綾がまず感じたのは、どこか心を躍らせる潮の香りで、その次に目に飛び込んできたのは、灰色の巨大な〝城〟だった。綾はまさにそんな表現が相応しいと思った。想像していたよりも遥かに大きな二隻の護衛艦が桟橋に係留され、それぞれの甲板の上では、水兵服姿の海上自衛官たちがきびきびと動き回っている。

綾は、地図へ目をやった。護衛艦を右手に見ながら、その先にあるビルが自衛艦隊司令部。その後ろにある低いビル、そこが潜水艦隊司令部とあった。

さらに五分ほど歩いたところにあった潜水艦隊司令部の建物の一階正面では、

「幕僚長庶務担当海曹、香川２曹であります」

とかしこまって名乗る、制帽を被り全身まっ白の制服姿の若い海上自衛官が敬礼して綾を迎えた。

古めかしい階段を上がり、壁に旧海軍の標語が飾られた廊下を進んだ綾は、興奮する思いだった。自称〝軍事オタク〟である自分は、特に潜水艦の世界に憧れを持っている。それが、今、潜水艦の作戦を行う本物の世界にいるのだ。

先導する自衛官は、白いカバーが掛けられたクラブチェアが並ぶ部屋へと綾を誘って、深々と敬礼して出て行った。

「お待たせしました」

白い制服姿で、光り輝く黒い靴を履いた男がドアを開けて入ってきた。

綾は簡単な自己紹介をしてから、突然の訪問を謝った。

「海上自衛隊に相当なご人脈をお持ちですね」

受け取った名刺に目を落とす杉浦幕僚長はそう言って苦笑した後、横須賀湾を見下ろす窓際の席へと身振りで誘った。綾はその意味がわからなかった。ただ本宮の言うがままにここに来たのだ。しかし、それは綾にとって今更どうでもいいことだった。

杉浦幕僚長は、気を悪くはしていないようだった。綾は、本宮の〝力〟に不気味なものをあらためて感じた。

さっそくながら、と断ってから本題を切り出した。

「公安調査庁では、様々なソースから、約九十隻もの中国の漁船と海軍の水上艦が、今日の午後五時に一斉に出航し、その翌々日に尖閣諸島へ一斉上陸する、その情報を得ました。昨日、国家情報コミュニティに通報しました」

無言のままの杉浦幕僚長は、手にしたメモに書き始めた。綾は構わず続けた。

「その情報との関連はまったくわかっておりませんが、別に、関心を寄せている情報があります」

バッグから一枚の写真を綾は取り出した。

「グーグルアースの写真をプリントアウトしたものですが」

そう言って綾は、A４判の大きさの写真を、杉浦幕僚長の前に置いた。

「ここは、チンタオにあります中国海軍北海艦隊隷下の原子力潜水艦基地です。ここをご覧ください。これは〈第14区食料調達倉庫〉という、原子力潜水艦に搬入する食料品の倉庫です」

綾がちらっと視線を上げると、杉浦幕僚長はメモを取りながら黙って話を聞いていた。

「先週の金曜日、基地からの緊急の要請によって、野菜など二ヵ月分の食材と二十人分、十日分のレトルト食品が当該の倉庫に運び込まれ、その日のうちに原子力潜水艦に搬入され、翌日の土曜日、出航したとみられます」

杉浦幕僚長は頷くことも、応えることもなく、時折、写真へ目をやりながら紙にペンを走らせていた。しかし綾は構わず続けた。

「これらに特異動向があるのは、基地からの緊急の要請という部分であり、その野菜などの食材のオーダーが、出航のたった三日前に行われた、その点です」

杉浦幕僚長は顔を上げず、メモ取りに没頭している風だった。

「分析官としての判断は、漁船などによる尖閣諸島への〝一斉上陸〟の情報と、当該原子力潜水艦周辺の特異動向とは関連しているのではないか、ということです。しかし、二つを繫げるものがまったくない——」

それでもまだ、杉浦幕僚長の反応はなかった。

「つきましては、こちらの部隊におかれまして、これら二つの動きに関する同種の情報を得ていらっしゃいましたら、共同で対処をさせて頂くのが最善の措置かと存じまして、突然ではありますが、当庁が入手しました現下の情勢にご理解を賜りたく、失礼を承知でお伺い致しました」

ここに来るまで考え尽くした言葉を並べ立てた綾は、杉浦幕僚長の反応をうかがった。

「ありがとうございます」

メモ用紙から顔を上げた杉浦幕僚長は笑顔でそう言った。

「では？」

綾は身を乗り出した。

「結論から申し上げれば、ご指摘のような情報を我々は得ておりません」

杉浦幕僚長は笑顔のまま言った。

「言えない、そういうことですか？」

綾が勢い込んで訊いた。

「いえいえ、そうではありません。そもそも、最初に仰った中国の漁船に関する情報については、本省からの照会がありましたが、それにつきましても、関連情報はない、と報告しております」

杉浦幕僚長の言葉に、綾は黙ったままその顔を見つめた。

「お役に立てずに申し訳ございません」

杉浦幕僚長はそう言って頭を下げた。

目の前に立ちはだかった壁は到底乗り越えられそうにない。相手が、本当のことを言っているのか、嘘をついているのか、それを見極めることができないということではなく、ただ、大きな壁の前で途方もなく立ち尽くしている、そんな自分を見つけた。

「それにしても――」

杉浦幕僚長はそう言って苦笑した。

「役所のルールを無視して、こんな失礼な真似を、と？」

綾が先んじてそう口にした。

だが杉浦幕僚長はそれには応えず、

「今後、なにかありましたら、いつでもどうぞ」

と言って笑顔で立ち上がった。

一階の出口まで送ってくれた杉浦幕僚長は、庶務担当海曹の香川２曹に命じて、幕僚長用の車を呼び寄せた。黒塗りの官用車で送られた綾が降ろされたのは、来たときにタクシーで降りたゲートの前だった。

ひとり残された綾は、強く確信していた。

杉浦というあの海上自衛隊の幹部は、嘘をついている。その根拠は、顎髭がうっすらと伸びていたことだ。その髭は伸ばしている、とは明らかに違って不自然だった。それは、今、付き合っている男とそっくりだった。つまり、杉浦は、顎髭を剃る余裕がないほどの事態に対処している、それを物語っている、と綾は思った。

綾は、急ぎ、最終的な答えを出さなくては、と腹に力を込めた。呂洞賓の漁船団に関する情報と、チンタオの原子力潜水艦の動きは連動している、それがどういう意味をもたらすのか、その答えを至急出さなくてはならないのだ。

綾はすでに確信していた。見落としていることがあることを。しかもそれは重大な意味を含んでいることを。

――一斉出航まであと十時間弱。そして一斉上陸まであと二日……。

綾はその言葉を再び頭に思い浮かべた。

6月10日　金曜　午前9時34分　公安調査庁本庁

沼田から電話があったのは、ちょうど綾が本庁に戻り、デスクの前に座った時だった。

真っ先に苛立つ沼田の声が聞こえた。

「いったいどうなってんだ？」

「すでに政府全体の動きになっています」と綾が答えた。

「そうじゃなくて、呂洞賓《ルユードオンサアイ》と張　果　老《チヤングウオラアオ》のことだ！」

沼田が声を荒らげた。

「どういうことです？」

「さっき、輪島課長からオレに電話があって、中国共産党中央最高幹部〈X〉の人定について、呂洞賓に尋ねて欲しいと。あり得ない！」

「なんですって！」

綾は思わず声を張り上げた。

「もちろん、呂洞賓にそんなこと言えるはずもない。そもそも〈X〉についてはあんたも――」

沼田はそこで口を噤《つぐ》んだ。呂洞賓から〈X〉の正体を聞かされてはいないが、お互いに、〈X〉の正体を知っており、それを口に出さずとも認め合っていること、それが最も重要なことだということを、あらためて綾は確認した。

「輪島課長の言葉は無視してください」

実際、綾は怒りに燃えていた。担当する分析官を差し置いて、指図するなど絶対に許せないからだ。

しかし沼田は綾の言葉には反応せず、慌てて言った。

「肝心なことを忘れていた！　呂洞賓からの続報を報告書で今送る。やはり、中国はやるぞ！」

「待ってます。しかし、実は、緊急に解明しなければならない別件があるんです」

「なんだ？」

沼田は早口で急かした。

「実は、重要な話があるんです。私の分析から、山東省チンタオにある中国海軍の原子力潜水艦基地での特異動向と――」

綾が、そこまで言った時、「ちょっと待て」との沼田の緊迫した声が聞こえた。

「誰かが尾けてやがる。しかもプロだ――」

沼田はそう言っただけで通話を突然切った。


ストラップ付きのスマートフォンをズボンに仕舞った沼田は、五十メートルほど先の店を目指した。そしてその婦人服店に辿り着くと、ショーウインドウを見つめながら、今、ふと気づいた風を装って、しゃがみ込んで靴の紐を結び直した。沼田は、視界の隅で、ショーウインドウに映る背後を見渡した。

つい今しがた、沼田が感じたものは見当たらなかった。だが沼田には確信があった。そいつは絶対にいたのだ。

立ち上がった沼田は歩き出した。次に沼田が目指したのは、百メートルほど先の交差点だった。交差点に着いた沼田は、まず、右方向の青信号を渡った。

さらに、左へ足を向けた沼田は、信号が変わるのを待って横断歩道を歩いた。

そうやって沼田は、交差点を二度巡った。その途中で何度か辺りへ目をやったが、気になる者はいなかった。だがそれでも沼田は諦めなかった。二百メートルほどいったところにある歩道橋を渡った沼田は、五十メートルほど歩行した後、直立反転した。そして再び歩道橋に戻り渡りきった。

その時だった。一人の男とすれ違った。黒っぽい上着に、紺色のシャツ、グレーのズボン。髪の毛は黒く――つまり、まったく地味なスタイルで、雰囲気も存在感がない……。

――あいつだ！

沼田は振り返った。

その男は平然としてゆっくりと去ってゆく。

男の正体を暴きたい、という衝動に沼田は駆られた。

しかし、今はその時間はない。それが沼田の現実だった。

受話器をまだ手にしながら、綾は思わず舌打ちした。

周りの分析官たちがちらっと視線を向けたが、綾は気にしなかった。

受話器を置いた綾は、すぐに報告書受理班の東山の元へ向かった。東山が手続をするのももどかしい気分で待った綾は、デスクの上で広げたとき、思わず唾を飲み込んだ。

〈発：近畿2－4　沼田　上席調査官
宛：本庁2－4　芳野　分析官
秘密区分：極秘・限定
本日、協力者登録番号898、協力者登録名『呂洞賓』より以下の報告あり。
今回のオペレーションは、人民解放軍東海艦隊福建保障基地参謀部参謀、朱飛鴻《ヂウーフエイホオン》中佐が現場指揮を行っている。現在のところ作戦に変更はない。以上〉

綾の気持ちは複雑だった。いまだに公安調査庁だけが、国家的緊急事態の情報を入手し続けている。しかし、タクシーの中から電話をかけた西城によれば、安全保障を担当する内閣事態室の事態対処調整第3班にも大きな動きはないという。海上自衛隊も含めた他官庁は、何の情報も得ていないのだ。漁船や海軍水上艦によるオペレーションが始まるまで、すべてが出航するまで、あと七時間余りしかないのに。

それにしても、なぜ、他官庁は兆候さえ摑めずにいるのか。考えられるのは一つしかない。兆候を摑ませずに出航する計画なのだ。日本側から妨害されないために。

しかし、と綾は思った。それとは別に、何かの思惑があるからではないか。それは、昨日、思いついた、ある矛盾であった。

漁船団は動いても、尖閣諸島までどうせ二日近い時間がかかる。その間に、見つかって、上陸できる人数は限られてしまうのではないか。そうなれば、実効支配などとても――。

しかも、食材の搬入で奇妙な動きをした中国の原子力潜水艦について、自分が導いた推理についても正直、なかなか最後の答えを出せずにいた。

呂洞賓の情報と関連性があることには確信を持っていた。そして、海上自衛隊の杉浦幕僚長の、あの不可解な反応からもその思いを強くした。

だが、苦労して集め尽くした幾つものパズルのピースがうまくはまらず、一枚の絵を完成できない。

気分を取り直した綾は、報告書をファイルケースに入れ、飯田総括の元へ足を向けた。飯田は、報告書を一読しただけで、すぐに輪島課長に連絡を取り、一緒に次長室へ向かってそこで行う説明の段取りをした。

「次長にお供し、官邸へ行け。十分後、地下の車寄せだ」

そう言った飯田が、一度鼻を啜ってから再び口を開いた。

「そのフレグランス、キツイんじゃないか」

飯田はそれだけ言うと、パーテーションを先に出ていった。

6月10日　金曜　午前9時13分

東シナ海　水深二百二十メートル　海上自衛隊潜水艦〈せきりゅう〉発令所

ソナー員を統括するスーパーバイザーの館林《かんばやし》2曹が、ヘッドセットを被ったまま、小声で、しかし力強く、狭帯域監視担当のソナー員である遠井《とおい》海士長に命じた。

「デモン、分析！」

「よし、そうだ。ここだ、水中探知目標シエラ229の、このデモン分析帯の、このベアリング縦線、さっきのBTR方位モードと一致だ」

館林2曹は、狭帯域モードにされたディスプレイに出現している、幾つもの波形の中から黄色の縦線を指さした。

「よし、次にここだ。膨大なノイズをスキャンして、キャリアウエイブを除去して超低周波信号だけを取り出せ。そうして、シエラ229の本来の音を取りだすんだ。そう、それだ！」

館林は、遠井海士長の肩をポンと叩いた。

「さらに次、ライブラリーとの照合！」

館林2曹にそう指示された遠井海士長はソナーデバイスを操り、膨大にダウンロードしているサウンドのライブラリーから、躊躇なくそのラベル番号を選び、そのデータをデモン分析の帯の下の画面に表示させた。

館林2曹のメガネに映ったのは、二つの幾つかの縦線がすべて一致しているディスプレイの光景だった。

「シエラ229のスクリューのターンカウント、オグジュアリー（潜水艦内の冷蔵庫モーターなどの補器《ほき》）、BGMR（原子炉が生み出す強力すぎるパワーを軽減してスクリューに伝えるための減速ギア）など、すべてソーサス（軍用音響探知システム）が初探知した音響データと一致！」

遠井海士長はごく小さく弾んだ声を上げて、さらに続けた。

「さらに、〈キーウエスト〉（アメリカ原子力潜水艦）が、シエラ229に対するトラッキング維持を確認！」

満足そうに頷いた館林2曹は、ディスプレイへゆっくりと顔を近づけて言った。

「シエラ229の呼称はもう必要ない。漢《ハン》クラス〈No．402〉、ずっと待っていたよ」

「発令所、ソナー。〈漢クラスNo．402〉が露頂《ろちょう》した。ソナーとオーディオ（ソナー員がサウンドを耳で聴く）で確認」

スーパーバイザーの館林2曹がJAヘッドセットにそう報告した後、森永《もりなが》艦長は、頭の中でそれをイメージした。

――中国の原子力潜水艦漢クラス〈No．402〉はチンタオの司令部と通信を行うのだ。

森永艦長が聞いた。

「発令所、了解。〈漢クラスNo．402〉との距離は？」

「約五マイルです」

発令所の隅にあるカーテンで仕切られた丸い穴の向こうで館林2曹が言った。

小さく頷いた森永艦長が言った。

「離底《りてい》準備！」

その言葉をまず哨戒長である渡辺《わたなべ》3佐が復唱し、さらに続いて発令所にいる乗組員全員が繰り返した。

さらに森永艦長が告げた。

「沈座《ちんざ》やめ、緊急通信を行う。アップ5度、深さ17！」

その命令で、油圧手がトグルスイッチを慎重に操作した。

「10、20、30――」

連続測深を行う航海科員の声が静かな発令所に染み渡った。

森永艦長が発令所を見渡して言った。

「離底した、異常なし」

森永艦長がさらに続けた。

「潜横舵《せんおうだ》とれ、深さ17、コース120、微速前進！」

森永艦長からの指示を復唱する渡辺哨戒長と油圧手の声が次々と発令所に響き渡った。

「5番フラッド開け！　ネガティブ罐測弁《かんそくべん》、5番FBT罐測弁開け！」

「ツリムよし、前後水平」

渡辺哨戒長が報告した。

森永艦長が頷いた。

「沈座用具おさめ」

森永艦長が告げた。

さらに森永艦長は、渡辺哨戒長に対し、

「十秒後、バッフルチェック」と命令した。

その命令が、渡辺哨戒長から潜航操縦用の二つのスロットルを握るスタンドインと、その背後で指揮をするダイビングオフィサーに伝わったのを確認した森永艦長は、情報系ＪＡヘッドセットのマイクを使って同じ下命をソナー室に戻った館林2曹に急いで伝えた。

森永艦長は、ゆるやかに船体がぐるっと円を描いて動くのが、両脚から伝わってくるわずかな遠心力でわかった。

「全周、脅威目標なし」

館林2曹の力んだ声が森永艦長のＪＡヘッドセットに聞こえた。

「ケーブルスコープ！」

そう命じた森永艦長は、小型の演台の上にディスプレイが載ったような電子潜望鏡システムに近づいた。

その前に立つ操作員は、一本のジョイスティックとタッチキーを機敏な動作で操作し、五十インチディスプレイに突然映ったカラーのデジタル映像を安定させた。

べた凪《なぎ》の静かな海が、強い太陽の光でキラキラと輝いている。操作員はジョイスティックをゆっくりと操作し、画面を一周させた。

「全周、脅威目標、なし！」

操作員が報告した。

「アップスコープ！」

帽子を反対に被った森永艦長は、床から登場した潜望鏡塔へ足を向けた。潜望鏡塔の左右のハンドルを握った森永艦長は、頭の中で四秒カウントしながら勢いよく三百六十度回転し、「ダウンスコープ！」と言って渡辺哨戒長を振り返った。

「ＳＨＦアンテナ、露頂しました」

通信担当員からの報告を受けた森永艦長は、通信員を呼んで、つい今しがた摑んだ、〈漢クラスＮｏ．４０２〉に関する情報を口述筆記させた。

メモを取った通信員は自分のデスクに戻ると、キーボードに森永艦長の言葉を急いで打ち込んだ。

「ＣＴＦ74《ナナヨン》（アメリカ第7艦隊第7潜水隊群司令部）の仮想ウエッブにログインし、通信を行います」

通信員が許可を求めた。

森永艦長が素早く応えた。

「よし！　行え！」

振り向いた森永艦長は、飛行機の操縦桿に似た二つの操縦ハンドルを握る操縦者と、その後ろに立つ潜航指揮官に告げた。

「前進、半速、方位３１２《サンヒトフタ》」

森永艦長がそう命じた時、ソナー室からの報告がＪＡヘッドセットに聞こえた。「〈キーウエスト〉が、〈漢クラスＮｏ．４０２〉から離れてゆきます！」

森永艦長はもちろん、その行動の意味を知っていた。これまでの日米潜水艦部隊の連携オペレーションでいつもやっていることだからだ。つまり、海上自衛隊の潜水艦がターゲットのトラッキング（追尾）の一番手を一時的に替わることで、安心したアメリカの原子力潜水艦は一旦、トラッキングコースから離れて安全な場所まで向かい、そこで露頂し、通信アンテナをあげて、バースト通信（膨大なデータを圧縮して一瞬で送る）を行い、そしてまた戻ってくるのである。

森永艦長は、全艦内交話の１ＭＣマイクを手にとった。

「艦長の森永だ。さっ、オレたちの出番だ」

森永艦長は弾んだ声で言った。

６月10日　金曜　午前11時９分　潜水艦隊司令部地下　特別情報室

地下に降りるエレベータの中で杉浦幕僚長は困惑していた。さっき、向かい合った公安調査庁の女性分析官の言葉がずっと脳裡に引っかかっていた。

最初、彼女の言葉を聞いた時、驚きの反応をせずに済んだことが信じられないほどだった。

今、潜水艦隊司令部が緊急対応している重要な作戦を知られたのか、と思ったからだ。しかしすぐにその思いは、頭からぬぐい去った。潜水艦の作戦が、公安調査庁がいくら情報機関だと言っても分かるはずは決してない。それどころか、自衛艦隊司令部をはじめ、あらゆる海上自衛隊の組織も知らないのだ。潜水艦の作戦は、国家機密以上の機密なのだ。

公安調査庁がその原子力潜水艦に関心を寄せている、本当の理由はわからない。しかし、あの原子力潜水艦は、出航時、あれだけの不可解な動きをしたのである。情報機関として、何らかの協力者活動があってのことだとは想像できる。しかし、我々が今、行っている作戦のことは想像さえできないだろうと確信していた。

だから、潜水艦隊司令官の瀬戸《せと》海将には、あの分析官の話は伝えなかった。

しかし、今朝、海上幕僚監部がやいのやいの言ってきた、中国東部の漁港の動向についての情報オーダーをもう一度振り返ると、不気味な感触を覚えた。

すぐに、中国東部の漁港の動向について潜艦隊なりの調べをしたが何もなかった。

一方、今、あの極秘のオペレーションとは別に進行させている〈トラ〉の活動エリアがちょうど中国東部にあたっているが、そこからも特異的な情報はまったく寄せられていない。

　とはいえ、今、密かに追跡している中国の原子力潜水艦の、出航時の、あの不可解な動きを考え合わせると、杉浦は内心穏やかではなくなっていた。

　エレベータを降りた杉浦は急いで通路を進み、ドアの前で立ち止まった。虹彩認証とテンキーパッドへのパスワードの打ち込みによって、杉浦はオペレーションルームへと足を踏み入れた。

　いつものように、薄暗い空間に目が慣れるまで少しの時間がかかった。これだけはどれだけ経っても同じことの繰り返しだ。

　オペレーションルームの中央まで歩きながら、十数人の要員が見上げる巨大なＤＬＰディスプレイを杉浦は見つめた。海上自衛隊の潜水艦をはじめ、水上艦の位置を示す色とりどりの輝点《ブリッツド》がディスプレイの全面に数多く点在していた。

　しかし、杉浦の足はそこで止まらなかった。

　オペレーションルームの最も奥まったスペースまで行くと、ひっそりと存在するドアの前で杉浦は立ち止まった。ロックシステムのセンサ部分に、右の手首を翳《かざ》した。小さな機械音とともに静脈認証システムが、その〝小部屋〟の分厚い鋼鉄ドアのロックを解除した。

　そこにあるのは狭い空間だった。六畳半ほどのスペースを占領しているのは様々な通信デバイスの集合体で、人間は四名も入ればほとんど身動きができない。この部屋に立ち入ることができるのは、海上自衛隊約四万二千名の中でも、潜水艦隊司令官と幕僚長の杉浦、そして作戦主任幕僚と情報主任幕僚の四人だけである。

日米安全保障体制の根幹のひとつであるＣＴＦ74《ナナヨン》との直接的な作戦情報交換システムによって交わされる情報と接することができる者は厳しく制限されているからである。

しかし、そもそもこの部屋の設計ありきで、入室の許可の人数が決められたのではないか、と恨めしく思う杉浦はいつも、この窮屈さが我慢できないでいた。

通信デバイスに挟まれた中央の壁の狭い空間には、五十インチのディスプレイがある。そこには、膨大な数の薄いブリッドの中で、ひときわ輝く三つのブリッドが、極めて僅かだが刻々と動いている。先を行くブリッドにある吹き出しのような囲みには、今、日米のＵＳＷ（対水中戦闘）チームが追跡中の、中国の漢《ハン》クラス原子力潜水艦であることを示す、水中目標シエラ２２９とのナンバリングがなされ、その後ろから続くブリッドから伸びる囲みには、アメリカ海軍攻撃型原子力潜水艦〈キーウエスト〉である〈ＳＳＮ７２２〉と記され、その背後の、長い停止状態からゆっくり動き出したブリッドの囲みの中には海上自衛隊潜水艦〈せきりゅう〉を示す〈ＳＳ５０８〉という記号があった。

「遅くなって申し訳ありません。いかがです？」

目の前に立つ潜水艦隊司令官の瀬戸海将の背中に杉浦が声をかけた。

「十分ほど前、ＣＴＦ74《ナ》・アメリカ第7《ナ》艦隊対潜水艦《ヨ》戦タスクフォ《ン》ースからリンクでの新たな情報を得た」

通信デバイスの担当官からペーパーを受け取った瀬戸司令官は、そのまま杉浦に手渡した。

瀬戸司令官は、防衛省からの電話については尋ねようとはしなかった。

その姿に、杉浦は、当然だろうと思った。何しろ、今まさに、サイレントネイビーの権化である潜水艦乗りとしてもっとも刺激的で、もっとも危険で、もっとも重大なオペレーションを行っている最中だからだ。

杉浦は、タイプ打ちされた英語文字を翻訳しながら声に出して読み上げた。

「〈キーウエスト〉は、漢に対するトラッキング《追尾》を継続中のところ、漢の針路変針を確認。方位332《サンサンフタ》、南東、台湾方向へ向かっている――」

そう言ってから杉浦が想像したのは、南西諸島南西沖の水深約百メートルで、5ノットという微速で潜航中である中国の漢クラス原子力潜水艦の姿と、その後方約二百メートルから密かに尾いてゆくアメリカ第7潜水隊群所属の攻撃型原子力潜水艦〈キーウエスト〉の映像だった。

数時間おきに、追尾から一旦離れるコースをとり、露頂深度まで浮上して通信用アンテナを一瞬だけ伸ばし、ＣＴＦ74司令部へバースト通信を行い、原子力潜水艦の位置、速度、針路に関するデータを送った後、再び原子力潜水艦の追尾に戻る――。

そのデータは、これまで数度にわたってＣＴＦ74からこの〝部屋〟へ通報が行われているので、すでに杉浦の頭の中には刻み込まれていた。

「加賀《かが》、幕僚長に、〈せきりゅう〉からの最新の報告を」

瀬戸司令官の前に座る作戦主任幕僚の加賀2佐が立ち上がった。

「これは、ＣＴＦ74《ナナヨン》からの通報のその二分後、〈せきりゅう〉からの報告です」

加賀は、別のタイプ打ちされた報告ペーパーを杉浦に渡してから説明を続けた。

「沖縄本島の西沖、約三百三十マイルのポイントで海底沈座し、漢を待ち構えていた〈せきりゅう〉は、オグジュアリーやＢＧＭＲなどのサウンドをオーディオで捕捉。〈せきりゅう〉から送られてきたそれらのオーディオを、オンタイムで流された対潜資料隊がカタロギング（識別）データとしているライブラリーと直ちに照合した結果、あらためて、シエラ29は、北海艦隊所属の中国の漢クラス原子力潜水艦〈Ｎｏ．４０２〉であると、わが方もカタロギングができました。結果、ＣＴＦ74《ナナヨン》からのものと完全一致しています」

「やはり、ＢＧＭＲよりもオグジュアリーが高いか――」

杉浦が報告ペーパーを見つめながら呟くように言った。

「メインエンジンやBGMRにはできる限り音を小さくする努力がなされているようですが、オグジュアリーである冷蔵庫のモーター、通風機、発電機といった補器には、やはり減音措置はいまだになされていないようです」

加賀が、杉浦が持つ報告ペーパーを指さしながら説明した。

「そんなことより、この数値を見ろ」

瀬戸司令官が、杉浦が手にする報告ペーパーへ顎をしゃくってさらに続けた。

「オグジュアリーにしても、BGMRにしても、最初、水上艦と間違えたくらいデカい。ドラム缶を棍棒で叩くような轟音を放つDDH（ヘリコプター搭載護衛艦）の〈はるな〉よりやかましいぞ。ガガガガガガ！　だ」

瀬戸司令官が最後は吐き捨てるように言った。

「〃レッドドラゴン〃は、基本的に、雑音軽減の文化は達成できないでしょう」

加賀がしたり顔で言った。

杉浦は、加賀の言葉を聞きながら、〈せきりゅう〉の艦長である森永2佐の顔を思い浮かべた。

床はゴムマットを敷き詰めて運動靴を履き、くしゃみも止めさせ、千メートル先にも落下音が届くというボールペンを机の上に落とすことも禁じて、海の底で息を殺して沈座したまま数日間も待ち構え、漢クラス原子力潜水艦を捕捉した〈せきりゅう〉。極度の緊張感の中で全乗組員を統括できているのは、あの男ならではのことだ、と杉浦はあらためて思った。

「艦長の森永2佐は、最新鋭そうりゅう型8番艦の艦長に抜擢されただけのことはある」

瀬戸司令官のその言葉に杉浦は大きく頷いた。

「この変針をどう見る？」

杉浦が情報主任幕僚の和泉《いずみ》2佐を振り返った。

「エビデンスが少なすぎて、まだなんともわかりかねます」

すでに海上自衛隊トップの海上幕僚長候補ナンバー1と誰もが認めている男らしい慎重な言葉だ、と杉浦は苦笑した。

「しかし収穫はわんさかあった」

そう高らかに言った瀬戸司令官は、CTF74と〈せきりゅう〉からの通信ペーパーの両方を掲げてみせた。そこにはそれぞれ、音の大きな順番に、十数個の音源とその探知数値が記されていた。

「ところで、今朝の突然の公安調査庁の〝姫《ひめ》〟の来訪に対応した件、なんだったんだ？　それにしても信じられんな。三人の海幕長経験者が会え、と言ってくるとは――」

呆れ顔の瀬戸司令官が杉浦に訊いた。

「中国の複数の港から、九十隻の漁船と海軍の水上艦が数隻、間もなく出航し、尖閣諸島への〝一斉上陸〟を図ると――」

「なんだって？」

瀬戸司令官が驚いた表情で杉浦を見つめた。

「さらに、この〈漢クラスＮｏ．４０２〉についても――」

杉浦は、ディスプレイへ一度目をやってから続けた。

「出航時に、特異動向があったと――」

「特異動向？　まさか、あの欺瞞行動のことか？」

瀬戸司令官が厳しい表情で訊いた。

「いえ、違います。野菜がなんとかかんとか――」

杉浦は苦笑しながら頭を振った。

「それにしても、今の話、本当なのか？」

瀬戸司令官が杉浦に訊いた。

「今、ご説明したことにつきましては、昨夜、ジカンタイ（自衛艦隊司令部）から、公安調査庁からの参考情報としてすでに伝達がありましたので、情報群やサクジョウ（作戦情はありません」

報支援隊）、さらに念のために、CTF74《ナナヨン》にも照会しましたが、同様の情報を得ている部隊
「なら誤報ということだな？」

瀬戸司令官が確認した。

「いえ、さらに各部隊には精査させています」

杉浦は言葉を選んで答えた。

「しかし、早朝の、海上幕僚監部からのバタバタとした照会は、公安調査庁からの情報が国家情報コミュニティを駆け回ったからだと聞いている。つまり、その〝姫〟が出元なんだろ？」

瀬戸司令官が訊いた。

「そこまではなんとも――」

困惑気味に杉浦は答えた。

「わかったぞ。誤報であるとの結論をすぐに出すのが怖くなって、その〝姫〟が、メンツを保ちたい、そんなところじゃないのか？」

瀬戸司令官が呆れたような表情で訊いた。

「いや、そうではなさそうなんです」

杉浦はそう言って眉間に皺を寄せた。

瀬戸司令官がなおも口を開きかけた時、壁に備え付けのインターコムが鳴って、加賀が応答ボタンを押した。オペレーションルーム要員の水原《みずはら》3尉からの声が聞こえた。

「クウダン（海上自衛隊航空集団司令部）のA3《エースリー》（作戦主任幕僚）から、〝昨日、潜艦隊から通報を受けた当該中国の原子力潜水艦に対する哨戒エリア〟の最新座標を求めてきています」

加賀の目が一瞬彷徨ったのを見た杉浦は、

「私が対応しよう」

と言って〝小部屋〟を出るとオペレーションルームへと向かい、コンソールの前に座る水原3尉の前に立った。

「すでに座標は伝えていたはずだろ？」

杉浦はそう言って、水原を見下ろした。

「はい、確かに。ですが、クウダンは、バク（防衛省海上幕僚監部）からの指示で、尖閣諸島に関する情報収集体制を強化するために新たな編成を行っており、それによって哨戒部隊が替わるので、としています」

「わかった。伝えろ」

杉浦が言った。

「それにしても――」

水原が言い淀んだ。

「なんだ？」

杉浦が訝った。

「昨日、こちらから要請を行って以来、クウダンは大変盛り上がっています。絶対に、中国のドンガメ（潜水艦）を見つけてやると――」

「なら、励ましてやれ」

杉浦はニヤッとした。

「了解です。幕僚長、それで、座標はどのように伝えましょうか？」

水原が聞いた。

「推定範囲の座標を再送信してやれ」

杉浦は軽くそう言った。

「えっ、推定とは……」

水原は目を彷徨わせた。

杉浦は、水原を強引に連れて、近くの海図台の前に立った。定規を握った杉浦は、広げられた東シナ海の海図の上で、定規を使って幾つかの線を引いてみせた。

最後に、今、〈せきりゅう〉がトラッキングを開始した、〈漢クラスNo．402〉のトラフイックレーン（航路）とは真逆の方向の遥か先に円を描いた。

「クウダンにはこう伝えろ。当方も、当該の〈漢クラスNo．402〉を失尾《ロス》して探している。ついては、そちらは、このエリアを探して〈漢クラスNo．402〉の位置をローカライズ（局限）して欲しい。漢の推定範囲はこの海域だ。分かったな？」

杉浦は自ら頷いて、大きく見開いた目で水原の瞳を覗き込んだ。

一瞬の間を置いてから、

「はっ！」と言って水原は敬礼した。

それを聞いてから踵《きびす》を返した杉浦は〝小部屋〟に戻った。

右の眉を上げて見つめる瀬戸司令官が待っていた。

「クウダンのP－1（哨戒機）運用チームは、最新鋭哨戒機を運用しての初めての中国の原子力潜水艦に対するUSWですから、むちゃくちゃ張り切っています」

杉浦が真顔で報告した。

「そりゃそうだろ。潜水艦ハンティングは彼らの〝仕事〟だからな」

瀬戸司令官がそう言って苦笑した。

「どれほど罪深いことをしているか、懺悔《ざんげ》したい気持ちで一杯です」

杉浦も小さく微笑んだ。

「〈ナナヨン〉にしても罪深い。いわば〝身内〟の、〈ナナフタ〉（CTF72・アメリカ第7艦隊監視哨戒タスクフォース）を完全に騙しきっている」

瀬戸司令官はそう言って、五十インチディスプレイへ視線を送った。思わずつられて首を回した杉浦の目に入ったのは、中国の〈漢クラスNo.402〉のトラフィックレーンからは遥かに離れた海域の上を飛行していることを示す三機の海上自衛隊P-1と、その近くで共同してUSWを行っているとみられるCTF72所属の二機のP-3Cのブリッドだった。

「アメリカは、潜水艦ハンティングは〈ナナヨン〉が主導権を握っているので、〈ナナフタ〉に嘘を教えても懺悔する気持ちはまったくないだろう。しかし、日本は、潜水艦ハンティングを、我々潜艦隊ではなく、クウダンが仕切ることになっている。だから、我々が嘘を教えたことをクウダンがもし知ったら、さぞかし激怒するだろう。いや、ジカンタイ（自衛艦隊）にしても嘘をついていることでどれほどの――」

瀬戸司令官はそう言って苦笑しながら、白髪が目立つ髪の毛を機敏な仕草でかきあげた。

「いえ、この陽動によって、追跡はされていないと〈漢クラスNo.402〉の艦長を完全に安心させておくことができています」

杉浦が言った。

「ああ、もちろん。我々や〈ナナヨン〉にとって重要なことは、位置を特定することではなく、漢が何をやろうとしているのか、何をやっているのか、それを突き止めることだ」

瀬戸司令官がひとり頷いてから振り返った。

「そろそろジカンタイに本当のことを伝えるか？」

「いえ、余計なことをされる危険性があります。事後、ということがよろしいかと。ただ、海幕長とその下のＮ３《エヌスリー》（作戦主任幕僚）にだけは、もはや囁くべきかと」

杉浦が神妙に言った。

瀬戸司令官がにやついた。

「よし分かった。海幕長には私が〝囁く〟」

瀬戸司令官はそう言ってから、「Ｎ３には、お前から入れろ」と命じて加賀に力強く頷いた。

〝小部屋〟から出て行く加賀の背中を見つめながら杉浦が言った。

「官邸には――」

「それはいい」瀬戸司令官が即答した。「海幕長がご判断されることではあるが、私はその具申はしない。総理には、一年のまとめの時でいいと思っている」

瀬戸司令官はそう語気強く言って〝小部屋〟からオペレーションルームへと向かった。

「ところで、〈トラ〉は順調か？」

杉浦が、和泉情報主任幕僚にそう訊いて、そこにブリッドがないことを承知でディスプレイを見つめた。

「通信支援を受けています〈ナナヨン〉の仮想ウエッブサイトに定期的にログインがなされ、任務を遂行中であるとの報告が届いております」

和泉が答えた。

「あと三日か。中国の領海からわずか六マイル離れたトラフィックレーンを南から北上し、中国の港におけるすべての通信の収集を完了するのは――」

杉浦は想像した。超極秘任務を行うために特別に指定されたミッションシップ（任務潜水艦）、暗号名〈トラ〉は、相手の国の領海の寸前にまで迫って潜航している。

中国のすべての港を撮影することによって地誌情報を得るためであった。それを入手し、情報収集衛星の画像と突き合わせれば、詳細で完全なるノーマルシー（基本）画像が作成でき、内閣情報集約センターにおける今後のエクストラクション（変化抽出）作業の精度を飛躍的にアップさせることができる。

すなわち、ターゲットアラートの分析結果を早期に国家情報コミュニティに流すことが可能となるのだ。早い話が、中国の漁港に特異な動き――それも小さなものまで――があれば、その変化を素早く探知できる。

「これで今後は、漁師に偽変して尖閣諸島へ迫る海上民兵たちの動きに対し、完全に先んじて対処することができます」

和泉の弾んだその言葉に、杉浦はふと脳裡に、公安調査庁の芳野綾の顔を思い浮かべた。

杉浦は、自分の中で生まれている不気味な感触について、まだ瀬戸司令官に言えるだけのものがない、と思った。ただ、一瞬、頭の中を駆け抜けて行ったものがあったが、杉浦はその正体を見分けることができなかった。

6月10日　金曜　午前10時21分　東京・永田町　総理官邸

五階の二重廊下を進む海老原次長に、綾は緊張した面持ちで続いた。海老原は、ひとつ目のドアを開き、さらにその奥のドアを開けた。そこにはすでに、元外務事務次官で、NSSの八重樫局長と、一年前に警視総監を退官した黒木《くろき》内閣危機管理監、警察庁の玉造警備局長、海上保安庁の二階堂《にかいどう》次長、そして防衛省防衛政策局長の友利局長の姿があった。

海老原は、八重樫局長だけに言葉をかけ、原田内閣情報官を無視するように応接セットのソファに黙って座った。

定岡部長の隣に腰を掛けた綾は、岸部総理が姿を見せると、集まった政府高官に遅れて立ち上がって深々と頭を下げた。

総理と初めて直接向き合った綾は、ポストが人を育てる、という言葉を思い出しながら、威圧感にも似た特別なオーラを岸部総理に感じた。

岸部総理はソファに腰を落とすなり、海老原から一枚の報告書を受け取った。一読した岸部総理は無言のまま、八重樫局長に視線を向けた。八重樫は微かに頷いた。

岸部総理が一人一人の顔を見つめながらゆっくりと語り始めた。

「今、お聞きした、間もなく出航するという情報の中にある、漁船団の動向を正確に把握し、迅速な対処をすることが全てです。そのために全力を尽くして頂きたい」

岸部総理の前にいる者たちは神妙な顔で頷いた。

「原田情報官には、政府全体での情報収集とその集約を急ぎお願いします。また、黒木危機管理監には、万全の危機管理体制の検討と、事態対処計画の作成をお願いします」

そう言ってから、岸部総理は、玉造局長と二階堂次長の顔を見つめ「事案の推移によっては、警察と海上保安庁の対処が必要となります。その準備をお願いします」。

一旦、口を閉じた岸部総理は全員を見渡した。

「その上で、情報にある出航時間の今日午後五時までに、その結果を官房長官に報告して頂きたい」

岸部総理はもう一度、政府高官たち全員に視線を投げかけてから、海老原を見つめた。

「海老原次長以下、公安調査庁の皆様の、今回のご努力に感謝致します」

岸部総理はそう労をねぎらった上で、海老原と八重樫以外の退出を命じた。最後になった綾は、ドアを閉める直前、顔を近づけて膝詰めで何かを話し合う岸部総理、海老原と八重樫の姿を目に留めた。綾は訝った。国家的対応が求められる場面で、実働部隊を持った防衛省や警察庁の幹部を差し置いて、〝わが社〟だけが呼ばれることに違和感を持った。

しかし、その思いはすぐに消え、綾は想像もしていない感覚を抱いた。それは詳しい補充説明を求められると思って緊張していたのが、拍子抜けしたというだけではなかった。

国家の危機管理に対応する最高のメンバーがズラッと顔を揃えたというのに、〝みなさん、頑張ってください〟という、余りにものんびりとした掛け声だけ。こんなことでいいのか！という激しい焦燥感に襲われた。

しかしそれよりも、綾の体の中で立ち上がった思いがあった。奇妙な出航をした中国の原子力潜水艦について話す機会を見つけられなかった、自分への激しい怒りだった。

6月10日　金曜　午前11時12分　公安調査庁本庁

本庁に戻った綾は、まだ解放されなかった。沼田といち早く連絡をとり、手詰まった状況を突破する方法について協議するため早くデスクに戻りたかったのだが、官用車が合同庁舎の地下駐車場に到着するなり、海老原次長によって強引に長官室に連れていかれたのである。

長官室に入ると、大橋長官と顔を寄せて話す二人の男がいた。工作推進参事官室の高村上席専門職がここにいる、その重大な意味を綾は考えた。しかも嵐山総務部長までここにいることで、その意味が一瞬で明確になった。公安調査庁の全庁的な対応をついに開始する協議をするために呼ばれたということである。

海老原が長官に向かって、総理への報告の顚末について説明する間、綾はずっと嫌な予感が拭いきれず、落ち着かなかった。

大橋長官は、関係幹部を緊急に集めるよう、秘書の西城に指示した。

「総理から、情報源の開示要求はなかった――」

海老原が安堵の表情を浮かべた。

「ええ、まったく」高村が腹立たしげにそう言って続けた。「協力者の氏名の開示なんて、そうなればもはや〝わが社〟は情報機関ではありません」

「それにしても――。〝わが社〟だけの情報一本で、戦争にもなりかねない事態に備えるというのか？」

大橋長官が押し殺すような声で言った。

「情報では間もなく〝一斉出航〟が始まる。一斉上陸までたった一日と半しかない。海保（海上保安庁）がそれに気づいたとしてももう遅い！」

大橋長官が珍しく声を上げた。

「私は、そもそも尖閣諸島に対する中国からの脅威について――」

大橋長官が、検察官らしい硬い口調で話を続けた。

「上陸という事態は、絶対に阻止すべきである、と思っています。上陸者は常在を必ずや追求し、それは現実的に実効支配となり、つまり施政権の獲得となる、そう法解釈できます。ゆえに、アメリカ政府がいつも言う、日本が施政権を持つ場所へ発動するという日米安全保障条約の適用外となり、自衛隊のみが対応することになる。しかし、正式な軍ではない海上民兵では自衛隊は防衛出動の発動根拠を得られない。たとえ、その民兵たちが中国陸戦隊を偽変した者たちであったとしても、その立証は難しく、結果的には中国側から領土宣言をされることが予想され、日本の領土は奪われる。最低でも自衛隊の治安出動が必要となり、そのための事態認定が必要となる。わが庁としては、その事態認定のために、さらなる情報収集ができるかどうかにかかっている――」

「しかし、そもそも――」

嵐山総務部長が集まった官僚たちを見渡してから続けた。

「緊急事態対処を担当する事態室の事態対処調整第3班長は、自衛隊の出動に大反対し、あくまでもSAT（警察特殊部隊）を投入することを主張していると聞いています」

「いや、必ず自衛隊の出動となる！」

海老原のその語気強い言葉に応える者は誰もいなかった。

誰もが沈黙した。

しばらくして口を開いたのは海老原だった。

「呂洞賽《ルユードオンサアイ》からの情報にあった、〝一斉出航〟の時間までは？」

そこにいる全員の視線が綾に集まった。

腕時計に目をやった綾は素早く答えた。

「あと六時間足らずです」

自分のその言葉が、重苦しい空間に染みいったように綾には思えた。

「とにかく、始めよう。その時に備えての全庁体制についてだ」

海老原のその言葉に、力強い言葉は返ってこなかった。

「まず、プロジェクトチームの編成についてだ！」

会議机を見渡した海老原は綾を見つめた。

「芳野上席調査官――」

海老原は、綾を部屋の外へと連れ出し、そこに人けがないことを確認してから口を開いた。

「間もなく、政府緊急参集チームが官邸に招集される。そしてすぐにNSC、陸上自衛隊の出動だ。そのための説明資料、それぞれの出席メンバー分を大至急、用意してくれたまえ」

綾は戸惑った。そこまでの流れが果たして順調に行くのだろうか。呂洞賓の情報に疑いは持っていないし、〝一斉出航〟が実際に起これば、海上保安庁をはじめとする各政府機関が動き出すだろう。

しかし海上民兵の脅威だけで陸上自衛隊のいきなりの出動まで発展するのかに綾は違和感があったし、そもそもなぜ、海老原はそこまで断定調に言い切れるのか、それが大きな疑問だった。

「いや、間違いない。必ずそういうことになる」

海老原は、綾の思いを知ったように、いつになく熱っぽくそう口にした。

「なぜそこまで――」

「勘だ」

海老原が平然とした表情で言った。

「勘ですか？」

「かつて、いろんな刑事事件の被疑者と相対してきた、検事としての勘だ。分かったか？」

海老原のその勢いに、綾は頷くしかなかった。


デスクに戻った綾は、次長からの要請に集中する前に、中国の原子力潜水艦についての考察をもう一度、頭の中で整理してみる必要を感じた。

だから、地下一階の自動販売機でアイスコーヒーを買う時に、かけられた声にしばらく気がつかなかった。ハッとして振り向いた時、一人の男が立っていた。

「顔に悪相が出てるぞ」

朝鮮半島部門である調査第2部第3部門の谷村課長がニヤついて立っていた。

センスのない皮肉屋として知られ、女性職員からの評判も悪いこの男を、綾は嫌いではなかった。数々のくだらない皮肉には辟易としていたが、物事の真実を見抜くその洞察力に綾は一目置いていた。しかも、内閣情報調査室に二度、出向したこともあり、担当の朝鮮半島関連のインテリジェンスだけでなく、あらゆる世界に情報網が広く――たとえば自民党の奥深くや経済界などにも情報網を持ち、その時々において極めて質の高いクリティカルな情報にアクセスできることも綾は知っていた。

「海千山千の輩がここには沢山いらっしゃいますから」

綾は軽くいなした。早くデスクに戻って沼田への言葉を考えたかった。

「昨日の御前会議での話だが、ちょっと気になったことがあってね」

谷村がニヤついたまま言った。

綾は、ため息が出そうだった。差し迫った情勢のための貴重な時間を一秒でも浪費したくなかった。

「後にして頂けませんか、と言いたいんだろ？　まあ待て。それより――」

谷村に先んじて言われたことで、綾はここから立ち去るタイミングを失った。

それを知ってか、谷村は一気にまくし立てた。

「知っての通り、昨年、岸部総理は、必要最低限の集団的自衛権の行使を認める憲法解釈の変更を閣議決定で行うとともに、実際に行使される具体的な状況を十五事例にまとめた『事例集』を公表した。ところが、その『事例集』には、実は、公表されていない極秘の『裏事《うらじ》例《れい》』がある――」

一気にまくし立てた谷村は、綾の顔を覗き込んだ。

「『裏事例』？」

怪訝な表情で見つめる綾に、谷村は続けた。

「自民党の政調会（政務調査会）筋から聞いた話だ。元副総理の自民党の重鎮が、TPP（環太平洋経済連携協定）での譲歩案と引き替えに、岸部総理にNSSによる極秘検討を認めさせたもの、それが『裏事例』だ。私も詳細はよく分からないが、なんでも、中国のある活動に対して、自衛隊法第76条の防衛出動と、第78条の治安出動を想定したものらしい――」

綾は苛立った。なぜ、今、こんな話を聞かなければならないのか。

「今、私はなぜこんな話を、か？」

綾は苦笑した。

谷村は続けた。

「いいか、その『裏事例』にあるのは中国東部の三つの港からの、重武装した海上民兵を乗せての九十隻の漁船団と護衛の海軍艦船の一斉出航による、尖閣諸島への一斉上陸――」

「まったく同じ……まさか……洩れてる？」

綾は愕然とした表情で谷村を見つめたが、彼が言いたいのはそこではないはずだ、とも思った。

「確かにそれも極めて深刻な問題だ。後で、2の1（調査第2部第1部門・防諜担当）の玉熊課長に言っておく。しかし、今、君に言いたいのはその先のことだ」

「つまり――」

そう言葉を継いだ綾はさらに続けた。

「洩れているとして、日本が想定しているのに、なぜ中国は敢えてそれをやろうと――」

珍しくも真剣な顔となった谷村は無言のまま大きく頷いた。


高村上席専門職が椅子に座るなり、海老原次長は顔を近づけた。

「君の所の特別室の、あの山本技官のチームに問題は？」

一瞬、目を彷徨わせた高村だったが、すぐに目を見開いて、

「ございません」

とだけ短く否定した。

「もし、このまま国家としての事態対処ができなければ、VH室でオペレーションをやってもらうことになる」

海老原が、高村を見据えて言った。

「そう仰ると思っておりました」

高村は表情一つ変えずに言った。

「いかなる結果となるかは承知していると?」

海老原が、高村の顔を覗き込むようにして言った。

「はい」

「五年の月日と膨大な資金を投じて育成してきたことに後悔はないか?」

海老原が真顔となって訊いた。

「今日のためにすべてがあったのです」

高村が静かに応えた。

6月10日　金曜　午後4時37分　潜水艦隊司令部地下　特別情報室

潜水艦隊司令部の正面玄関に官用車で滑り込んだ杉浦幕僚長は、迎えに出た庶務担当海曹の香川2曹に素早い敬礼を投げてから、まず自分の執務室に入った。

香川が用意してくれた予備の白い制服に着替えながら、「司令官は？」と早口で尋ねた。

「すでにこちらに向かっておられます」

「わかった。ご苦労さま」

そう言った杉浦は、黒光りする靴を専用クロスで磨き終えてから、江田島の幹部候補生学校の校舎の出入り口にあるものに似せて知り合いの業者に造らせた姿見の前に立った。

最後の服装のチェックを行った杉浦は、毅然として制帽を被った。地下のオペレーションルームへ足を向け、さらにその奥にある特別情報室まで無言のまま向かった。

制帽を脱いで手櫛《てぐし》で髪を整えた杉浦は、今夜の当直長であった情報主任幕僚の和泉2佐を見つめて言った。

「やはり〈トラ〉からのものか？」

「先ほど、〈ナナヨン〉（アメリカ第7艦隊ＣＴＦ74）が運用するＵＳＷ用の仮想ウエッブサイトにアクセスした〈トラ〉から、つまり〈せきりゅう〉からの報告が入りました」

「わかった。さっそく詳細を聞かせてくれ」

「事前の暖機運転などの前兆がまったくない、突然の動きだったようです。午後三時から午後四時までの間、福建省の秀嶼港のすべての桟橋に、いきなり大勢の人々と多くの燃料タンク車が集まり、漁船五十二隻が次々と出港。そのうち、〈せきりゅう〉が電子潜望鏡の赤外線モードで確認できただけで、ほぼすべての漁船に地元漁師とは思えない人物、約二百四十名が乗船。そのうち、約二百名ほどは、自動小銃やロケット砲とみられる武器の携帯を確認。同種の特異動向は、同福建省の宮口港でも見られ、現在、確認中――以上です」

　和泉は滑舌よく説明を終えた。

「よし、次、サクジョウ（作戦情報支援隊）を通じて、ジックパック（アメリカ太平洋軍統合諜報センター）からの情報を――」

　和泉は、すでに手にしていたタイプライター用紙を探した。

「お待ちください」

　和泉はその紙を抜きだした。

「これであります。ジックパックから、サクジョウ（作戦情報支援隊）へ『ジャパンリリース』（日本向け情報提供）された中国船舶活動状況（チャイナ・ナーバル・アクティヴィティ）のアップデート（更新版）です。午後三時五十五分、東海艦隊福建保障基地所属の駆逐艦が、突然の準備によって緊急出航。なお同じ所属の駆逐艦〈長春〉は、二日前に出航しており、現在、行方不明にて位置を捜索中。さらに――」

　和泉がタイプライター用紙を急いでめくった。

「――午後四時半、国家海洋委員会東海総体分局所属の法執行船、〈32〉、〈45〉、〈63〉、〈4

02〉、〈320〉、〈199〉の六隻が、ほとんど準備なしで一斉出航。うち〈402〉と〈320〉は、ヘリコプターを搭載済み――。以上です」

「何ということだ……」

杉浦は、今朝、顔を突き合わせた公安調査庁の芳野綾を思い出した。コンピュータコンソールの脇にある黒い内線電話を掴んだ杉浦は庶務担当海曹の香川2曹を呼び出した。

「私の机の未裁箱を、大至急、オペ室まで持って来てくれ」

「未裁箱？　そのもの全部ですか？」

香川の戸惑う声が聞こえた。

「そうだ、今、すぐ！」

杉浦がそう言ってから数分後、香川は、緊張した顔で大きな紙袋に入れていた未裁のラベルが貼りついた木箱を両手で抱えながら運んできた。

オペレーションルームの入り口でそれを受け取った杉浦は、労をねぎらう言葉をかけてから、特別情報室に戻った。杉浦はその木箱から、公安調査庁の芳野綾が口にした内容を自分がメモにした紙を取り出した。

「これだ……」

急いで読み込んだ杉浦は緊迫した表情となった。

特別情報室にいる加賀2佐を振り返った。

「加賀、至急、サクジョウ2課と〈ナナヨン〉へ一斉照会しろ。チャイナ・ナーバル・アクティヴィティのさらなるアップデートが大至急、必要だ。ターゲットは――」

杉浦は手にしたメモにある芳野綾の言葉をもう一度見つめた。

「福建省の、秀嶼港、宮口港――。いや、北海艦隊、東海艦隊のすべての軍港だ!」

「わかりました!」

緊迫する杉浦の雰囲気に押されたように、加賀は急いでオペレーションルームへ向かった。

入れ替わるように、潜水艦隊司令官の瀬戸海将が特別情報室に到着した。杉浦幕僚長は概要を説明した上で、「この事態に対応する必要があります」と具申した。

黙って頷いた瀬戸司令官は杉浦と頷き合った。その時、二人の間で、あるコンセンサスができあがったことを杉浦は悟った。公安調査庁にこれらの情報をフィードバックしない、というコンセンサスである。しかも、公安調査庁は、そのことに何も気づいていないのだ。

「今朝の公安調査庁の〝姫〟の情報は正しかった、そういうことか――」

瀬戸司令官は呟くように言った。

「仰る通りです」

杉浦は認めざるを得なかった。

「――そうなると、極めて重要なことについて検討しなければなりません……」

「なんだ？」

杉浦のもったいぶった口調に瀬戸司令官が苛立った。

「公安調査庁の情報の中にあった、〈キーウエスト〉と〈せきりゅう〉がトラッキングしている〈漢クラスＮｏ．４０２〉が二ヵ月分の食料を積載している、ということについてです」

杉浦が早口で説明した。

「積み過ぎだ……」

瀬戸司令官は目を見開いて杉浦を見つめた。

「それに、二十人分、十日間のレトルト食品についても――」

瀬戸司令官はそれには応えず、ハッとした表情となり、

「自艦隊へは？」

と尋ねた。

「今報告しました、これら水上艦、漁船や法執行船の動きは、すでにサクジョウから自艦隊に報告されていると思います。しかし、今、秘匿トラッキング中の、〈漢クラスＮｏ．４０２〉については、もちろんまだ自艦隊には――」

「問題はそれだ……どうするか……」

瀬戸司令官は唸るようにそう言ってから、ディスプレイに表示されている三つの輝点が繋がった点線――〈漢クラスＮｏ．４０２〉と、アメリカの攻撃型原子力潜水艦〈キーウエスト〉、そして海上自衛隊潜水艦〈せきりゅう〉のそれぞれのトラフィックレーンを見つめた。

その時、インターフォンが鳴った。オペレーションルーム要員が名乗った上で報告した。

「自艦隊のＮ３《エヌスリー》（作戦主任幕僚）から、今連絡がありました。自艦隊と潜艦隊の指揮官並びに主任幕僚に警急呼集《けいきゅうこしゅう》がかかり、間もなく作戦会議を開催するとのことです。以上でありますす」

瀬戸司令官は杉浦と顔を見合わせた。

杉浦はディスプレイへ一度目をやってから言った。

「これら一連の動きは連動しているとみるのが自然です」

「連動？」瀬戸司令官はそう言ってから、慌てて杉浦を振り返ってその顔を覗き込んだ。

「野菜です」

杉浦が言った。

「野菜？」

瀬戸司令官が怪訝そうな声をあげた。

「司令官、気に入りません」

杉浦が語気強く言った。

「気に入らない？　何がだ？」

瀬戸司令官が詰め寄った。

「すべてが、特異、であること――。非常に気に入りません」

「いったい何のことだ――」

瀬戸司令官がそう苛立ったとき、通信デバイスの中央に置かれた青い電話が鳴った。

杉浦は思わず唾を飲み込んで、ＣＴＦ74との青色の直通電話を見下ろした。

慌てて受話器を取り上げた杉浦の耳に、低い声の英語が聞こえた。英語で応答している杉浦の声が次第に大きく、早口になった。

受話器を置いた杉浦は、目を見開いて瀬戸司令官を振り返った。

「想像もしない事態です」

ＣＴＦ74の幕僚からの、アージェントリー《緊急》とする通報の内容を聞かされた瀬戸司令官は、杉浦を見据えて言った。

「知るべき者にこそ、の原則は破る」

瀬戸司令官が力強く言った。

「では？」

杉浦が瀬戸司令官の言葉を待った。

「海幕と自艦隊に知らせる」瀬戸司令官が声を押し殺した。「オールジャパンの事態対処が必要だ」

6月10日　金曜　午後5時20分　公安調査庁本庁

次長室で緊急に開催された会議に、分析官としては綾だけが呼ばれた。

「現下の情勢に対処するため、長官のご決断によって、PT、つまりプロジェクトチームを編成する。メンバーは今、配ってもらう書類に書いてある」

冒頭の言葉は、海老原次長の冷静な口調で始まった。

綾は期待を裏切られた。我々の情報は正確だった！　そう張り上げる声を想像していたのだ。

綾は手にしている沼田からの報告書を開いた。そこには律儀にも、〝一斉出航〟の情報が書き込まれていた。もちろん、呂洞賓《ルユードオンサアイ》からの情報である。

しかし、官邸の危機管理センターに、政府対策室を立ち上げさせた直接の理由は、海上自衛隊からの通報だった。すでに政府の動きはダイナミックで、一時間後には、今、目の前にいる海老原も、政府緊急参集チームメンバーの一人として官邸に向かうのだ。

海老原が大橋長官に頷いた。それに応えて頷いた大橋長官は、長官秘書の西城をインターフォンで呼び入れ、すでに指示して作らせていた書類を全員に配らせた。

最後に書類を手渡された会議机の後ろのパイプ椅子に座る綾は、PTのキャップとして記された、その懐かしい名前に目がくぎ付けとなった。

――相模《さがみ》上席専門職。

組織管理上では、輪島課長と飯田総括の中間にいるが、ラインスタッフではない。つまりホットインテリジェンスは扱わない。しかし、工作推進参事官室のベテラン指導員として長年活躍しただけでなく、尾行や監視など「実働《ジツドウ》」でも高い評価を受けており、こういった腕力のいるタスクフォースのキャップとしては最も相応しい。海老原の判断に綾は頼もしさを感じた。

紙に書かれたPTのメンバーは他に、綾の上司である調査第2部第4部門（アジア担当）の苫米地《とまべち》班長の名があった。

このメンバーを最終決断した海老原のセンスに綾は感心した。苫米地は、〝現場〟や分析部門、はたまた総務や技術、さらに工作推進参事官室も経験したというマルチな男である。綾が必要とすれば、庁内のあらゆる人脈を活用させてくれるであろう。

さらに、ＰＴは、細かく担当ごとに分かれ、綾が班長として任されたのは、沼田が運営する二人のエイキョウとシュヨウ・マルキョウからのさらなる追加情報の分析と、不測事態への対処だった。綾は、後者の担当となったことを喜んだ。谷村課長からの示唆によって、近づきつつある答えへフリーで臨めるからだ。綾の班には、ラインスタッフの直属の部下である明治大学ラグビー部フォワード出身の三十二歳、高津《たかつ》主任調査官に加え、もちろん最後には沼田の名前もあった。

メンバーを簡単に説明した海老原は、ＰＴを今回の事態に集中させるため、ＰＴメンバーはそれぞれのデスクから離れ、指定された会議室で執務を行え、と命じた。

デスクに戻った綾は、まず冷静になれ、と自分に言い聞かせた。だから、綾は落ち着く場所を確保することを優先させた。幾つかのパソコンと報告書の束を抱えて、ＰＴ用会議室へ臨時の引っ越しを始めた。それは他の分析官とて同じで、結果的にＰＴに招集されたのは、調査第１部と調査第２部の四つの課から合わせて四十名にもなった。

国内情報担当の調査第１部からは右翼団体を担当する課の職員が引き抜かれた。中国の出方次第では、右翼団体の活動が活発化することへの備えだった。

必要とするすべてがPT用会議室に整った後、綾は必要事項を紙に書き出した。そして整理し、統合し、分析することに没頭した。

オープンサーキットのパソコンを使って、ウエッブサーフィンし、さらなるピースを探し求めた。綾の脳裡には、すでにある答えが導かれていたがそれを確認するためだった。

できあがったところで、さっそく行動に出た。

真っ先に行ったことは工作推進参事官室とコンタクトすることだった。本来なら、飯田を通してでなければならないが、長官命令であるPTの設置がその時間の〝無駄〟を省くことを許したのである。

綾が工作推進参事官室にメールで依頼したことは、公安調査庁で密かに「実働」と呼ばれるオペレーションだった。

急ぎの情報確認や情報の掘り起こし、また急ぎの協力者獲得工作のほか、チームを編成しての監視や尾行、さらに囲い込み——それらあらゆるオペレーションを行ってもらうことである。工作推進参事官室が「実働」のオーダーを受け、全国の調査官を特別に選抜してそれらを行わせるのだ。

綾が依頼した尾行対象者は、日中間を頻繁に行き来するフリーの中国人音楽プロモーターだった。彼はかつて在日中国大使館員であったほか、中国人民解放軍との深い関わりもあり、何より、綾自身のシュヨウマルキョウだった。

その男、黄《ファン》のことを思い出せたのは、ＰＴの設置を決める、先ほどの会議の真っ最中だった。

在日中国大使館の連絡部チームが、これまでのように日本の右翼団体を宥《なだ》めすかして街宣活動をしないようにするのではなく、逆に、在日中国大使館や官邸への街宣活動を活発に行い、中国や日本政府を批判しろと促して金まで渡した、その不可思議な行動について、綾はずっとわだかまりをもっていた。

しかし、呂洞賓の情報通り〝一斉出航〟した漁船団の本当の狙いへの疑念と、連絡部チームの不可解な動きとがもし交差したのなら、と考えてみると綾が求める答えの最終局面へ大きく近づくことに気づいたのだ。――綾の期待は高まった。

綾が工作推進参事官室との協議を終えた直後、海老原が、突然、ＰＴ用会議室に姿を見せた。

綾は思わず声に出して驚いた。次長という最高幹部が、ＰＴのようないわば現場に対応する、ということに驚いたのだ。

しかし、海老原が次長に就任してからのことを思い出すと納得はできた。歴代の次長は、大物検察官としてのイメージをそのまま公安調査庁に持ち込み、緊急事態においても常に泰然と構えるその姿があった。

随分前の話になるが、ある次長が、庁内全体会議の席上、熱心にメモを取っていた。その姿に、綾の隣に座っていた広報連絡室の補佐は、綾にそっと耳打ちした。次長もやっと〝わが社〟の仕事に熱心になってくださったと。

ところが、会議が終わって、後片付けを手伝った綾は、次長席に、メモが置き忘れられていることに気づいた。手にとって見ると、検事たちの年次表と、検察内での今後の人事予想を表にしたものだった。

だが、綾が知る限り、海老原だけは、かつて東京地検特捜部の副部長をしていた経験からだろうか、着任してからすぐに、自ら率先して〝部隊〟の指揮を行うという変わり種だった。ただ、それはそれで、公安調査庁生え抜きの幹部にとっては、ごまかしの利かない煙たい存在でもあって、特に輪島課長は、次長の〝でしゃばりぶり〟に辟易していることを綾は知っていた。

海老原は、沼田からの緊急報告の内容を聞かせてくれ、と言った。概要は伝えていても、詳細はまだ伝えていなかった。

綾は、沼田から秘匿回線の電話で聴き取った内容を読み上げた。

「本日、午後三時から午後四時までの間に、馬尾港から既報十五隻を含む漁船五十三隻が出航——」

「ちょっと待て。その〝既報〟とは何だ？」

「失礼しました。今回は二回の報告がありまして——」

綾はそう言って、三十分前に沼田から聴き取った内容を海老原に説明した。

「宮口港から八十隻以上が出航。ロケット弾やマシンガンで武装した八百名以上の海上民兵が乗船し——」

「なんだって！　つまり……すべての情報を総合すると……呂洞賓の情報よりも数が遥かに増加している！」

海老原は目を見開いたまま、PT室にいる全員を見渡して、さらにこう付け加えた。

「やはり警察や海保（海上保安庁）では対応できない」

綾を含めた、そこにいる誰も応える者はいなかった。

「こりゃ……戦争だ」

その海老原の言葉にも誰も口を挟まなかった。

しかし、綾は今こそ、自分の思いを伝えようと思った。答えは最終局面に近づいていることに自信を持ったからだ。

綾が口を開きかけた時、次長担当秘書の立松《たてまつ》が慌ててPT用会議室に飛び込んできた。

「報告します！　先ほど、持ち回りの九大臣会合を経て、一義的に沖縄県警察本部と海上保安庁の第10管区海上保安本部が、警察活動として対処することが決定しました」

「警察活動だと？　無理だ！」

海老原がそう声を上げてさらに不満をぶちまけた。

「確かに、無人島の占拠では、事件対応としての海保や警察の行動のみで、緊急事態対処や武力攻撃予測事態に認定できない、そんな法的なことはハナから知っている。だが今回の事態は、相手は重火器で武装して、しかもロケット砲まで保有しているというエビデンスが担保されている。国家としての事態対処を総理が決断するために、国家安全保障局や内閣事態室に、それら脅威のエビデンスをちゃんと伝えるべきだ」

海老原が相模上席専門職を睨み付けた。

「すでに私が直接に出向き、紙でも報告しております」

相模が言った。

「いや、伝わっていない。殺されるぞ、大勢――。それを官邸は認識していない！」

誰もが沈黙した。重苦しい空気を破ったのも海老原だった。

「わかった。長官に官邸に行って頂く」

「しかし、緊急事態対処としては構成要件に入らず、武力攻撃予測事態の認定とその基本方針の作成には、もはや時間がありません」

相模がさらに続けた。

「ゆえに、今、長官が行かれると――」

「恥をかかせることになると？」

海老原が引き継いだ。

「老婆心ながら」

と相模が神妙に言った。

綾は、このタイミングしかない、と決断した。

「次長、私は、長官に一刻も早く官邸に行って頂きたい、そう確信しております。その理由が明確にあります」

全員の視線が集まることに気づいた綾は勢い込んで口を開いた。

「実は、今回の漁船の行動は、陽動であります。隠れた主作戦が、私たちの目に触れないところで密かに進行中であると考えております」

綾は一気に言い切った。

「陽動？　主作戦？　何のことだ？」

海老原は、真剣な眼差しで綾を見つめた。

「はい、それは、六日前にチンタオの基地を出航した、一隻の原子力潜水艦がすべての始まりです」

綾がそう言い切れるキッカケとなったのは、北海道公安調査局の上席調査官、時任からの報告書の中にあった一文だった。

綾は、中国の原子力潜水艦のためにオーダーされた中にあった〝二十人分の中華の即席レトルトフードパックを十日分〟に注目していた。

なぜ、二ヵ月分の食品とは別に、レトルト食品だけが十日分オーダーされたのか、そこに綾は拘った。

綾は一つの仮説を立てた。別の任務を遂行する者たちがいるとすればどうだろう、と。恐らく、〝そいつら〟だけは、十日しか、そのレトルト食品を必要としない――。

それから徹夜で、オープンサーキットのパソコンを使ってウエッブサーフィンし、さらなるピースを探し求めた。綾の脳裡には、すでにある答えが導かれていたが確認するためだった。

綾が見つけたのは、新しく改造されたアメリカの原子力潜水艦へ乗り込む海軍特殊部隊の訓練風景を紹介する、ユーチューブの映像だった。

「詳しく説明してくれ」

綾が説明を始めた。その途中で海老原が椅子に座り直してそう言った。

「そのビデオでは、原子力潜水艦に、海軍特殊部隊が十五名乗り込みました。彼らの訓練は、これから向かう島の近くで、潜水艦から出て、ボートで上陸。そして、主力が来るまでその島を死守する。そのために、特殊部隊はレトルト食品を持参していました――」

6月10日　金曜　午後5時30分　神奈川県横須賀市　自衛艦隊司令部

地下のトンネルを通じて隣の建物に入った杉浦幕僚長は、先を行く瀬戸司令官や、作戦と情報の二人の主任幕僚たちとともに、そのまま自衛艦隊司令部のオペレーションルームの中にある、「情報室」とだけ呼ばれる入室者が厳重に制限された薄暗い部屋に入った。

ＣＴＦ74司令部の情報表示画面と同じ作戦情報画面が映るディスプレイへ杉浦が目をやると、アメリカと日本の水上艦を示す数十個の輝点が、東シナ海へ一斉に向かっている光景が目に入った。

潜水艦隊司令部の特別情報室とは違い、二十畳はあろうかという情報室を一度見渡してから立ち上がった杉浦は、まず、会議机の中央に座る自衛艦隊司令官の正宗《まさむね》海将に向き直った。

「〈ナナヨン〉（アメリカ第7艦隊CTF74）との関係上、極秘に作戦を進める必要がありまして、これまでお伝えできなかったことにつきましては何卒ご理解ください」

「前置きはいい。さっそくやろうじゃないか」

正宗が毅然とした口調で言った。

「ありがとうございます」

瀬戸司令官が慇懃にそう言った。

正宗司令官がそこにいる全員を見渡した。

「何をすべきか、何を求めるべきか、わかっているはずだ。ここで結論を出すべきは、中国原潜〈漢クラスNo．402〉のプロセキューション（任務実行目的）をすべて解明することだ。しかし我々には時間が決定的にない。結論を出さずにこの部屋を出るべからずだ」

引き継いだ杉浦は、目の前に座る、潜水艦隊情報主任幕僚の和泉2佐へ頷き、

「できるだけ細かく、かついつもの報告用語ではなく、君の言葉で説明しろ」

と告げた上で、潜水艦隊作戦主任幕僚の加賀2佐と、自衛艦隊の作戦と情報の二人の主任幕僚の顔を一人一人見つめて続けた。

「気がついたことがあったら、その都度、忌憚《きたん》なく意見を述べよ。今、我々の正面にあるも

のは実任務だ。ゆえに率直な意見こそが重要である。よし、和泉2佐！」

弾けるように立ち上がった和泉が、緊張した面持ちで映写スクリーンの脇に立った。

「まず、実相からのクロノロジー（時系列）に沿って説明します」

映写スクリーンに中国東部と日本列島に挟まれた東シナ海のマップが浮かび上がった。

「先週土曜の六月四日、日本時間マルハチマルマル（午前八時〇分）、米海軍情報衛星がチンタオの原子力潜水艦基地を撮像した衛星画像が、ジックパック（アメリカ太平洋軍統合諜報センター）より、潜艦隊と〈ナナヨン〉へ、デイリーなものの一つとしてリリースされました。そこには、前日の六月三日同じ時刻に、二番栈橋に係留されていることが衛星画像で確認されていた、〈漢クラスNo．403〉の姿がありませんでした。つまり六月三日から四日の間のうち——恐らく夜間——に出航していました。しかし、その隣の一番栈橋の〈漢クラスNo．402〉は係留されたままでしたので我々は安心していたのです」

「原子力潜水艦の栈橋は厳格に決まっている——」

杉浦が口を挟んだ。

「はい、仰る通りです」

和泉がさらに続けた。

「原子力潜水艦であれば、古いキロクラス潜艦隊のようにメザシ（複数の潜水艦が一つの栈橋に縦列係留されている状態の隠語）ではなく、一隻ずつ桟橋に係留され、しかも艦長の階級、先輩後輩、学校の期別の順序どおりに、電源を取りやすい桟橋や、司令部ビルに近い、売店に近い、駐車場に近いといった理由で場所が決まっています。ゆえに、日米ＵＳＷチームが重要視する〈漢クラスＮｏ．４０２〉はいつものように、司令部に近い一番桟橋にありました。〈漢クラスＮｏ．４０２〉を重要視する理由はこれから説明します。繰り返しますがこれは六月四日のことです」

「〈漢クラスＮｏ．４０２〉は出航していない、だから我々は安心していた」

瀬戸司令官が念を押した。

「はい。漢クラス原子力潜水艦はチンタオ基地には、〈漢クラスＮｏ．４０２〉から〈Ｎｏ．４０４〉まで三隻あります。しかし、〈漢クラスＮｏ．４０２〉以外はほとんど遠洋航行できないシロモノであると判断しており、日米のＵＳＷチームは、〈漢クラスＮｏ．４０２〉の動きだけを監視していました。ところが――」

和泉がレーザーポインタを操って、映写スクリーンに映されている東シナ海のマップ上の一部を示した。

「その二日後、今週の月曜日、六月六日、マルサンマルマル（午前三時〇分頃）、潜艦隊と〈ナナヨン〉は大騒ぎとなりました。沖縄本島北部沖に敷設したソーサス（海底敷設型音響探知器）ネットワークが、沖縄本島の北東約二百四十マイルの位置で、５ノットで南東へ潜航する〈漢クラスＮｏ．４０２〉を初探知《しょたんち》した、そう対潜資料隊からの緊急報告があったからです」

「それを受けて、〈ナナヨン〉がすぐに、その日の朝に届いているジックパックからリリースされていた衛星画像を確認したところ、予想外の結果が回答された。一番桟橋に〈漢クラスＮｏ．４０２〉はちゃんといると——。その事実を伝えられた潜艦隊も混乱しました」

杉浦が言った。

「まず我々と〈ナナヨン〉が思ったことは、対潜資料隊の誤報だろう、ということでした」

和泉がちらっと正宗自衛艦隊司令官に目をやってから続けた。

「しかし、ソーサスが探知したオグジュアリーやＢＧＭＲの数値と、対潜資料隊のライブラリーに記録されているそれらとを比較照合した結果について対潜資料隊の隊司令自らが至急電話を寄越し、〝〈漢クラスＮｏ．４０２〉に間違いなし〟と強く主張してきたのです」

「ソーサスの虚探知《きょたんち》は考えなかった？」

自衛艦隊作戦主任幕僚の柿本《かきもと》１佐が訊いた。

「それについても対潜資料隊の隊司令は、〝そのエリアのソーサスケーブルやセンサ類は、最近、音響測定艦〈はりま〉によるメンテナンスを終えたばかりで問題はない〟と回答してきました」

和泉が早口でそう応え、さらに続けた。

「ジックパックの主任画像分析官に画像判読を緊急に依頼したところ、上甲板《じょうかんぱん》の錆び具合から、六月六日現在、チンタオ基地の一番桟橋に係留中の原子力潜水艦は、〈漢クラスNo．402〉ではなく、〈No．403〉である、と鑑定結果を伝えてきました。よって、ソーサスが探知した、沖縄本島の沖を南東へ潜航しているのは〈漢クラスNo．402〉であると断定しました」

「つまり、中国も、偵察衛星によって〈No．402〉が監視されていることを分かっているから、夜間なら見えないだろうという判断で、六月三日の夜から四日にかけて、注目されている〈No．402〉が一番桟橋から密かに出航し、間もなくしてダイブ《潜航》した。さらに、二番桟橋に係留していた〈No．403〉が〈No．402〉のフリをして一番桟橋に移動して係留した――その結論を導き出しました」

「つまり――」

正宗自衛艦隊司令官が声を出した。

「出航したのが〈No．403〉であって〈漢クラスNo．402〉でないと見誤った日米USWチームは安心してマークを外し、ソーサスに初探知されるまでしばらく〈漢クラスNo．

402〉を自由に行動させてしまった——そういうことだな？」

「実際、潜艦隊と〈ナナヨン〉は、六月四日から六日までのまる二日間、〈No．403〉だけが出航したと誤認し、脅威対象ではなく無視してもいい、と安心しきっていました」

瀬戸司令官が神妙に言った。

「で、〈漢クラスNo．402〉の現在位置は？」

説明を代わった加賀が、マップ上にレーザーポインタを照《あ》て、

「一時間前の最新情報は、宮古島の南東約八十四マイル、速度5ノットで、北東へ潜航中です」

「5？　そんなに遅い？　通常12ノットくらいではないのか？」

正宗自衛艦隊司令官が訊いた。

「12ノットだとしたら、うるさくて仕方がありません」

「現在のトラッキングは？」

正宗自衛艦隊司令官が独り言のように言った。

加賀は、杉浦を見つめた。今度は、杉浦が瀬戸司令官へ顔を向けた。瞼を閉じて腕組みした瀬戸司令官は、しばらくの沈黙後、大きく息を吐き出して頷いた。それを見届けた杉浦は加賀に小刻みに頷いた。

「現在、アメリカ第7艦隊では、〈キーウエスト〉を筆頭に、FFG（フリゲート艦グループ）もトラッキングに参加し、サータスグループ（音響艦部隊）もその作戦をカバーしています。そして〈せきりゅう〉も、〈キーウエスト〉とトラッキングを交替するためのポイントで潜行待機しています。もちろん、中国の原潜が気づいている形跡はまったくありません」

「気づいていない、その根拠は？」

正宗自衛艦隊司令官が身を乗り出して訊いた。

「ご説明します」

そう言って加賀はパソコンを操作し、幾つもの数値が並ぶ表を映写スクリーンに写しだした。

「ご覧のとおり、〈漢クラスNo．402〉は、十時間ごとにきちっと、バッフルチェックから露頂、そして潜航をまったく同じリズムで繰り返し行っております。ソナーで不審な音を探知していれば、そのような安定した動きには絶対になりません」

加賀が説明を続けた。

「またその露頂においても、露頂深度まで上昇してＶＬＦ《超長波》アンテナを伸ばし、中国本土から発信しているＶＬＦ電波を律儀にチェックしています。そもそも水上艦や哨戒機、そして敵潜水艦が近くにいると判断していれば潜水艦は露頂深度まで上がってゆきません。潜望鏡深度に上がるということもまた、尾《つ》けられていない、まったく見つかっていない、と安心している証左です」

加賀は誇らしげな表情で見渡してから言った。

「これは、水中の潜水艦でしか入手できない情報です」

加賀は胸を張るようにしてそう言った。

しかし正宗自衛艦隊司令官がそれには応えずに言った。

「完璧なトラッキングだと？」

その言葉に、加賀は一瞬で真剣な表情となり、もう一度、杉浦へ視線を送った。杉浦はすぐに頷いた。

「実際は薄氷の上を歩くような思いでした。六月六日にソーサスが初探知し、潜艦隊と〈ナヨン〉が大騒ぎしたことは説明しましたが、それを受けて、近海をパトロールしていた、アメリカＳＳＮ（原子力潜水艦）〈シカゴ〉を〈漢クラスＮｏ．４０２〉の針路方向へ急派。ところが、〈シカゴ〉は途中で機関系に故障が発生し、グアムの海軍基地から、同型の〈キーウエスト〉が緊急出航し、二日後の六月八日になって、〈キーウエスト〉による〈漢クラスＮｏ．４０２〉の初探知にあらためて成功し、その音響データがソーサスの初探知と一致したため、〈漢クラスNo．402〉と断定したのです」

「それでよく間に合ったもんだ」

正宗自衛艦隊司令官が唸った。

「〈キーウエスト〉は、時速30ノット（時速約六十キロ）でぶっ飛ばす中、複数のソーサスによる方位特定やサータスグループが、〈キーウエスト〉が到着するまで〈漢クラスNo．402〉のトラッキングを維持していました」

杉浦は、そう説明する加賀を見つめながら、それだけでトラッキングの継続に成功したわけではない、と心の中で思った。

杉浦は思い出した。アメリカのCTF72と、我が方のクウダン（航空集団司令部）に嘘を言って、それぞれのP－3C部隊を〈漢クラスNo．402〉のトラフィックレーンとかけ離れた海域に向かわせるという、陽動作戦として使うことを、CTF74の海軍大佐と密かに相談しあった時のことを――。

日米の哨戒部隊が動けば、中国海軍はすぐにその動きをすべて監視する。そうすると、〈漢クラスNo．402〉のトラフィックレーンと重ならない海域を日米哨戒部隊がソノブイを投下して探していることもいち早く把握したであろう。そして中国海軍は、日米とも〈漢クラスNo．402〉に気づいていない、と安心する。そうして慢心させたことで、日米共同作戦のトラッキングを有利に行うことができたのである。

「しかし腑に落ちないことがあります。初探知したという位置と、最新の位置から予測したとする潜艦隊からクウダンに示された〈漢クラスNo．402〉のトラフィックレーンは、余りにもかけ離れていると思いますが――」

自衛艦隊作戦主任幕僚の柿本1佐が疑念を口にした。

「途中、〈漢クラスNo．402〉は様々な動きをしていました」

加賀が平然と嘘を言ってのけたことに杉浦は頼もしく思った。

一瞬、柿本は目を彷徨わせたが、すぐに真顔となって質問を続けた。

「原子炉停止時の緊急用ディーゼルエンジンの軽油も、常識的には一週間前に積み込むところ、今回はその直前の夜間に？」

「はい。さらにディーゼルエンジンとBGMR用の潤滑油もです。それまで、つまり六月三日まで、〈漢クラスNo．402〉にはその動きがなかったからです」

加賀が続けて答えた。

「しかし、潤滑油は大量に使うので、栈橋からドラム缶を積み込まなければならないはず。軽油にしても船からのパイプによって行われるのはそれ相応の時間がかかる。そして、公安調査庁から国家情報コミュニティに寄せられた情報によれば、食料もその夜間に、という。

また、本来なら一週間前に積み込む貯糧品《ちょりょうひん》、つまり米、味噌、醤油、塩、コショウなども恐らく――。ですが、これらはちょっと物理的にあり得ないのではないですか？」

柿本がさらなる疑念を投げかけた。

「しかし、現実に、〈漢クラスＮｏ．４０２〉は、今、ここを潜航中です」

そう言った加賀は、手に持つレーザーポインタでマップの一部に円を描いてから全員を見渡した。

「事実を真摯に見つめるべきだ」

正宗自衛艦隊司令官がそう言ってさらに続けた。

「それだけの不可能を可能した大がかりな偽装をした、ということから判断すべきは、極めて重要なプロセキューション（任務実行目的）が与えられている、そう考えるのが自然だ。どう考える？」

正宗自衛艦隊司令官が柿本を振り返った。

「確かに……司令官の仰る通り、〈漢クラスＮｏ．４０２〉の動きは訓練とは思えませんが……」

柿本は困惑の表情を浮かべた。

「台湾に通告すべきじゃないか？」

正宗司令官が、潜艦隊の瀬戸司令官を見つめて訊いた。

「ご存じのとおり、それには、〈ナナヨン〉との協議が必要です」

瀬戸司令官が急いで応えた。

「で、〈漢クラスNo．402〉に特異動向があったと言うんだな？」

正宗自衛艦隊司令官が訊いた。

「それもまた加賀2佐から報告させます」

そう言った瀬戸司令官は思い出した。その〝特異動向〟があったからこそ、自衛艦隊司令部を巻き込んだ、この会議の開催を決意したことを――。

「最新情報として届きました〈ナナヨン〉幕僚からの通報によれば、二時間ほど前の、午後四時過ぎ、〈漢クラスNo．402〉が、それまでのパターン化した動きにはなかった特異動向を行ったことを〈キーウエスト〉が捕捉。それによれば、〈漢クラスNo．402〉は突然、メインタンクブローを開始し、そして海面に浮上。近くの海域で錨泊《びょうはく》（錨を下ろして停泊）中だった中国船籍の貨物船『大慶《ダアーチィン》』から航行してきた一隻のモーター駆動のボートの接近を受け、そこから一個小隊規模の男たちを上甲板に収容しました――」

「特殊部隊か？」

正宗自衛艦隊司令官が勢い込んで瀬戸司令官に訊いた。

黙って頷いた瀬戸司令官は、潜水艦隊情報主任幕僚の和泉2佐へ視線を送った。

急いで立ち上がった和泉が、ディスプレイの画面を変えてから口を開いた。

「エイワックス（航空自衛隊早期警戒管制機）からジャッジシステム（自動警戒管制）で共有した動態情報の中に、四時間前、中国南海艦隊に属する広東省の湛江《ジャンジイアン》の陸戦第１６４旅団隷下の陸戦隊特殊連隊基地から離陸したヘリコプターが、当該貨物船『大慶』に着陸した、との報告がありました」

「〈ナナヨン〉指揮官と緊急協議し、台湾への通告が必要じゃないか！」

正宗自衛艦隊司令官が慌てて言った。

「実は、公安調査庁の情報があります」

と和泉が唐突に言った。

「公安庁？」

正宗自衛艦隊司令官が訝った。

「尖閣諸島への大量漁船出航の件ですね？」

口を挟んだ自衛艦隊情報主任幕僚の田中《たなか》1佐が続けた。

「結果的に公安庁からのその情報は正しかったですが、その事態対処については、この協議の次の議題としています」

「ただ、〈漢クラスＮｏ．４０２〉の動きと切り離す根拠はありません」

加賀が反論した。

「それを言うなら、針路が台湾方向、という脅威を見過ごす根拠もない」

加賀と同じクラス（幹部候補生学校同期生）の柿本が主張した。

「公安庁の情報によれば、〈漢クラスＮｏ．４０２〉が積み込んだ中に、〝二十人分、十日間分のレトルトフードパック〟があったそうです。これこそ、台湾というキーワードを否定するものです」

加賀が語気強く言った。

「なぜ？」

柿本が詰め寄った。

「〈漢クラスＮｏ．４０２〉に乗り込んだ特殊部隊、そのキーワードと一致するからだ」

加賀が固い言葉で答えた。

「やはり台湾侵攻の支作戦による南西諸島の確保という作戦も否定できない」

と柿本が言った。

「バカな」

鼻で笑ってから加賀が続けた。

「特殊部隊がそのような行動をするのなら、それは、主力を迎える先遣部隊であるはず。もし主力が来たら、もはやスイキダン（陸上自衛隊水陸機動団）の水陸両用車ＡＡＶ７では歯が立たない。ところが、人民解放軍で着上陸作戦を担う海軍陸戦隊には動きがまったくない。つまり、今の意見には、軍事的合理性がまったくない」

インターフォンの呼び出し音と同時に、瀬戸の副官が、連絡です、という声が聞こえた。

柿本はインターフォンの受話器を握る瀬戸司令官の姿に構わず話を続けた。

「そんな頭でっかちなことより、現実的に、このまま針路が変わらなければ、明日にでも台湾に到着する。結果的に誤報になろうとも、台湾に通報すべき！」

「いや、明晰《めいせき》なる頭で考えれば、尖閣諸島に注目すべき！」

加賀がつばを飛ばした。

「明晰？　何が言いたい！」

声を荒らげた柿本の声を、副官とのやりとりを終えた瀬戸司令官がさらに大きな声で遮った。

「事態が変わった！」

瀬戸司令官は顔を上げて正宗自衛艦隊司令官を見つめた。

「〈漢クラスＮｏ．４０２〉が変針しました――」

「方角は？」

正宗自衛艦隊司令官が勢い込んで訊いた。

「先島諸島海域です。ですが、そのトラフィックレーンの、その先にあるのは尖閣諸島です――」

6月10日　金曜　午後5時39分　公安調査庁本庁次長室

「最後の肝心なところだ。なぜ、その特殊部隊のターゲットが尖閣諸島だと結論を出したんだ？」

海老原次長が訊いた。

「原子力潜水艦への食材運び入れ指示と、福建省の三つの港から一斉出航した漁船への食材運び入れの追加オーダーをしたのが、同じ人民解放軍海軍中将の北京にある個人事務所であったことから、これらの作戦はすべて繋がっている大作戦の可能性がある、そう判断しております」

海老原が何かを言おうとしたのを無視して綾は、自ら導いた結論を急いだ。

「つまり、まず、原子力潜水艦によって運ばれた中国特殊部隊が尖閣諸島のシンボル的な島である魚釣島に上陸して制圧する、それを作戦発動の合図として、漁船群が同島に接岸し、海上民兵を上陸させる――」

「しかしいずれも――」

海老原の言葉を綾は「もちろんです！」と語気強く言って再び遮った上でさらに続けた。

「そうです。わずかに二本の情報線であり、点と点でもありますし、そして、Ｂ－２情報です。しかし、情報を単にショーウインドウに並べるのではなく、エビデンス、つまり事実を元に結論を導くことこそ情報機関の使命だと認識しております。〝縦書きで書ける〟（裁判資料となり得る）事態です」

海老原は腕組みをして下を向き、瞼を閉じて考え込んだ。

綾はさらに畳みかけた。

「次長、よろしいですか、協力者がもたらす情報は、Ｂ－１情報など滅多にありません。しかし、公安調査庁のすべての調査官たちは、分析部門や現場も含めて、Ｂ－２情報だけを武器に、結果を導き、それをディシジョンメーカー（政治決断者）の判断に資するために働いてきたんです」

顔を上げて目を見開いた海老原が、ゆっくりと綾に顔を向け、そして突然、ニヤッとした。

「まっ、イザとなりゃ弁護士になればいいだけのことだ」

海老原はそう言って苦笑したが、すぐに真顔に戻った。

「芳野上席調査官が導き出した結論は重大だ」

海老原はそう言ってちらっと綾へ視線を送ってから、腕時計を見つめた後、ＰＴキャップの相模上席専門職を見つめた。

「もはや沖縄県警と海保（海上保安庁）による警察活動などというレベルではない！　彼らが皆殺しにされる前に、官邸と内閣事態室に通報を」

相模が卓上電話を握った姿を見届けた海老原は、再び綾に振り向いた。

「あれがついに役に立つ。できているか？」

「はい、もちろん」

そう答えた綾は、驚かざるを得なかった。官邸の対応のことごとくを予想し、その上で綾に資料作成を指示していたのだ。まさに慧眼《けいがん》の持ち主だ、と綾は思った。

海老原は、両手を勢いよく叩いた。

「さあ、動こう！　時間がない！」

その声で立ち上がった綾は、すぐに受話器を握った。ＮＳＳ企画班の班長である陸上自衛隊の幹部に、ことの顚末と、綾が分析した情報の一部を説明し終えた後、高津主任調査官に振り向いて急いで言った。

「すぐに、ＩＳＲ管理担当部門でキーワード検索をかけ、関連の報告書をすべて持ってきて！」

綾には、答えの最終局面に立っている、との自覚があった。しかし、まだ気づいていないものがある、との感触も確かに残っていた。

高津は、机の上からボックスファイルを素早く手に取ると、綾の元へ駆け込んだ。

「すでに」

高津はボックスファイルを綾に手渡した。

綾は、誇らしげな顔を一切しない高津のその態度に、やるじゃないの、と声に出さずに言った。いつも彼はそうだ。どんな無理なことでも、高津は表情ひとつ変えずに動いてくれる。そして、素早く仕事を終えたことにも笑顔をみせず、静かに自分に渡してくれる。

ごく稀なのだが、ダイレクトに官邸に報告するような情報分析の報告を高津がしてくることがある。だが、どの〝現場〟の調査官からの情報に基づいているのかは高津は明らかにしない場合があった。

ボックスファイルから報告書の束を机の上に置いた綾は、素早く斜め読みを始めた。忙しく捲ってみても綾の興味を引く報告はなかった。人民解放軍機関紙や新聞記事の断片、人々の噂やゴシップ……それらの内容で、今、綾が必要とするものはなかった。

ファイルを十冊ほど読み込んだ時だった。

綾の手はある報告書で止まった。発信者は、九州公安調査局の編成管理下にある宮古島駐在事務所の井上主任調査官で、報告書の宛先は、雑多な情報を集約するISR管理担当部門だった。

日付は、昨日、六月九日と記録されている。表題には、〈先に報告した中国人の溺死体に関する宮古島警察資料〉という文字があった。

綾は、そのことについてどこかで目にした記憶があった。脳裡に蘇ったのは、沼田からの呂洞賓《ルユードオンサアイ》からによる〝一斉上陸〟情報が飛び込んだその翌日。綾が全国の公安調査局に緊急要請し、届いた報告書の大群の中に、この井上主任調査官からの報告書があったことを思い出した。その時、綾は、念のために、「未裁」の木箱に残しておいたのだ。

その時は何の関心も寄せなかったが、今、あらためて綾は注目した。引っかかったのはそのタイミングだった。綾はまず、報告書の中身を見る前に、事件の詳細を知るため、ネットと繋がっているパソコンを取り出すと、新聞記事横断検索を使って、新聞とテレビニュースの記事を検索しまくった。

見つけた新聞記事によれば、六月にしては珍しく一週間前にフィリピン沖で発生した台風

1号が東シナ海から北上し、先島諸島を構成する宮古諸島では、気象庁から大雨特別警報が発令され、島民たちがこれまで経験したことのない猛烈な雨が三日連続して降り注いだ、とあった。

次に探し出したNHKのニュース記事によれば、気象予報士の女性による解説があり、台風1号が引き連れた雨雲と、それに刺激された近くの前線によって、十年に一度の豪雨を降らせているとして、宮古島諸島の全島民に向け、強い調子で避難と警戒を呼びかけていた。

五年前、当時付き合っていた男とともに宮古島に遊びに行ったことのある綾は、頭の中で想像してみた。宮古島本島と橋で繋がった伊良部島、さらにその島と地つながりと言ってもいい下地島という小さな島もまた、激しい暴風雨に襲われ、観光客の姿は消え失せていただろう。

それでなくとも、下地島の観光客は年々減少の一途を辿っていることを、宮古島市内の居酒屋の店員から綾は聞いていた。

五年ほど前なら、三千メートルクラスの滑走路で発着訓練を行っていた民間航空機を観るための観光客がいつも訪れていたが、フライトシミュレーションの発達のお陰で、実機を使った訓練が少なくなり、同時に観光客も減少したと店員は語っていた。

しかし、他の記事を探すと、最近、微かな光も届いていることがわかった。一年前、それまで定期フェリーでしか行けなかった宮古島と伊良部島との間が全長三・五キロの橋で繋がったお陰で、観光客の流れが復活した、とある新聞記事にあった。訓練のために発着する航空機はほとんど飛んで来ないが、飛行場の近くにあって、県の天然記念物に指定されている「通り池」という昔からの観光スポットは、多くの観光客が訪れるようになった、とある。

綾はそこを訪れたので記憶にあった。確か、去年の宮古島行きで準備した観光ガイドブックに書いてあったその記述によれば、その「通り池」とは、海岸近くに大小二つの池があり、水深がそれぞれ数十メートルで、神秘的な深いグリーン色を湛《たた》えている。「通り池」が最も有名なのは、時間によって、水面の位置が変わることで、サーモクライン（水温の変化で生じる水温層）が発生し、グリーン色が複雑に変化することである。

それは、通り池と海が地下で繋がっている証拠であり、潮の満ち干きで変わるその幻想的な自然が観光客の目をとらえて放さない。

しかしその美しい自然遺産も、台風の影響をまともに受け、荒れ狂う海からの泥水が入り込み、茶色に混濁しただろう。

そんな激しい嵐にもかかわらず、「通り池」には、その後、死体の第一発見者となる若い男女のカップルがいた。

井上が報告書に添付した、第一発見者のそのカップルから警察が録取した供述調書に目をやった綾は、それを元に想像してみた。

——全身にまとったレインウエアが暴風雨で役立たずになっても気にせず、それどころか、暴風雨に晒されることを楽しんではしゃぐ日本人大学生のカップルが、二つの池を繋ぐ遊歩道を走り回っていた。

それに最初に気づいたのは、大きな池に辿りついたショートカットの女の方だった。池に降り注ぐ猛烈な雨の中、目をこらした女は、最初、流木かと思った。

後から追いついてきた男は、女が指さす方向を見て、案山子《かかし》じゃん、と言ってゲラゲラ笑った。

「ツイートにアップしようぜ」

そう言って髪の毛をアッシュに染めた男は、顔に張りつく髪の毛を乱暴に払った上で、池の中をスマートフォンで撮影した。男が悲鳴を上げてスマートフォンを放り出したのは、二枚目を撮るため、液晶画面を二本の指でズームアップした時だった。雨が叩きつけるディスプレイでも、男にはそれがはっきりと分かった——。

現実に戻った綾は、報告書に貼付されている警察資料を見つめた。

最後にクリップで留められた数枚の写真を綾は手に取った。綾は顔を歪め、思わず口を手で押さえた。

何枚もの画像で、死体を色々な方向から撮影していた。腐敗が進行して大量発生したガスが表皮下を気腫《きしゅ》状にさせたことで、眼球、眼瞼《がんけん》、鼻翼、口唇《こうしん》を異様に膨れ上がらせた灰色の顔をして、体のあちこちを魚に喰いちぎられたのか、骨がむき出しになっている、おぞましい人間の姿があった。

急いで画像を報告書の下に仕舞い込んだ綾は、今度は、いわば第二報というべき昨日付けの井上の報告書を手にした。沖縄県警宮古島警察署刑事課長代理作成による死体解剖立ち会い報告書の写しがその中にあった。

文章は、法医学の言葉で埋め尽くされていた。遺体の死亡推定日時は、六月四日の午後三時から同午後九時の間とされていた。

綾の目は、二つの記載事項に引きつけられた。まず、胃の中に、〈人民解放軍の関係者とみられる身分証明書の一部の紙片〉があった、としている。

次に目がいったのは、頸部に関する記述であった。そこには、魚によると思われる食いちぎられた傷が多くて断定はできないとの解剖医の言及の後に、扼殺《やくさつ》（手や腕によって首を圧迫しての殺害）の可能性がある索溝《さっこう》が微かに認められる、とあった。

綾は、宮古島駐在事務所に電話を入れたが、ずっと話し中が続いたことで苛立った。中国の海洋進出強化に伴って設立された、その九州公安調査局指揮下の駐在事務所には所長を含め三人しか調査官はいないので仕方がないが、それにしても、ふざけてる、と綾は一人毒づいた。

しばらくしてからようやく繋がったが、肝心の話したい相手はいなかった。綾は、そこの所長に頼み込み、自分のスマートフォンの番号を伝えてから、折り返しの電話を求めた。所長は二つ返事ですぐに連絡をさせる、と応じてくれた。ここが本庁分析官としての強みだと綾はあらためて思った。本庁分析官は、全国の〝現場〟の誰とでも、いつでも話せるし、〝現場〟もそれに応えなければならないのだ。

相手から電話がかかってきたのは、すぐのことだった。綾はレスポンスの速さが嬉しかった。

「お忙しい中、お電話を頂いてありがとうございます。本庁、ニノヨン（調査第2部第4部門）の芳野です。井上主任調査官、大至急、お聞きしたいことがあります」

「何でしょう？」

不機嫌そうな若い声が聞こえた。さすがにそうか、と綾は思った。尖閣諸島の事案で、上司からガンガン言われながら、様々な方面から情報を取るために走り回っている姿を綾は想像した。

「今週の六日、下地島にあがった溺死体に関する第一報を頂いた後、昨日、再び本庁ISR管理担当部門へ、第二報となる報告書を頂きました。その第二報の中身についてお聞きしたいことがあるんです」

「ちょっと待ってください、窓を閉めます。今、二機の戦闘機が真上を――」

井上がそう言った背後で、戦闘機エンジン特有のキーンという耳障りな高音が聞こえた。

「大丈夫です」

井上の声を確認してから綾は口を開いた。

「二点だけお聞きします。まず、死亡原因について、警察はどう結論をだしたんです？」

「漁師が漁船から落ちての水死事故、警察はそうしました」

井上の妙な言い方に綾は引っかかった。

「つまり、殺しの疑いがあるのに強引にそうしたと？」

綾が訊いた。

「中国人の殺害死体なんて、ややこしいことになるだけですからね。しかもこんな時に

──」

　井上が吐き捨てるように言った。

「でも、胃の中に残された身分証明書から判断すると、人民解放軍兵士である可能性もあるのに、そのことは？」

「検察には報告していないようですね」

「それって──」

「私に言われても……」

　困惑する井上の声が聞こえた。

「それはお聞きしたい二点目の件と繋がるんですが、解剖に立ち会ったとする警察の資料に、胃の中に人民解放軍の関係者とみられる身分証明書の一部の紙片があった、とありますが、なぜ人民解放軍の〝関係者〟と分かったんです？　また〝関係者〟とはどういうことですか？」

「微かですが、判読できる文字の中で、海軍基地、潜水艦という中国語があったからです」

　綾は一瞬、息が止まった。鼓動が再び激しくなるのも感じた。

「警察は、その身分証明書のすべてを判読できていないんですか？」

「そうなんです。私も試みましたが、できないんです」

綾は肩の力が抜ける気がした。

「ですが、このスマートフォンにその画像を持っています。でも、歯形がついていたりとボロボロですよ」

「歯形?」

綾は訝った。

「警察は、溺死者が、死亡する直前に自分で呑み込んだとみています」

電話を切った綾は総務課に頼み込んで用意してもらったコーヒーメーカーで紙カップにホットを注ぐと、臨時のデスクまで運んで両手で挟んで啜り、項垂れて深い思考へのめり込み始めた、その時、自分を呼ぶ声がそれを中断させた。

相模上席専門職が足早に近づいてきた。

「NSC(国家安全保障会議)の拡大会議が、明日、朝一番で開始される。君と私が、補充説明要員として、長官に帯同して官邸に向かう。ただ、別室での待機だ。資料作りを頼む」

「すでにできています」

四段式文字盤鍵がかかった二番目の引き出しからパワーポイントで作った資料を取り出した綾は、相模に手渡した。

驚く相模には構わず、綾が聞いた。

「では、自衛隊の出動が？」

「国家安全保障局では、武力事態の認定がされるだろう。しかし、自衛隊の出動は微妙だ――」

黙って頷いた綾は、ふと、妙なわだかまりを覚えた。ＮＳＳが動き出したということは、軍事的対応を検討していることに他ならない。綾は、当然じゃないの、という自分の言葉を聞いた。だからこそ、軍事的対応の基本方針を作ろうとしているＮＳＳのために説明したし、ＮＳＳのための資料を作ったのだ。しかし、綾は、内心、なにかがざわめき始めたのを感じた。

それは、今しがた見つめた、溺死体の写真が原因でもあった。

綾はこれまでのことをもう一度、紙に書いて整理してみた。しかし、記憶があるのは、午前三時までは起きていた、ということだった。

６月11日　土曜　午前８時21分　東京・永田町　総理官邸

首相官邸北門に滑り込んだ官用車から降り立った綾は、大橋長官と相模上席専門職とともに、通用口から中へと足を運び、灰色の通路を二度ほど曲がったところにある自動改札機風の入退室管理機に、前回の総理報告の後、念のために指紋情報を登録したICチップカードを差し入れた。

中二階のエレベータで五階に降り立った綾は、早足で集まってくる国務大臣に揉まれるようにして、総理会議室に入って行こうとした。だがすぐに相模と長官秘書の西城から制止され、近くの総理控え室に連れて行かれた。

「防衛省での防衛会議が未明に行われ、そこで決定したことが防衛大臣に上申された」

西城が緊張した面持ちで綾に告げた。

「ではやはり？」

綾が急いで訊いた。

西城は大きく頷いてから再び口を開いた。

「防衛大臣から報告を受けた岸部総理は、四大臣会合を兼ねた、この安全保障会議の緊急開催を決めた。つまり、ついに始まった、ということだ」

綾は、つい今しがた目にした面々を脳裡に浮かべた。

柴田《しばた》官房長官やNSSの八重樫局長と黒木内閣危機管理監をはじめ、総務、外務、財務、国土交通、防衛、経済産業の各大臣の他に、防衛省制服組のトップである統合幕僚長の高城《たかぎ》陸将と大橋長官の姿だった。西城によれば、統合幕僚長と大橋長官の二人は、求められた時のみ発言が許されるオブザーバーであるとのことだった。

会議の終了をイライラしながら待ち続けたが、想像よりずっと早く、十分足らずで終わった。そして今回は補助説明を求められなかったことで、内心安堵した。

それがあるとすれば議論が紛糾していることを意味する。スムーズに行くことこそ綾にとっては、いや、この国にとっては必要だと思った。

総理担当事務官から会議の終了を教えられた綾たちは控え室を急いで出て、続々と出てきた出席メンバーの中で最後に姿をみせた大橋長官の元へ足早に向かった。

声をかけようとした綾に、大橋長官が無言のまま、手にしている折り畳んだ一枚の紙を手渡した。遅れないように歩きながら綾はその紙を開いた。大きなフォントの法律文がまず目に入った。

綾は急いで大橋長官を見つめた。

「陸上自衛隊の治安出動だ」

大橋長官が言った。

「武力攻撃切迫事態という情勢に鑑《かんが》み、準備命令は省かれた。第1空挺団が尖閣諸島に事前配置される」

大橋長官が付け加えた。

綾の手から、大橋が書き込んだ一枚のメモを取った相模は「自行治命第1号、治安出動に関する自衛隊行動命令――。防衛大臣による海上自衛隊への海上警備行動発令を総理が承認――」と読み上げた。

大橋長官は、大股で歩きながら、つい今しがたの会議の中身を語り始めた。

「まず、NSSの八重樫局長が、総理に今回の切迫事態対処法について、幾つかの選択肢を提案した。そのうち、総理は、陸上自衛隊の治安出動をもって尖閣諸島に事前配置することで、上陸するであろう中国特殊部隊の意志を挫《くじ》き、作戦を起こさせないこと、さらに海上自衛隊の海上警備行動によってプレゼンスを示し、押し寄せる漁船や海軍水上艦の威力排除、そのカードを選ばれた。ただ事前配置については、既存の計画ではなく緊急事態対処としての方針を選択された――」

綾は二枚目の紙に目を落とした。

〈自衛隊は一部をもって治安出動し、尖閣諸島の治安を維持する。出動の期間は、六月十一日から別命するまでの間とする。出動の区域は、統合幕僚長に指令させる（細部は別途検討）。特別の部隊の編成は、自衛隊作戦計画（甲号）別紙A『部隊区分』第2項『行動命令

に基づく不法行為等への対処の段階』により編成する〉

綾は急いで三枚目を捲った。

〈T001　治安出動を命じられた部隊等が使用し得る武器の種類は、下記の種類を許可する。1、小火器（拳銃、機関拳銃、小銃及び機関銃）、2、車両及び航空機搭載用の小火器、3、携帯式対戦車火器、4、携帯式対空用火器――〉

綾の目は、最後に書き込まれた文字にくぎ付けとなった。

〈対戦車ヘリコプター（TOW及びASR）〉

綾は思わず唾を飲み込んで、その言葉を脳裡に浮かべた。

――戦争をする気なのか……。

しかし、綾は引っかかることがあった。

――動きが早すぎる……。

自民党内で議論がなされた形跡もないし、すぐに党内の根回しをしたのだとしても、NSS局長や内閣危機管理監に伝えたのが一昨日の夕方だということを考えると、決定までのプロセスが信じがたいほどに早すぎるのだ。

しかも、いくら時間が迫っているとしても、すぐの部隊配備では、上陸を図る中国特殊部隊とガチンコで激突することに……。

――つまり、この命令は、最初から交戦ありきではないか……。

手続的には、せめて治安出動下令前に行う情報収集命令をまず発出して、というのが事態解決の道筋ではないだろうか……。

これでは中国特殊部隊との交戦どころか、中国海軍との戦闘へと拡大し、いや、人民解放軍との全面戦争……。

そこまで考えが巡った時、全身に鳥肌が立った。

綾は聞かずにはいられなかった。

「防衛省は、原子力潜水艦で運ばれる中国特殊部隊が、恐らくメインターゲットであろう魚釣島に上陸するまでに、陸上自衛隊の部隊による事前配置が完了する、そう確信しての決定ですか？」

大橋長官は足を止めて綾を凝視した。

「当たり前じゃないか。そうしておいて、中国のすべての作戦を抑止する。戦争とならないための最善の措置、と防衛省は説明していた」

「それが間に合うとも言っていたんでしょうか？」

「詳しい作戦の中身は開示されなかったが、すでに部隊は動いているとも言っていた」

大橋長官は顔を歪めて、綾を睨み付けて続けた。

「ここからはもうオペレーションの世界であって、我々の出る幕じゃない」

綾が大橋長官になおも何か言おうとしたのを、西城が二人の間に割り込んで言った。

「事態室に、対策本部ができると聞きました。我々はそこに？」

大橋長官が頷いた。

「ただし、リエゾンのみを派遣する」

綾は、その言葉を聞いて、終わった、という言葉が脳裡を過ぎった。長官の言うとおり、一旦、オペレーションが開始されれば、情報屋はお引き取りください、というわけであり、綾は体の力が急に抜けてゆく感じがした。

「しかし……どうも妙なことがある……」

大臣たちがすべて降りていってからエレベータに乗った大橋長官は、小さくそう呟いた。

綾はその言葉を聞き逃さなかった。

「妙なこととは何ですか？」

と綾が急いで訊いた。

「いや、私の勘違いかもしれないが……」

大橋長官の言葉を綾は待った。

「どうかお聞かせください」

綾は急かした。

「オブザーバーの立場ゆえ私は発言を求められなかったが、まっ、それはいいとして、違和感を覚えたのは会議の流れが異様なほどスムーズだったことだ。また、ＮＳＳの八重樫局長、自衛隊の高城統幕長、そして柴田官房長官、その三人の視線の意味深な交わし合い、それが非常に引っかかった」

大橋長官がそう言って低く唸った。

綾は、大橋長官が意味するところがまだわからなかった。

「どうも、筋書きが、随分前から出来上がっている、そんな気がした……」

エレベータを降りた大橋長官が口にしたその言葉に、綾があることを尋ねようとした時だった。曲がりくねった通路を進んだ先でざわめきが聞こえた。綾が目を向けると、北門の出口で、防衛大臣を大勢の記者やテレビ局のカメラマンが囲んでいる。

西城は、慌てて大橋長官をエレベータへと戻した。西城は、スマートフォンで長官車と綾たちが乗る官用車のそれぞれの運転手と連絡をとり、外堀通りへと出る南門へと回るように伝えた。

　官邸内を移動する間、しばらく口を閉じていた綾は、大橋長官が南門の車寄せに辿り着いた時、たまらず訊いた。

「長官、先ほど、筋書きが、と仰ってましたが、詳しくお聞かせ願えませんか？」

「うーん、詳しくって言われてもね……」

　大橋長官は困惑した表情で赤坂のビル群を見つめた。

「いえ、長官がお感じになられたことで結構なんです」

　その時、相模と西城が目を合わせ、こいつ何を言ってるんだという表情をしたことに綾は気づいた。しかし綾はそれに構わずさらに畳みかけた。あることが気になって仕方なかったからだ。

「お感じになられた〝筋書き〟とは、どのようなものだったんでしょうか？」

　一瞬の間を置いてから大橋長官は口を開いた。

「うん、まずNSSだ。会議の手際の良さ、書類が完璧に用意されていたこと、それに陸上自衛隊出動の基本方針についても詳細に示された。そして高城統幕長にしても、部隊の待機体制と作戦の工程についての縷々《るる》とした説明。さらに、柴田官房長官が党内調整は昨夜のうちにすでに済ました、との手際の良さ――」

そこに長官車と官用車が滑り込んできた。

「ということはつまり――」

綾は急いで言った。

西城が開けた後部座席のドアの前で、大橋長官は綾を振り返った。

「今、私の頭の中にあることと、君の頭にあることは同じだね？」

「恐らく」

と綾が瞬きを止めて言った。

「では、急ぎたまえ。時間は絶望的にない」

大橋長官が腕時計を叩きながら言った。

「あらゆる権限を頂けないでしょうか？」

決心した綾がそう言った。

相模と西城の顔を大橋長官が見比べた。首をすくめて頷く二人を見た大橋長官が綾に言った。

「そのためにＰＴを作った」

大橋長官はそれだけ言うと車に乗り込んだ。

大橋長官を見送った綾は、相模から離れてスマートフォンを握って、本庁調査第２部朝鮮半島部門の責任者である谷村に電話を入れた。

電話を終えた綾は目を見開いて、「まさか……」と呟いた。

駆け寄ってきた相模が尋ねた。

「何を考えている?」

「ある重大な疑念が、今、私の頭の中にあります。これまで、私の元に届いていた協力者からの幾つかの情報が、突然、すべて繋がりかけているんです。今からそれを確かめます。ですから、少し待ってください。夕方までに結論を出してお話しします」

そう言って綾はそこを離れると、衆議院第一議員会館へと足を向けながら、等々力衆議院議員の政策担当秘書に電話した。勢いづいて尋ねる綾に押されるようにして秘書が言った。

「議員は今、党本部にいます」

「ありがとう」

それだけ言った綾は一方的に通話を切った。

綾がその電話番号にかけると、等々力はすぐに電話に出た。

「尖閣諸島の件でこれから党本部に緊急に対策本部を立ち上げるが、まだ、全員の先生が集まっていない。今、少しなら」

と等々力は応じてくれた。

綾はまず、突然、電話をかけた非礼を詫びた上で、いきなり本題に入ることの許しも得た。

「昨年、内閣が決定した安保法制の中で、実際に行使される具体的な状況として発表した十五事例、これについて、自民党の合意を得るための最高権限者は誰だったか、ご存じでしょうか？」

綾は一気にまくし立てた。

等々力は一人の自民党重鎮であり、党治安対策特別委員会委員長の、稲村《いなむら》という名前を口にした。

ここからが勝負だ、と綾は思考をそこに集中させた。

「今すぐに紹介しろと？　無茶だな」

等々力が苦笑していることが綾には分かった。

「わかっています、それは。しかし、先生、コトは、日本の存立さえ揺さぶりかねない緊急事態を抑止するためのお願いなんです」

しばらくの沈黙の後、

「実は、その方は今ここにいらっしゃっている」

と等々力が言った。

「では――」

と綾が迫った。

「このタイミングで時間を作って頂けるかどうか……」

等々力が力なく言った。

だが綾は諦めなかった。

「無茶を言っていることは承知しています。稲村先生をご紹介願えませんでしょうか？　先生、本当に私は真剣なんです」

綾はそう勢い込んで言いながら、七十三歳にしては若々しく矍鑠《かくしゃく》としている元国土交通大臣の稲村の姿を脳裡で思い浮かべた。

「負けたよ」

等々力が言った。


等々力から電話が入った。アポイントが取れたという。

「美人だ、と言ったら一発だったよ」

笑いながらそう口にした等々力に、綾が礼を言おうとした時、突然、巨大な音が耳をつんざいた。

ふと目を向けると、傍らの車線を何台もの右翼団体の街宣車が抜き去っていった。拡声器から聞こえたのは、中国を激しく非難するしゃがれた声と、自衛隊による中国軍殲滅《せんめつ》を叫ぶ大音量の声だった。そのため、綾は礼の言葉を等々力に声を張り上げて言わなければならなかった。

スマートフォンをパンツのポケットの中にしまった時、綾の目に飛び込んできたのは、騒然とした光景だった。左手の官邸前に押し寄せている報道関係者。その前で警備する機動隊員や警察官は相当増員されているようで、その動きも激しかった。また、その反対側の衆議院前の舗道には、横断幕を掲げた市民団体と思われる人々が、戦争反対！　とシュプレヒコールを上げる一方、それに対して拡声器で怒声を浴びせる右翼団体の街宣車が何台もひしめき合っていた。その周りではさらに機動隊の輸送車がズラッと並び、完全武装の機動隊員たちが動き回っている。

その時、突然、綾は、等々力に紹介を受けた、田山フロンティアの参与である本宮の言葉が脳裡に蘇った。

〈軍人としてはまったく納得できない。つまり、武装勢力が上陸してから奪回するというんじゃなく、その前に敵の情報を掴み、上陸する前に叩く。そして全面戦争を防ぐ——それが軍人としての発想だ〉

綾は胸騒ぎに襲われた。自分の推論が正しいのかどうか。もし正しければ、どうすればいいのか、そのことにずっと頭が占領されていた。

6月11日　土曜　午前9時7分　東京都杉並区高円寺南

ジーンズにTシャツ姿で二の腕にドルフィンのタトゥーを入れた男と、その男の腕に手を回すショートボブの髪型をした女、さらにノーネクタイのワイシャツに黒っぽいズボンを穿いて自転車に乗った男——それらはすべて街の景色の一部でしかなかった。

百九十度の視界の隅で対象者の男を捕捉している三人の頭に共通していたのは、対象者は、極めて防衛心が高く、尾行の有無を確認する行動「ミリキリ」のためにタクシーや地下鉄の乗り継ぎを多用するということだった。

しかし、三人は、地道な尾行の末、ミリキリなどの一定の行動パターンを把握していた。たとえば、電車を降りる際の仕草、ホームや舗道でしばらく立ち止まって周囲を確認した後の行動、また「キリ」（尾行がいないことの確認）が成功した場合、最終的に安全を確認する特定の場所——すべては三人の頭に入っていた。だから、工作推進参事官室からの「実《ジッ》働《ドウ》」の指示がなされた時も、平然と受け止めた。

対象者の動きは突然だった。純情商店街を足早に歩いていた黄《ファン》が、いきなり早稲田通りの方向へ駆けだした。

だが三人は追わなかった。

カップルは、純情商店街の一角にある衣料品店のウインドウから笑顔のままで静かに離れ、ワイシャツ姿の男は電話をしたまま目立たないように踵を返した。

しかし、三人が足を向けたのは、対象者が走っていった早稲田通りの方向ではなかった。

三人が辿り着いたのは、対象者が向かった方向とは真逆の、東京メトロ丸ノ内線新高円寺駅の入り口がある、青梅街道の交差点だった。

ハンドサインや目配せによって三人は、車両追尾班のワンボックスカーに合流した。その中で、衣類をはじめ、メガネ、髪型、バッグを替えた三人は、カップルに偽変した尾行を交替した上でその〝場所〟へ急いだ。

姿を見せた対象者は、一度、辺りを見渡すと表情を和らげ、笑顔も見せた上でゆっくりとした歩調でJR高円寺駅の方向へ足を向けた。

先回りしていた三人は、離れた地点から対象者をぼうっとした視線の中で捕捉した。長期間の尾行によって対象者の最終安全確認ポイントを三人は知っていた。しばらくの間を置いてから三人は、さらに対象者の男、黄《ファン》の尾行を再開した。

　その姿をトヨタのアクアから単眼鏡で見つめていた、監視チームの指揮官である笠間《かさま》上席調査官は、三人を尾ける中国側のウラの尾行者の存在がいないことを確認した上で、さらなる、尾行別動チームのキャップに連絡を入れた。

「安全だ。三人の後の、裏《ウラ》尾行を継続せよ」

6月11日　土曜　午前10時30分　東京・永田町　衆議院第二議員会館

　ドアのインターフォンでまず自分の名前だけを告げてから議員事務所に足を踏み入れた綾は、官邸を見下ろすその広い窓と空間に嫌な記憶が蘇った。

　綾は、実は、議員会館が苦手だった。議員への説明で何度も訪れたことがあったが、議員先生からどやされることが多かったからだ。

　年配の男性秘書に会議室へ案内された時、女性レポーターが張り上げる大きな声で、思わず綾は背後を振り返った。天井に近い壁に掲げられたテレビでは、自衛隊の基地らしい場所が映っていた。画面の上には、スクープ撮、という文字が見え、広い敷地の中に延びる滑走路に、ジェット輸送機と思われる大きな機体が映っている。

女性レポーターが伝えた。

「先ほど防衛省が発表したところによりますと、防衛大臣が、陸海空の統合任務部隊の編成を命じ、その司令部を神奈川県横須賀市船越にある海上自衛隊自衛艦隊司令部に置いた上で、その指揮官に海上自衛隊自衛艦隊司令官を充てることを決定した、ということです。そして、陸上自衛隊の精鋭と言われる第1空挺団を含む陸上構成部隊を隷下とした自衛艦隊司令官が、それら部隊に対し事前配置部隊として尖閣諸島の魚釣島へ派遣する命令を出しました」

航空機のエンジン音に負けじと女性レポーターはひと呼吸、間を置いてからさらに声を張り上げて続けた。

「ここ航空自衛隊入間《いるま》基地に間もなくヘリコプターで到着する第1空挺団の隊員が、私の背後に見える、あのC－1輸送機に乗り込むものと思われます」

綾はレポーターの声に聞き入った。

「政府関係者によれば、第1空挺団の隊員は、尖閣諸島の空域まで運ばれた後、パラシュートによる空挺降下によって、尖閣諸島の魚釣島に着地し、事前配置がなされるということです。第1空挺団の隊員の数は、作戦に関わることだという理由で公開されていません――」

スタジオのメインキャスターが、

「官房長官の会見が始まったようです」

と告げ、画面が官邸の会見場に切り替わった。

神妙な表情の柴田官房長官が、手にした資料に時折目を落としながら政府発表を読み上げた。

「日本政府は、尖閣諸島で切迫している事案について、武力攻撃事態等及び存立危機事態における我が国の平和と独立並びに国及び国民の安全の確保に関する法律に基づき、緊急対処事態と認定し、二つの緊急対処事態対処方針を閣議決定しました。一つ、内閣総理大臣は、同方針を受け、自衛隊法第78条第1項の規定に基づき、自衛隊の一部に治安出動を命じた。二つ、内閣総理大臣は、自衛隊法第22条第1項の規定に基づき、治安出動時における特別の部隊の編成を命じた。以上です」

秘書から自分の名前を呼ばれた綾は、慌てて立ち上がった。

会議室に入った綾は、緊張したまま会議机の前に座った。

自民党本部にいた稲村は、二十分後に議員会館の自分の部屋で会うことを等々力を通じて綾に伝えていた。

ドアが開いて、関西訛りで「ご苦労さん」と語りかけた元国土交通大臣の稲村は、「稲村でございます」と長身の体を折り曲げるようにして挨拶してから、ゆっくりと綾の右手の椅子に座った。

綾は立ち上がって一度、頭を下げた。

「先生、治安対策特別委員会ではいつも大変お世話になっております。また今回は、突然のお願いと訪問につきまして、心からお詫び申し上げ――」

「ええよ、ええよ、それは」

身振りで綾の言葉を制した稲村は、

「あんたは知らんと思うが、公安調査庁には、私は色々思い入れがあってね」

と言ってさらに続けた。

「もう二十年も前になるかな。本橋《もとはし》政権の第四次行政改革の時、公安調査庁の解体論が党から出たんやけど、それを押し止めたうちの一人が、実は私やねん。情報機関は警察ひとつでええとする党の長老たちを、複数の情報機関があってこそ互いに検証し合える、と私が押し返したんや。あの時の、久下沼《くげぬま》長官は、その後、検事総長に就かれたんやから立派なもんや」

綾は相槌をうつのが精一杯だった。

「ところで――。等々力先生から伺ったけど、その件やったら、私も、当時、早乙女《さおとめ》先生の隣で一緒に取り組んだから、分かる範囲ならお答えしましょう。早乙女先生は、今、尖閣諸島の事態で、また副総理に任命されるかもしれんから、バタバタしているようやから」

稲村は柔らかい口調で語りかけた。

綾は、感謝の言葉を言いながらも、ここに来たことを後悔し始めていた。

「それにしてもマスコミの報道は騒ぎすぎや。そんな大変な事態やないんやから。事前配置したら、中国も作戦はやめよる。それで終わりや」

綾は、「そうですね」と話を合わせた。

「せやのに、こんな老兵まで土曜日に呼びつけやがって」

「いえ、先生のご尽力を皆さんが――」

「まっ、ええ」と綾の言葉を遮った稲村が続けた。「で、その十五事例について何をお知りになりたいと？」

稲村が訊いた。

「先生、その十五事例以外に、政府は、極秘のうちに別の事例も検討したと聞いています。その内容を教えて頂けないでしょうか？」

綾は、ハッタリをかけた。

稲村の表情が一変した。

「どこでその話を？」

真剣な眼差しになった稲村は、標準語のイントネーションでそう訊いてきた。

綾は、かつての〝現場〟を思い出して興奮した。〝どこでその話を？〟──それを投げかけられる時の興奮は、いまだに体が覚えていた。

「防衛省筋──それでご容赦願えませんでしょうか」

稲村は黙り込んで綾を見つめた。

男性秘書がコーヒーセットと湯飲みを運んできてもそのままだった。

突然立ち上がった稲村は、男性秘書が完全に閉めていなかった会議室のドアをきちんと閉め直してから、綾の前に再び戻った。

柱時計に一度目をやった稲村は、身を乗り出して机の上で両手を組み合わせて綾を見据えた。

「先ほど、防衛省から説明に来た」

と口にした稲村がさらに続けた。

「日本がかつて経験をしたことがないような事態になるかもしれん状況を前にして、君がここに来た」

稲村の目が徐々に鋭くなってゆくことが綾にはわかった。

「しかも、君は、等々力先生に、〝コトは、日本の存立さえ揺さぶりかねない緊急事態を抑止するため〟と言った」

綾は稲村を見据えたまま黙ってその先の言葉を待った。綾は、無言の空間を支配することに自信があった。

「私はすべては知らん。だが――」

稲村が言葉を止めた。

綾は、体の奥から湧き起こる興奮を必死に抑えこんだ。

「『裏事例』、その言葉を聞いたことがあるか？」

稲村が訊いた。

「少しは」

と綾は素直にそう言ってから、本庁調査第2部の朝鮮半島部門の課長である谷村との昨日の会話を思い出した。

「詳しく知ってそうやな」

稲村がそう言って綾の顔を覗き込んだ。

その言葉で現実に戻った綾は、

「詳細は知りません」

と正直に答えた。

　ひと呼吸置いてから稲村が語り始めた。

「私が、当事者である元副総理の早乙女先生から直接に聞いた話やから間違いない。実は、官邸と自民党は、昨年、ある重大な裏取引をした――」

　当事者、という言葉に綾は引っかかったが、稲村の話のリズムを壊したくなかった。ただ、核心になるべく早く辿り着くための効果的な流れだけは作りたかった。

「ＴＰＰのことですね？」

「知っているなら隠しても仕方がない」

　綾の言葉に、稲村はそう言ってから続けた。

「具体的には、岸部総理とＮＳＳの八重樫局長とのタッグと、元副総理の早乙女先生と党幹事長の草薙《くさなぎ》先生とのタッグ、この両者による裏取引や」

「なるほど」

　綾は短くて早い言葉で、稲村の言葉を誘導した。

「その裏取引について要約すれば、日米が激突しているＴＰＰ交渉で、アメリカ側が輸入拡大を求めている農産物について、日本側の妥協も致し方ないと考えている総理に対し、農水族の親玉でもある早乙女元副総理と草薙幹事長は、取引を突きつけた。つまり、ＮＳＳがずっと求めていた、尖閣諸島に限っての自衛隊の防衛出動と治安出動の出動要件の緩和を認める代わりに、ＴＰＰ交渉では幾つかの農作物について特別枠を設けて日本の農家を保護することをアメリカに認めさせせよ——。まっ、簡単に言えば、そういうこっちゃ」

「緩和といいますと？」

綾が迫った。

稲村はそれにはすぐ答えず、男性秘書が置いていった作家作り風の陶器の湯飲みを両手で摑むと、白い湯気を一度吹いてから緑茶に口をつけた。

湯飲みをそっと机に戻した稲村は、より一層厳しくなった視線を綾へ向けた。

「もし、将来、防衛出動なり、治安出動なりが検討される切迫した事態が尖閣諸島にあった時、党に根回しもせず、かつ手続きの幾つかも省き、またその事態がいわゆるグレーゾーンであったとしても、総理の果敢かつ極めて早い決断による自衛隊の出動を党としては容認する、そのことや」

「それが『裏事例』というわけですか？」

綾が急いで訊いた。

稲村は大きく頷いてから、

「事例として公表せえへんことも決まった」

と付け加えた。

「では、今回の決定は――」

綾は、言葉を途中で止めて稲村の言葉を待った。

「ああ、せや。『裏事例』が密かに発動されたんや」

稲村はそう言ってから、綾に顔を近づけた。

「今回、素早く事前配置の出動命令がなされたのは、この『裏事例』のお陰やで。これで日本は戦争にならずに事態は終わる。つまり、平和のための『裏事例』ってことや。かつて『裏事例』の作成に関わった私も鼻が高い――」

稲村は誇らしげな笑顔をみせた。

その時、綾の脳裡に浮かんでいたのは、自動販売機の傍らで谷村課長が、「裏事例」の話の後で口にした言葉だった。

〈こっちの正面で摑んだ話なんだが、今年の四月、友好親善で訪朝した中国共産党中央軍事委員会幹部の海軍上将が、北朝鮮国防委員会幹部に対して、こんなことを言ったという話だ。協力者情報によれば、その中国の海軍上将は、〝歴史を省みない日本は、戦争を行うための十五事例という、周辺国の財産と人命に犠牲をもたらす愚かな作戦を発表したが、実は、それとは別の作戦の「事例」があって、日本政府はそれをひた隠しにしているという日本国内の内部情報を我々は把握している〟――そう言ったらしい〉

公安調査庁の朝鮮半島担当課が保有する北朝鮮の情報は、ＣＩＡのみならず、朝鮮半島からの多くの移民を抱えるカナダやオーストラリアの情報機関が頻繁に求めてくるほど凄まじいものがあることを綾は知っていた。しかも、それらの情報は、〝現場〟の調査官たちが、定期的に訪朝し厚遇される在日朝鮮人の商工会関係者などの中に、エイキョウ（最高レベルの情報提供が可能な協力者）を運営していることで得られることもまた綾は把握していた。

「ま、その『裏事例』は、どちらかというと、国家安全保障局の八重樫君の寝技の成果だな。あそこには、各自衛隊からエースが投入されており、軍人としての発想ということを強調しておった」

綾は最後の言葉が引っかかった。

「今、軍人としての発想、と仰いましたか？」

「ああ、言った。国家安全保障局の自衛隊の奴らが言うには、公表されている十五事例の中の、〝離島等における不法行為への対処〟というのは、軍人としてはまったく納得できないと。つまり、武装勢力が上陸してから奪回するというんじゃなく、その前に敵の作戦を掴み、上陸する前に叩く。そして全面戦争を防ぐ――それが軍人としての発想であり、『裏事例』が必要である根拠だと宣《のたま》っておったわ」

綾は、小さく息を吸い込んだ。同じ言葉を、一昨日、本宮から聞かされたからだ。

礼を尽くして稲村の事務所を後にした綾は、議員会館を出たところですぐ立ち止まった。

綾は、頭の中に浮かんだ、余りにも怖ろしい想像を、公安調査局の上層部に口にするには、まだ少し根拠に欠けていると判断した。まだ見えていない何かが、一つだけ残っている。

ただ綾が今、分析した結果は、間違いないはずだ。もはや、「裏事例」が中国側に洩れているのは明らかだ。そうなると、中国側は、日本が積極的に出てくることを知っていながら、敢えて作戦を決行する……。ということは最初から日本との交戦を覚悟していた?

いや、覚悟ではない。それこそが、原子力潜水艦に乗っているだろう中国の特殊部隊の目的ではないのか?

悲観的に考える情報機関員の本能で想像すると、小規模衝突がその後の全面戦争を企図しているとしたら……。

しかし、と綾は思った。これまで膨大に書いてきた分析レポートからも、現在の中国共産党中央指導部がそんな冒険主義的な計画を推進するとは到底思えなかった。

だから、綾の頭の中にある様々な情報は、その〝常識〟と矛盾している。

綾は思った。その矛盾を埋める、最後のものを摑まなければならない、ということを。

綾はその方法にすでに気づいていていた。

6月11日　土曜　午前11時21分　公安調査庁本庁

本庁に戻るタクシーの中で、綾はスマートフォンでフルセグのテレビチューナーアプリを起動し、NHKにチャンネルを合わせた。

厳しい表情のアナウンサーが、大型輸送機に乗り込む陸上自衛隊員の映像をバックにして神妙な声で最新情報を伝えていた。

綾は、すぐに相模上席専門職と連絡をとった。

「どこをうろつき回っているんだ！」

相模上席専門職は声を荒らげて続けた。

「待ってくれ、というから電話をするのを我慢していたが、もういいだろ。早く戻れ」

相模は、謝る綾の言葉には応えず、自分の用件を口にした。

「間もなく長官室で御前会議を始める。自衛隊の事前配置によって事態は収まるだろうが、中国の動静について幅広い情報を収集する必要がある、と長官が仰った。そのために今のPTを改編することについて協議する。光栄なことに、海老原次長は君の意見を聞きたいと仰っているんだ。必ずそれまでに戻って来い」

「わかりました。で、内閣危機管理センターとのラインはどのように？」

「君が心配せずともちゃんと作ってる。法務省刑事局長が内閣危機管理センターに参集しているんで、それに帯同している局長秘書がリエゾン役となって、法務省の各部局に情報をライブで流している。完璧だ」

「自衛隊は今？」

と綾が急いで訊いた。

「陸自の空挺団が出発する。それより早く戻って来い！」

相模が言った。

腕時計に目を落とした。綾は決心した。自分の〝想像〟は確証とまでは至っていないが、もはや御前会議でのテーマにすべきだと考えた。

綾は、朝鮮半島担当課の谷村課長から聞いたとして、中国の海軍上将が北朝鮮国防委員会の幹部に言ったという発言をPTチームのリーダーである相模に報告してから、元国土交通大臣の稲村からの「裏事例」についての話も付け加え、そして中国の狙いについての推論を口にした。

つまり、中国の狙いは、尖閣諸島の実効支配ではなく、自衛隊と戦闘を行うことだ、ということを。

しかし相模は当然の質問をしてきた。

「仮にだ。その『裏事例』とやらの存在が事実で、中国側がそれを入手したとしよう。しかし、その『裏事例』通りに行動することに一体何のメリットがあるというんだ？　何のために交戦する？　そもそも揚《ヤン》国家主席に対する〝わが社〟のどの分析でも、そんなムチャクチャなことをする人物だとは評価されていない」

「確かに、中国が『裏事例』に沿った行動に出れば、国際社会の批判を浴び、日本の防衛力整備に正当性を与えることになりますし、常識的には考えられない。しかし、中国は、日本人の想像が及びもつかないくらい複雑な生身の利益権益の調整で成り立っていますし、官僚が自己目的化することも中国の日常的なこと。利権と予算が国益を超えることもあり得ます」

「利権と予算が国益を超える、とは何だ？」

相模が鋭く突いてきた。綾は、声に出さず、さすがだ、と思った。その部分こそ、今、綾の頭の中で混乱していることだからだ。

「君が言いたいのは、つまり、中国はそもそも訳がわからない、そういうことだろ？」

相模が再び頭のキレの良さをみせた。

「そうです。だからこそ、中国の行動を疑ってみることが重要だということを言いたいんです」

それこそ核心だ、と綾は思った。

「疑う？　何を？」

「漁船の動きも、潜水艦についてもです」

そう答えた綾だったが、頭の中で、物事の全貌を隠している霧がまだ完全に晴れてはいない不安定な感覚に襲われた。

「とにかく、上がってきて話せ。今すぐにだ！」

「わかりました。しかし、もう一点、自分なりの結論を出すため、当たりたいことがあるんです。その後、すぐに戻ります。必ず」

相模が何かを言ったような気がしたが、綾は構わず通話を切った。公安調査庁本庁に戻った綾が足を向けたのは、相模が待つPT用会議室ではなかった。地下のロビーから電話でアポイントメントを取って真っ先に向かったのは、朝鮮半島担当の谷村課長の部屋だった。

部屋に足を踏み入れるなり、椅子を勧められたのも構わず、綾は一気にまくし立てた。

元国土交通大臣の稲村から聴き取ったその内容を聞かされた谷村は、「やはりな」とした顔で言った。しかし、綾はその態度を嫌みには思わなかった。彼の性格をよく知っていたし、何より、その素早いレスポンスが今は必要だった。

「君に話した、中国共産党中央軍事委員会の海軍上将が、北朝鮮国防委員会の幹部に対して言ったという発言とこれまでの経緯を繋ぎ合わせれば、間違いなく日本政府内から洩れている」と谷村は力強くそう言ってから、

「それも、日本政府内の奥の院からだ」

と深刻な表情で続けた。

「今回の作戦もそこから洩れている可能性が心配されます」

綾は顔を曇らせた。

「心配するな。今の話は、すでに2の1（調査第2部第1部門・防諜担当）の玉熊課長に話している」

「それとは別に、お聞きしたいことがあるんです」

「何だ？」

谷村が怪訝な表情で見つめた。

「中国共産党中央軍事委員会の海軍上将の発言についてです」

「言ってみろ」

と谷村が言った。

「その中国の海軍上将の名前を教えて頂きたいんです」

綾は真剣な眼差しで谷村を見つめた。


谷村の部屋を出た綾は、それでもまだＰＴ用会議室へは戻らなかった。〈技術課〉というあっさりとした表札があるドア脇のインターフォンで、綾はその部屋のナンバー２である総括の牛島《うしじま》を呼び出した。あらかじめ電話を入れていたので、牛島はすぐに応えた。

ロックが外れる音がしたのを確認した綾は、ドアノブを回した。その先には、背の高いキャビネットで挟まれた細い通路が延びていた。足を速めて先を急ぐ綾はその通路を巡って、窓付きのドアの前に立った。ふと左を見ると、キャビネットの隙間から、大きな空間が広がっているのが見える。

そこはまさに大学の工学系の実験室そのもので、幾つものランプが点滅する何種類ものデバイスに赤や青だけでなく色とりどりのコードが所狭しと這い回っている。またその先には、化学実験室のように、フラスコや試験管の大群がぼんやりと見えた。

ドアに目を戻した綾は、小さな窓から、応接ソファに座る牛島の姿を見つけた。ノックすると、牛島はドアまで来て、鍵を開けてくれた。

綾は、スマートフォンから抜き出していたマイクロＳＤカードが挿入されたアダプターを牛島に手渡した。

「この中に、『身分証明書』と名前がついた画像ファイルがあります。そこにある中国語をできる限り判読して欲しいんです」

牛島は、怪訝な表情で渡されたアダプターを見つめた。

「今、すぐにお願いします。どうか、大至急に！」

綾は念を押した。

「これなんだな？」

牛島は部屋の隅に置かれたテレビに向けて顎をしゃくった。画面には、晴天の中を航行する船の、何機ものヘリコプターが並ぶ甲板上に立つ男性記者の姿があった。

マイクを握るその男性記者は興奮気味に生中継のレポートをしていた。

「自衛隊創設以来、初めての治安出動ということから、政府は、情報公開を重要視し、ここ海上自衛隊の輸送艦〈しもきた〉に報道陣を乗せており、尖閣諸島近くの海域まで接近するということです――」

牛島を振り返った綾は力強く頷いた。

「わかった。後で連絡する」

そう言って牛島は、デスクに素早く戻ると、部下たちを緊急招集する電話をかけ始めた。

6月11日　土曜　午前11時45分　東京・日比谷公園

ＰＴ用会議室へ戻る前に、綾は地下のドリップ式コーヒーの自動販売機に足を向けた。温かい缶コーヒーを買った綾は、いつものように隣のビルから外に出ると、目の前の日比谷公園へと足を向け、人けのないエリアのベンチに腰を落とした。缶コーヒーを両手で挟んだ綾は、瞼を閉じて項垂れた。熱いコーヒーをゆっくり啜りながら、綾は深い思考の中に自分の身を置く努力をした。

だが睡眠不足から思わず気が遠くなりそうになった。このままこの気持ちよさに身を任せたい、とも思った。しばらくすると、鼻をくすぐるような、その香りに気がついた。最近、どこかで嗅いだ記憶があった。甘くて濃厚な――。綾の脳裡に浮かんだのは、空が開けた、夜のとばりに包まれかけた心地よい時間で、テーブルの先で見つめた純白の花。綾はやっとその花の名前を思い出した。そう、あれは山梔子《くちなし》だった――。

綾は、ハッとして目を開けた。そして、頭の中に浮かんだ、そのことに思考のすべてが奪われる感じがした。そして次に脳裡に浮かんだのは、つい一時間ほど前に見かけた、疾走する何台もの右翼団体の街宣車と、中国を非難し、自衛隊の活躍を煽る大音量の声だった。

さらに綾の脳裡に浮かんだものがあった。それは、あのシュヨウマルキョウから伝えられた、在日中国大使館の連絡部チームが日本の右翼団体に対してこれまでとは真逆の、まるで煽るような――。

パンツから慌ててスマートフォンを取り出した綾は、工作推進参事官室の担当官へ電話をかけ、アポイントメントを取り付けると、目の前の本庁に急いで戻った。

ＰＴ用会議室とは別の会議室で、綾は、黄《ファン》に対する「実働」を依頼していた工作推進参事官室の担当官の男と会った。

「この黄《ファン》という対象《タイショウ》はプロです」

担当官が真っ先に口にしたのはその言葉だった。

「実働部隊も、最初は良かったんです。対象が二人の企業経営者と接触したことを完全に捕捉しました。しかし、最後になって脱尾を余儀なくされました」

担当官はそう言ってから、「対象は、歩道橋を十回も往復したんです」と付け加えた。

「では、失敗に？」

綾が低い声で訊いた。

「まさか」とニヤついてから担当官は続けた。「裏尾行班が解明しました」

「接触相手は？」

綾は思わず身を乗り出した。

「これです」

担当官は、一枚の写真を綾に手渡した。

二人の男が並んで歩いている光景が写っていた。

一人は、もちろん黄《ファン》だとすぐにわかったが、もう一人の顔も、チャイナスクール（中国専門家）の分析官として忘れるはずもない男だ。

しかし、その男と黄《ファン》が接触したことは綾にとってショッキングだった。

なぜなら、日本外務省の外国人課の登録書では在日中国大使館の調理室長となっている「呉《ウー》」の本当の正体は、大使館の〝裏の防諜責任者〟であることを、綾は、在日英国大使館のSIS（イギリス対外情報機関）のリエゾンから教えてもらっていたからだ。しかもこの呉は、中国共産党中央軍事委員会とも繋がっている筋者《スジモノ》とMI6はみていた。

「明らかに諜報接触形態です」

担当官が解説した。

「で、この在日中国大使館の駐在武官、呉《ウー》とはその後？」

綾は急いで訊いた。

「麻布十番のステーキレストランで食事をしました」

担当官がすぐに答えた。

「なら？」

担当官は満面の笑みを浮かべて頷いた。そして一枚の紙を綾に手渡した。

「すべてはそこに。では」

そう言っただけで担当官は会議室から出て行った。

綾は手渡された紙に目が釘付けとなった。

それは、ステーキレストランのカウンターで横に並んで食事をしていた時の、黄《ファン》と在日中国大使館駐在武官、呉《ウー》との会話記録だった。

綾は思わず呟くように言った。

「知っていたんだ、あの男はすべてを――」

綾はすぐに確かめたかった。がらんとした会議室の窓際に立ってスマートフォンを手に取った綾は記憶にあるその番号を打ち込んだ。三度の呼び出し音の後、黄《ファン》の声が聞こえた。

綾は、これまでのプロ同士の阿吽《あうん》のルールを破って、平たい言葉ですべてを語りかけたい誘惑に駆られた。しかし押しとどまった。プロの情報機関員としてのプライドがそれを許さなかったし、相手もそれを望んでいないはずだ、と思った。

黄《ファン》と電話で繋がった綾は、先日のお礼や、その時の料理についてのたわいもない会話を続け、その次に相手が日本にいることを確認してから、本題を切り出した。

「実は、お尋ねしたいことがあるんです」

綾は、一度、言葉を切って黄《ファン》の様子を窺った。

「どうぞ」と明るい声が返ってきた。

彼には危険はない、と綾は判断した。

「〝元麻布〟(在日中国大使館)の、あのR社社員(連絡部チーム)のことなんですが、私も色々考えました。しかし、彼らの行動に対する理由付けがどうしてもできないでいるんです。もし、さらなるお話がありましたら、いつもの符牒を使って教えてくださいませんか?」

「わかりました」

と黄《ファン》はまずそう言ってから続けた。

「明らかに、レッドドラゴン(中国共産党中央)の大方針、それとかけ離れています。ですから私、先日、〝元麻布〟の友人に忠告しました。彼、目をむいて驚きました」

「では、単独の行動?」

「いえ、P(北京)の制服(軍)の筋からの命令があったという話、先ほど私の耳に入ってきました」

「制服？」

と綾は確認した。

「それも、海（海軍）の三つ星（将軍）の一人からだと」

「三つ星（将軍）？」

「ええ、P（北京）のR社（人民解放軍連絡部）のトップ、その三つ星（将軍）、それと、なにか特別な関係、それどうもあるようで、よくはわからないんですが……。ただ、元麻布（在日中国大使館）の、あのR社社員、今朝、緊急の帰国命令、受けたようです。友人がそんなような話、言っていました」

黄《ファン》の、いつになく歯切れの悪い言葉に、綾は引っかかった。

「さらに、何か、気にくわないことがあるんですね？」

綾は鎌《かま》をかけてみた。

「気にくわないこと？」

黄《ファン》は声に出して笑った。

「あなた、本当にキレ者です」

「お褒めの言葉だと受けとめさせて頂きます」

綾は軽く応じた。

だが綾は、すでに腹決めしていた。

「さっきから仰っている、その友人という方、麻布十番のステーキレストランで食事をとられた方のことですね？」

黄《ファン》からの言葉はなかった。

だが綾は畳みかけた。

「あなたは、すべて知ってましたね。海の下でもう一つの行動があることを」

それでも黄《ファン》は無言のままだった。

「私が関心があるのは、あなたが私に隠していたことではありません。あなたが昨夜、〃友人〃に話した、あの一つの言葉についてです」

「一つの言葉？」

黄《ファン》の掠《かす》れた声が聞こえた。

「ええ、〈このままでは戦争になる〉の次に仰った〈奴らは軍法会議ものだ〉、その言葉です」

受話器の向こうから息を吸い込むような音が聞こえた。

「あなたは、先日、〃嫌な予感がする〃という言葉を私に贈ってくださいました。その意味は、その言葉と関係があるんですね？」

少しの間を置いてから、

「私とあなた、敵ですか？　それとも味方？」

と黄《ファン》が唐突に聞いてきた。

「戦友です」

綾は即答した。このタイミングで少しでも間を置くことは、プロフェッショナルとしては許されないと必死に思った。

黄《ファン》の快活な笑い声が聞こえた。

「戦友なら、今、私が抱えている苦悩を分かち合う必要、ありますね」

黄《ファン》は突然口調を変えて、珍しくも押し殺した声で続けた。

「もちろんです」

綾は静かに答えた。

「〝南の海〟（中南海＝中国共産党指導部）は今、制服（軍）の一部の、複数の〝三つ星〟（将軍）とその部下たちに不穏な動きがあることを、非常に、非常に、深刻に受け止めています。しかし動けない」

黄《ファン》は、非常に、という言葉に力を込めて言った。

「動けない？　どうして？」

綾が訊いた。

「動けば、本当に日本と戦争になる。それ、真剣に怖れています」

「では、不穏とは？」

綾は焦らなかった。

「複数の〝三つ星〟、その本当の狙い、それについてです」

「本当の狙い？　それが問題なんですね？」

綾は慎重に訊いた。

「今、私の頭には、途轍もなく怖ろしい悪夢があります」

綾は、そのタイミングがきた、と確信した。

谷村課長から教えられた中国共産党中央軍事委員会の幹部であり、海軍上将の階級である
その人物の名前を静かに告げてから綾はさらに言った。

「その〝三つ星〟も、〝複数〟のうちの一人なんですね？」

「あなたには、本当に、驚かされる……」

黄《ファン》はそう言った後、長い沈黙を続けた。

綾は無言のまま待ち続けた。

「〝南の海〟は──」

黄《ファン》がようやく口を開いた。

「その〝三つ星〟も、非常に憂慮しています。戦争を作為している者のことを──」

「戦争を作為？」

綾がそう訊いた時だった。一人の顔が綾の脳裡に突然に蘇った。元陸上自衛官の本宮の顔だった。そして、あの時の言葉を思い出した。

〈そこに書かれた、〝離島等における不法行為への対処〟というのは、軍人としてはまったく納得できない。つまり、武装勢力が上陸してから奪回するというんじゃなく、その前に敵の情報を摑み、上陸する前に叩く。そして全面戦争を防ぐ──それが軍人としての発想だ〉

そして次に思い出したのは、稲村から聞かされた「裏事例」についての話であり、中国がどこからかその情報を入手したと──。

──そうか、そういうことだったのか……。

「綾さん！」

緊迫した口調で黄《ファン》は続けた。

「あなたの仕事、それをすぐ始めて、一刻も早く行って結論を出してください！」

「それが日本と中国に襲いかかる悪夢を払いのけるために必要なんですね？」

だが黄《ファン》はそれには答えず、

「戦友からの、心からのお願いです」

と言って通話を終えた。

6月11日　土曜　午後0時31分　潜水艦隊司令部地下　特別情報室

ディスプレイの前に立つ杉浦幕僚長は、〈ナナヨン〉（アメリカ第7艦隊ＣＴＦ74）からオンラインで刻々と伝えられる、中国の〈漢クラスＮｏ．４０２〉の存在を意味する輝点を見つめていた。

「このままだと、宮古島か石垣島の領海侵犯を行う可能性もあります」

作戦主任幕僚の加賀2佐が重苦しい声で言った。

しかしその声に応える者はいなかった。

杉浦は苛立っていた。加賀が示したのは、〈漢クラスＮｏ．４０２〉の位置が宮古島と石垣島の間の海峡へと延びるトラフィックレーンにある、ということである。そんなこと見りゃわかる！

杉浦は、信じがたい思いで一杯だった。最初は、中国の原子力潜水艦のプロセキューション（任務実行目的）を摑むことが作戦の目的であった。

しかも、今のような、ドンガラドンガラと音を立てて哨戒部隊が行動に出ている状態ならば、隠密監視をしていた潜水艦隊司令部としての仕事は終わっていて家に帰って寝ているはずだった。

それがまさか、尖閣諸島への水路潜入する特殊部隊のデリバリーであったとは想像さえしなかった事態だ。

振り向いた瀬戸司令官が、加賀へ言った。

「先ほどの、〈ナナヨン〉（アメリカ第7艦隊CTF74）の幕僚からの情報提供と、〈せきりゅう〉からの報告では、早ければ明日の未明に、尖閣諸島海域へ辿り着く見積もりだ。陸自部隊による事前配置は、本当に間に合うのか？」

「先ほどから、自艦隊のJTF－SK（統合任務部隊司令部）に電話を入れているんですが、柿本1佐は、後で連絡を入れる、としただけで、陸自の動きはまったくわかりません」

そう言って加賀は唇を嚙みしめた。

「漁船の大群とフリゲート艦はどうなった！」

瀬戸が答えを求めて幕僚たちの顔を見比べた。

「尖閣諸島から約百マイルの海域で停止しています」

バインダーに情報メモを挟んだ和泉2佐が答えた。

「待っていやがるんだな、特殊部隊が上陸するのを――」

そう言い放った瀬戸は、さらに苛立った雰囲気で、杉浦や幕僚たちの顔を見渡した。

「しかし、なぜなんだ？　なぜ潜航を続ける？　確かに、〈漢クラスNo．402〉に、チンタオ司令部からの情報が届いていない可能性はある。フローティングアンテナ（曳航式通信受信用）のHFやVLFの受信機が壊れたことも考えられる。しかし、〈漢クラスNo．402〉の正確な位置情報が伝えられた日米部隊が、哨戒部隊から哨戒機や哨戒ヘリコプターまでをドカンと投入し、アクティブソノブイをわんさか撒いていることが分かっているはずなのに、〈漢クラスNo．402〉は、尖閣諸島の魚釣島へ向けた針路を微塵にも動かさない。艦長は肝が据わっているのか、それとも――」

「大バカか、そのどちらでしょうね？」

そう口にした杉浦に、瀬戸は黙ったままだった。

「しかし、司令官」

と杉浦が穏やかな声で続けた。それは、自分を落ち着かせるためでもあった。

「潜水艦から進出した中国の特殊部隊は、上陸作戦を行う直前、普通なら、中国本土の司令部からの命令遂行の最終確認を行うために、指揮命令系の通信を必ず受信するはずです。その時、司令部は、日本の部隊がすでに尖閣諸島で待ち受けているという通信を何度も送るでしょう。ゆえに交戦は起こらないと思います」

「〝普通なら〟――」

腕組みをした瀬戸は唸るようにそう言った。

ガリガリガリ！　耳障りなＣＴＦ74とのホットラインが鳴った。

加賀はすぐに取り上げた。

「〈ナナヨン〉指揮官からです」

加賀は、杉浦に急いで受話器を差し出した。

しばらく黙って聞いていた杉浦だったが、突然、声を張り上げた。

「What's That!（なんだって）」

杉浦は、幾つかの質問をしながら、和泉から手渡されたメモ帳にペンを急いで走らせた。

受話器を置いた杉浦は、一度、目を見開いて瀬戸をじっと見つめてから、自分が書き殴ったメモを読み始めた。

「中国陸軍の第１２４水陸両用機械化歩兵旅団、海軍陸戦隊第1旅団隷下の陸戦隊特殊連隊、さらに空軍Ｊ20戦闘機部隊でそれぞれ、一斉に、特異な指揮命令系通信が出現、部隊の動きが活発化。〈ナナヨン〉指揮官のリチャードソン海軍大佐が、今、通報してきました」

「いずれも、着上陸作戦と対地攻撃の能力を有する部隊じゃないか……まさか、尖閣諸島への主力？」

だが杉浦は瀬戸のその言葉には答えず、

「しかし、これらの部隊は、いずれもまったく違う戦区に属し、統合任務での行動基準に反しています」

加賀が資料を手にしながら続けた。

「しかも――」

「何だ？」

苛立つ瀬戸が急かした。

「特異な動向はそれらの部隊のみ――。そもそも、他のどの部隊も特異な指揮命令系通信はなく、しかも……陸海空の司令部はすべて〝静か〟だと……」

顔を上げた杉浦が続けた。

「軍事的合理性からして、まったくありえない――」

「統合軍で作戦を行うべきところ、その動きはまったくなく、それどころか後方支援の部隊の動きもない、そういうことなんですね？」

和泉がそう言い、啞然とした表情で杉浦を見つめた。

「陸上部隊の事前配置で、終わるはずだよな……」

杉浦が独り言のように言った。

俯き加減に腕組みをして考え込んでいた瀬戸は、ハッとした表情となって杉浦に顔を向けた。

「幕僚長、とにかく、一部の動きにしても重要だ。〈ナナヨン〉にすぐ電話し、サードパーティールール（提供元の承諾なく第三者への情報提供を禁じる協定もしくは取り決め）の解除を求め、承認を受けたならば、自艦隊へ大至急、報告しろ！」

電話に飛びつく杉浦の姿を見つめながら、瀬戸は呟いた。

「いったいぜんたい、どうなっているんだ……」

6月11日　土曜　午後1時12分　公安調査庁本庁

政府中枢からの情報洩れについての一切合切の報告を谷村課長から受けた、防諜部門の責任者である玉熊課長は複雑な思いだった。これから会うことになっている男と、暗黙の合意をしようとしている工作が露見すれば、本庁の長官の首が即刻に吹っ飛ぶからだ。

しかし、玉熊は、手に汗をかくことも、指の震えが止まらないような状態になることもなかった。なぜなら、これまで、ほんの数回ではあるが、防諜部門の責任者としての任務を遂行するため、同じことをやったことがあったからだ。そのすべてに、工作の最終責任者である次長の了承を得てきたし、今回もまた同じだった。

ゆえに、〝複雑な思い〟、とは、この工作によって、日本人拘束事件の情報洩れについても明らかになる可能性があるからだった。それがもし身内であったとしたら、どれほどの禍《わざわい》が振りかかってくるか、そのことこそ、指が震える思いだった。

公安調査庁で、国際部門の調査第2部とは違って、国内部門である調査第1部で、「イチのイチ」と呼ばれる部署の責任者、兼清《かねきよ》課長の在室を確認した玉熊は、電話で長い時間話し込んでからその部屋を訪れた。

部屋に足を踏み入れた玉熊は、勧められる前に応接ソファに座り、左翼系過激派団体の情報分析責任者である兼清と相対した。

玉熊が担当する、外国人による、いわゆる対日有害活動を担当するカウンター・エスピオナージの業務と、日本人による破壊活動を防ぐための情報収集を担当する兼清の業務とのリンクは、実はそれほど多くない。

だが、こういった特別な工作においては、多くの言葉を尽くさずとも、完全に理解しあっていると玉態はあらためて思った。

玉態はまず、調査第2部第3部門の谷村課長から聞かされた驚くべき話を解説した上で、手にしていたファイルケースから二つのリストを取り出し、テーブルの上で左右に並べて見せた。

「右のこちらは、日本で活動する中国機関員であると西側情報機関によって確認されている者たちのリスト。この左のリストは、さきほど電話で説明した、『裏事例』の存在の中身を知る立場にある人物たちだ」

左のリストには、自民党の防衛族、官邸筋、NSS、つまり国家安全保障局と防衛省の主要高官や事務方の名前と、それぞれのデスクの専用電話番号、自宅の電話番号と住所、携帯電話番号がズラッと一覧化されていた。

玉態は、直接的な言葉をできるだけ避けた慎重な言い回しで、来訪の目的を告げた。

そして最後に、

「海老原次長の了承は得ている」

と付け加えた。

兼清は、

「分かった」

とだけ言って頷いた。

その姿に、兼清はこれまで通り、依頼の意図を完全に理解している、と玉熊は確信した。

執務机に戻った兼清は、受け取った二つのリストを手にしながら、その場で、九州公安調査局のある部門へと電話を入れた。

「鬼塚《おにづか》専門官と至急、連絡をとりたい。要領はいつもの通りに」

兼清はそう言っただけで電話を切った。

6月11日　土曜　午後2時27分　公安調査庁本庁

綾は、通路を走りたい衝動を必死に抑えた。しかし、そのドアのロックが外れると、中に飛び込むようにして入り、キャビネットで囲まれた狭い通路を駆けだしていた。

「かなり判読できた」

技術課の総括である牛島は、誇らしげにそう言って、パソコン画面に映した画像を指さした。

綾は顔を近づけた。

幾つかの中国語が、鮮明に判読できた。

「ありがとうございます！」

礼を言った綾は、すぐにその画像を、持ってきたマイクロSDカードにコピーした上で、〈身分証明書――判読済〉というファイル名で保存した。

技術課を急いで後にした綾は、PT用会議室へは足を向けず、自分のデスクに辿り着いた。

それまでの間、綾の頭の中は、これまでの複雑で重苦しく、身をよじるような思いはなかった。次にしなければならない分析の手順だけを考えていた。

綾がデスクの前に座った直後、卓上電話が鳴った。

「メールで送った」

それだけ言うと、内田はすぐに電話を切った。

不思議にも綾に感情の変化は何もなかった。それより、内田に依頼していた、新疆ウイグル自治区の独立派過激組織の最高幹部『デアボリ』からの情報を渇望する思いの方が強かった。

庁内LANのみと繋がっているパソコンを中段の引き出しから取り出した時、スマートフォンに電話の着信があった。

見ると、ＰＴを仕切る相模上席専門職からだった。出ようかどうか迷ったが、さっきから何度も着信があったので、『デアボリ』からの情報の分析に邪魔されずに集中するためにも、まず相模に対応しようと決めた。

「いったいどこにいるんだ？」

予想通りの苛立った声が聞こえた。

「五分で戻ります」

綾は平気で嘘をついた。

「五分後、緊急の御前会議を行う。事態室に急派している、わが方のリエゾンから、先ほど緊急報告があり、それに対して、総務部長も入っての全庁体制へ移行するんだ」

「どうしたんです？」

受話器を首で挟みながらパソコン操作を急ぐ綾は、気もそぞろに訊いた。

「中国の、他の部隊でも、異様な動きが出ている、と防衛省から緊急報告が事態室に入った。しかし、その動きとは不可思議なもので、陸海空の一部の部隊のみという。その情報には、海上自衛隊の潜水艦隊が重要な役割を果たしていると――」

庁内メールプログラムを急いで立ち上げることに思考が奪われていた綾は、相模の言葉をよく聞いていなかった。ただ、最後の言葉に引っかかった綾は、受話器を手に取って持ち替えた。

「今、海上自衛隊の潜水艦隊が、重要な情報をもたらしているらしい――そう仰いましたね！」

綾が訊いた。

「確かに言ったが……それが何だ？」

綾はそれには応えず、脳裡に潜水艦隊幕僚長の杉浦という男の顔を浮かべた。

――すべてを知っていたんだ！

綾はそう確信した。

上着の胸ポケットから名刺入れを取り出した綾は、杉浦の名刺を探して手に取り、スマートフォンを用意した。

電話をかけようとした、その指が止まった。

面会を試みても、情報を隠した男である。電話なら尚更、何も期待できないことを綾は悟った。

しかも、綾にとって、優先すべきことはそれではなかった。

「中国のその他の動きについて防衛省の見解は入っているんですか？」

綾が相模に訊いた。

「防衛省の分析を待つまでもない。明らかに矛盾している」

「相模上席専門職、今、そこに書かれている、不穏な動きをしているとする部隊とその指揮官の名前を教えてください！」

綾は声を張り上げた。

「そんなことより、今から会議が——」

「今、すぐ、教えてください！」

相模は、綾の勢いに押されるように、メモを読み上げた。

「ありがとうございました」

綾はそう断ってから通話を切ると、内田のメールを食い入るように見つめた。

〈『デアボリ』から以下の回答あり。人民解放軍海軍の蔡《ツァイ》中将、陸軍の沈《シェン》中将、さらに空軍の何《フウー》中将の三人の将軍は、今年の四月、自分のかつての部下を次々と特別に昇進させ、中国共産党中央と軋轢《あつれき》が発生中。中でも、依頼のあったチンタオ原子力潜水艦部隊の司令員については、本来なら、中国共産党中央政治局常務委員会の決裁事項であるにもかかわらず、海軍の蔡中将が強引に人事を決定した。以上〉

五段式文字盤鍵を開けて一番下の引き出しからスタンドアローンにしているパソコンを取り出した綾は、幾つものロック機能にイライラしながらその処理をすべて行った上でようやく起動させると、暗号をかけてデスクトップに置いているファイルの中で、そのショートカットファイルを探した。見つけたプログラムを綾はすぐに立ち上げた。

目の前に現れたのは、インドの情報機関のリエゾンが先月提供してくれた、人民解放軍最高幹部の膨大な数の相関図と人事記録を検索で指定して読めるプログラムだった。

綾は、興奮を抑えることに必死にならなければならなかった。

冷静になって頭を働かせ、この面倒くさいパズルを完成させろ！　と自分に言い聞かせた。

まず、チンタオの原子力潜水艦部隊の司令員の名前と、北朝鮮軍の幹部に発言した海軍上将の関係を調べた綾は、次に相模から聞いた陸海空の部隊の司令官の名前と、内田から教えてもらった人事で強硬措置をしている陸海空の中将との人脈関係について細かく調べ上げた。

すべての結果を導いた綾は、便箋数枚をセロテープで繋ぎ合わせて広げた。そして今、導かれた結果と、黄《ファン》と食事をしてから今日までの一週間で起きた、知った、分かったことを、それぞれ繋ぎ合わせては、また別のところと結びつけたり、書いては消しゴムで消すという行為を何度も繰り返した。

息を吸い込んで、導き出した結論を頭の中で復唱していた、その時、綾は記憶の片隅に置いていた記憶が微かに蘇った。そう思うより早く、開けたままにしてあった一番下の引き出しの奥から、「未裁」とラベルが貼られた箱を取り出すと、その報告書を探した。

ようやく、六月六日付けの受信記載がある報告書を見つけた綾は、そこに書かれた内容に目がくぎ付けとなって読み込んだ。

最後まで読み切る前に、右手はすでに卓上電話を握っていた。

四国公安調査局の村松上席調査官は幸運にも在庁していた。秘匿電話専用の個室ブースから村松からの折り返しの電話があったのはすぐのことで、綾は、情報の続報があるのか、と尋ねた。

返ってきた言葉は意外なものだった。

「それがですね」

と言ってから村松は本題に入った。

「これもB－2情報ですが、その後、こちらから探りを入れた、そのマルキョウである日本の商社マンによれば、元々の情報源たる中国人民解放軍系列の総合商社関係者〈M〉は、中央規律検査委員会に身柄を拘束されて連絡が取れない状況だということです」

礼を尽くして電話を切った綾は、その意味をさっきまでの分析と交差させた。もちろん、ニュース記事を検索するような無駄なことはしなかった。

中央規律検査委員会は、まだ極秘での捜査中なはずである。綾が脳裡に浮かべたのは、今、手にしている六月六日付けの村松からの報告書の中にある、〈人民解放軍の中将三名に対する収賄容疑〉というその記載事項だった。

綾は確信した。中央規律検査委員会の最終ターゲットは、先ほど『デアボリ』が伝えたものと、村松からの報告の中にある、これら三人の将軍であるはずだ。

綾の頭で勢いよく繋がっていく思考の神経細胞《シナプス》に、幾つもの光景がさらに繋がっていった。

本宮の言葉、「裏事例」についての稲村の解説、黄《ファン》の会話——。

それだけではない。下地島の死体、その死体が呑み込んでいたもの、そして張果老《チャングウオラアオ》のメッセージ。内閣情報集約センターの衛星画像、北海道公安調査局の時任からの報告書——。

そして最後に、内閣危機管理センターに立ち上がっている政府対策本部に急派されている公安調査庁のリエゾンからの海上自衛隊潜水艦隊の情報——ついにすべてが繋がった。

綾は、紙を探した。

二番目の引き出しから便箋を取り出した綾は、狂ったようにそこに相関図とそれぞれの説明を書き出した。

すべてが結びつく、一週間前からのすべて。端緒、検討、照合の各過程を記した上で、分析結果までを詳細に書き終え、最後に証拠となるものがあればそれをクリップで添付した。

さらにそれを分析レポートとして報告するためのラフ原稿も書き続けた。

気配がしてふと顔を上げると、周りの調査官たちが何人もこっちを見つめているのが分かった。

後ろから肩を叩かれて、綾は思わず飛び上がった。

「やっぱりここにいたか」

相模が、怒りの形相で見下ろしていた。

「さあ、もういいだろ。行くぞ」

相模は、便箋の束にちらっと視線を送っただけで、ドアに向かって先に歩き始めた。綾は、〝繋ぎ合わせた便箋〟を胸に慌てて抱え、相模の後を追った。

「上席専門職、五分、いや、三分間だけでいいんです。御前会議の前に、どうかお時間をください！」

「これからの会議は、我々が主体なんだ。遅れるわけにはいかない」

相模は足を止めることはなかった。

綾は、相模の前へ回り込んだ。

「もう二度とこんな真似はしません。辞表覚悟で、私はあなたを止めます」

わざとらしく大きく息を吐き出した相模は、通路の真ん中で周りを見回した。そして、先に歩いてＰＴ用会議室に向かった。

ＰＴ用会議室に走り込んだ綾が後ろ手でドアを閉めるなり、相模はぶっきらぼうに言った。

「三分だ」

会議机の端に腰掛けた相模は腕組みをし、壁時計を見上げた。

綾は、ゆっくりとした口調で始めた。婉曲的な表現や思わせぶりな口調は一切使わなかった。

手にした便箋には目を落とさず、相模の目から一時も目を離さず、これまでのことを様々な形をした積み木を慎重に積み上げるように説明した。

綾は、法廷で検察官が起訴状を朗読するかのような論理的な組み立てによって、自分が導いた結論を口にした。

その間、綾が見つめ続けていたのは、徐々に表情が変わっていく相模だった。

綾が語り終えると、相模は青ざめた顔をし、最初に口にしたのが、

「大変だ……」

という掠れた声だった。

「このままでは、日中の全面戦争になります！」

相模は頷いてから言った。

「その最後の、原子力潜水艦や特殊部隊をはじめとする人民解放軍、陸海空の一部部隊の現在の行動は、ひと握りの人民解放軍の将軍たちの命令によって、それも日本と敢えて軍事衝

突するための作為、つまり自衛隊が事前配置してひるむどころか、逆に交戦することを目的に攻撃してくる――その部分、もっと簡潔に長官と次長に伝えることができるか？」

そう訊いた相模は腕時計を見た。

「理解してもらえるだけの時間があるかどうか、ギリギリだ」

「自信はあります」

綾の言葉を聞いて相模はドアを開けた。

「芳野、行くぞ」

「どこへ？」

綾が急いで訊いた。

「決まってる！　長官室だ。庁内のラインで上げている時間なんてない。しかも、何より今、そこにすべてが揃っている」

「その前に、最後に一点だけ確認したいことがあるんです。すぐに済みます」綾は相模を凝視した。「内閣事態室へ送っている〝わが社〟のリエゾン、その携帯の番号を教えてください！」

「わかった。オレも地図を持ってくる。時間との勝負だ」

二人は同時に通路を走り出した。

綾たちの形相にまず驚いたのは、秘書の西城とその部下である法務事務官の女性秘書たちだった。勢いよく秘書室に飛び込んできた相模と綾に、誰もが声もかけられない様子で、飛び跳ねるように長官執務室への道を開けた。

まず綾は、手にしていた紙を西城に手渡し、会議の出席人数分だけのコピーを依頼した。

「緊急事態です。至急、長官にお伝えしなければなりません」

綾はそう言って西城を真剣な表情で見つめた。

綾の瞳を覗き込んだ西城は大きく頷いた。

「まだ始まっていない。すぐ入れ」

礼を言った綾は、一度、長官執務室のドアを見つめた後、背後の相模を振り返った。

大きな地図を抱えた相模は力強く頷いた。

大きく深呼吸した綾は、身だしなみを整えてから、ポニーテールにした髪をほどき、外した髪留めゴムを口にくわえて手櫛で整えてから、あらためて結び直した。

ドアを開けたと同時に一斉に集まった視線に、一瞬たじろいだが、腹に力を込めると不思議に気分が落ち着いた。

立ち上がった輪島課長が、早く座れ、と言わんばかりに大きな手振りで、自分の背後のパイプ椅子を指し示した。

だが綾は、大橋長官を真正面に見据える机の反対側で、無言のまま毅然として直立した。

「何をしているんだ！」

そう言いながら輪島が、慌てて綾に駆け寄った。

だが綾はそれには構わず、会議机に座る男たちを見渡して言った。

「長官、そして皆さん、重要なことをお話しさせてください」

机を囲む男たちの間から小さなざわめきが起こった。

「遅れたことへの詫びもなく、いきなりそれか？　夢見る夢子ちゃんはもう必要ない。退室しろ！」

そう言って輪島は強引に綾の背中を押した。

その間に割り込んだ相模が、

「話だけでも聞いてやってください」

と輪島の肩を押しのけた。

「何だ！」

激昂した輪島が相模を突き飛ばした。その弾みで床に転がった相模は、急いで立ち上がると今度は輪島の肩を摑んだ。揉みくちゃとなった二人は激しく壁にぶつかった。

「止めないか！」

海老原次長が声を上げた。

輪島と相模を引きはがしたのは、騒ぎを聞いて入ってきた西城だった。にらみ合う二人を席に座らせた西城は、海老原に向かって頷いてみせた。

「わかった。芳野上席調査官、話したまえ。よろしいですね、長官？」

海老原がそう言って大橋長官に顔を向けた。

大橋は、海老原に向かって一度頷いた後、綾に視線を移し、

「まず落ち着きなさい。そこに座って」

と、穏やかな声で窘めた。

幹部用の黒光りするプレジデントチェアに初めて腰を落とした綾は、そこにいる全員の視線が集まっていても緊張はしなかった。というより、そんなことを感じる余裕がなかった。

だから、飯田が自分を親の敵のような視線で睨み付けていることさえどうだってよかった。

「ありがとうございます。大橋長官、そして海老原次長。また、皆さんのご理解に感謝致します」

どこからも返ってくるものはなかった。

だが逆に、体中に力が漲《みなぎ》る気がした。

「私は、分析官として、また、PTメンバーとして、この一週間、でき得る限りの分析を行ってきました。その結果、重要な結論を導きだしましたので報告致します」

綾は、ちらっと全員の様子を窺った。

大橋は、無表情のまま綾を見つめていたが、海老原は、べっ甲柄のフレームを持ってティッシュペーパーでしきりにレンズを拭いている。

その隣では、長官と次長と同じく検察庁からの出向組である総務部長の嵐山が欠伸《あくび》を必死に堪えている風で、調査第2部長の定岡は何かの書類に目を落としていた。輪島は眉間に皺を寄せて自分を見つめている。調査第2部第1部門の玉熊課長は腕組みをして真剣な眼差しを綾に向け、調査第2部第2部門の内藤課長は姿が見えなかったが、調査第2部第3部門の谷村課長は薄目でこっちを見ていた。

綾は、一度、壁の時計に目をやってから、再び全員を見渡した。

「まず、今からちょうど一週間前の六月四日の土曜日の未明、中国山東省のチンタオ海軍基地から、一隻の漢《ハン》クラス原子力潜水艦が出航したことからすべてが始まりました。そこには、不測事態に備えるための、二ヵ月分の食材、さらに二十人分、十日間分のレトルト食品が積み込まれた。うち後者のレトルト食品は、これから乗ってくる者のためでした。それについては後述します。出航した原子力潜水艦内では、その二十四時間以内に、特異なことが発生しました。同乗していた政治士官が絞殺され、海に投棄されたのです。政治士官がいなくなったということはイコール、その漢クラス原子力潜水艦は、もはや中国共産党中央のコントロールから外れたということです」

綾は、手にした紙を掲げて続けた。

「この別紙1をご覧ください。下地島に打ち上げられた溺死体の胃の中に身分証明書があり、技術課の支援を受けて中国海軍のチンタオ潜水艦部隊の政治士官であると判明しました」

「なぜ政治士官は身分証を呑み込んだと？」

海老原が顎に手をやりながら訊いた。

「自分が殺されたことを告げる、いわゆるダイイングメッセージ、私はそう判断していま す」

「誰が殺したんだ？」

玉熊が訊いた。

「艦長は必ず関わっていると確信しています」

「ということは――」

玉熊が身を乗り出した。

「そうです。社会主義国家の軍が保有する潜水艦は、戦略兵器である原子力潜水艦なら尚更、共産党による支配を完全にするため、最低一人の政治士官を必ず同乗させ、艦長を〝見張り〟ます。しかしその政治士官が殺された、ということは共産党中央のコントロールが利かなくなった、言い方を変えれば、独立した、ということを示唆しています」

「問題は、殺害の目的だな――」

したり顔をした谷村が言った。

「仰る通りです」と頷いた綾はさらに続けた。「政治士官を海へと遺棄した、その瞬間から、この漢クラス原子力潜水艦は、中国共産党中央の戦略とは違う、別の目的へ向かって突き進んでいるのです」

定岡が顔を上げて綾へ視線を投げかけた。

その反応を確かめた綾は報告を続けた。

「分析結果から先にお話しします」

綾は再び会議机を囲む全員を見渡した。

「海上自衛隊潜水艦隊司令部からの情報にありますように、日本の先島諸島沖の洋上で、当該の漢クラス原子力潜水艦は、陸戦第164旅団隷下の陸戦隊特殊連隊、一個小隊規模を密かに受け入れました。そして、作戦は開始されたのです。その作戦とは、尖閣諸島海域に到達した漢クラス原子力潜水艦から特殊部隊が出動し、その後、水路潜入によって魚釣島に特殊部隊が秘匿上陸し、事前配置されている第1空挺団と交戦することです」

会議机の周りからざわめきが起こった。

綾はそれには構わず続けた。

「さらに、昨日、六月十日の金曜日に、福建省の三つの港から、数隻の海軍水上艦の護衛とともに一斉に出撃した約百隻以上の漁船に乗る、大量の銃火器で武装した大勢の海上民兵たちもその戦闘に投入されます。それだけではありません。先ほど内閣事態室の〝わが社〟のリエゾンから報告があった、中国陸軍の第124水陸両用機械化歩兵旅団、海軍陸戦隊第1旅団隷下の陸戦隊特殊連隊、さらに空軍J20戦闘機部隊が、今、出撃寸前です」

突然、海老原が立ち上がった。

「君の結論はこうか？　上陸を図ろうとする特殊部隊や、出動寸前の、さっき君が言った様々な部隊は、日本側が事前配置して威圧したところで、その対応に関係なく、攻撃を行う、そして交戦となる。つまり、中国の目的は初めから、尖閣諸島の実効支配ではなく、自衛隊との戦闘。それだったと、言いたいわけか？」

綾は頷いてから言った。

「一部の企みを知って慌てる中国指導部層が望むと望まないとに関係なく、部隊が交戦すれば、国家指導部は、日本に対して弱腰になるな、という世論が沸騰し後にはひけない。全面戦争へエスカレートする可能性は高いと私は判断しています」

「まさか……」

定岡が声を震わせて聞いた。

その隣の席で、嵐山が瞬きを止めた。

「次長のお言葉で、中国というのは正確ではございません。中国の一部が正解です。しかしそのことをご説明する前に、今から、私の分析結果を証明致します」

誰からも異論はないことを確認してから綾は口を開いた。

「まず、申し上げるのは、今、お話ししました部隊の動きは、実は、軍事作戦としては成り立たないのです」

「どういう意味だ？　君の話は矛盾しているじゃないか」

そう言ったのは定岡だった。

「どうか先をお聞きください」

穏やかにそう言ってから、綾は、一年前、揚国家主席《ヤン》が行った人民解放軍の大改革について説明した。

「その大改革とは、戦区ごとに配置した統合指揮官に、そのエリアにある陸海空部隊をすべて統合運用できるようなシステムにしたことです。言い換えれば、そのエリアの陸海空部隊は、その統合指揮官にのみ従う。しかし――」

その時、相模が立ち上がった。綾の背後のドアに近づくと、抱えてきた中国全土と東シナ海が描かれた大きな地図をドアにテープで貼り付けた。

綾が、地図の幾つかの地点を指さした。

「先ほど申しました、これら出動寸前の部隊と、尖閣諸島へ向かっている漢クラス原子力潜水艦の部隊は、それぞれ戦区が違います。これはあり得ない動きです」

「それなら」

そう言ってから谷村が続けた。

「もっと軍中枢の、たとえば、作戦部、つまり総参謀部第1部などが、尖閣諸島への着上陸作戦を敢行するために、優秀な部隊を戦区を跨《また》いでピックアップし、そして一つのタスクフォースを編成した、そうも考えられるんじゃないのか？」

綾はその質問を待っていた。

「そのために、先ほど、内閣事態室に詰めていますわが方のリエゾンに頼み、防衛省リエゾンに、あることを確認してもらいました。その結果、着上陸作戦などの大がかりな作戦ならば同時に動くはずの他の部隊や後方支援部隊のいずれにも、まったく動きがないどころか、〝静か〟という言葉で防衛省は回答してきました」

その〝静か〟というたったひと言を報告するため、防衛省はどれだけの予算を投じているか、その途方もない世界を綾はイメージしてみた。

大橋と海老原はほぼ同時に身を乗り出し、嵐山は目を見開いて、また定岡は今にも立ち上がらんばかりの様子で綾を見つめていた。輪島に至っては、嵐山に何かを囁いていた。

「西城さん、お願いします」

綾はそう言って、ついさっき入室してきた西城に頷いた。西城は、コピーした紙を幹部たち全員に急いで配り回った。

「なぜ軍事的合理性のない行動をしているのか、そこに最大の答えがありました。その答えを出すにあたっては、2の2（調査第2部第2部門）の内田総括のご協力を頂きました」

言葉を切った綾の脳裡に、内田の顔が浮かんだが、それは一瞬のことだった。

「中国共産党中央内で、現在、発生しています重大な情報に接しました。そこにあります陸海空の三人の将軍たちが党の承認を得ず、軍高官の人事を強権的に発動。それによって、中国共産党中央、つまり中国指導部と軍との軋轢が生起しています。そこで注目して頂きたいのは、それらの将軍たちはいずれも、出撃寸前の部隊指揮官やチンタオの漢クラス原子力潜水艦部隊指揮官との非常に強い相関関係があるということです。たとえば、右側に書いてある通り、父親と娘婿、仲人《なこうど》的な関係、そして元直属の上官と部下——」

「まさか、それら三人の将軍が息のかかった部隊を使って、独自の作戦を？　中国共産党中央指導部が知らないことを？」

そう言った定岡は、さらに声を上げて言った。

「あり得ない！　党と軍とが一体であることは高校の教科書にも書いてある！」

「常識を越えることが起きているのです」

綾は冷静にそう言った。

「なら、動機はなんだ？　それが見つからない！」

定岡が吐き捨てた。

「あります」

綾は即答して、説明を始めた。

「全国の調査官からの報告書によると、それら陸海空の将軍たち三名を収賄容疑で立件するため、中央規律検査委員会はすでに贈賄側の軍系列企業社員を逮捕しています。三名の将軍の身柄拘束は時間の問題でした」

会議机を囲む幹部たちが互いに顔を見比べあった。

「まず、順番としては、それら将軍たちは、尖閣諸島へ突撃する部隊指揮官を、人間関係のしがらみでがんじがらめにして、英雄扱いとするマインドセットを行ったと私は確信しています」

「そして、逮捕が予想される日が近づいていることを知り、急ぎで作戦を策定したと……しかも、自衛隊との交戦を作為して……そういう訳だな？」

海老原が引き継いで言った。

「仰る通りです」

綾はそう言って、腕時計を見つめてから結論を急いだ。

「分析官としての結論をご説明致します。将軍たち三名は自らの保身のために、日本政府に潜むスパイから入手した、日本政府が隠している『裏事例』を利用することを決めた。つまり、中国側がチキンゲームをすれば、日本側がすぐに飛びついて『裏事例』で決めたように、党の根回しなしに、自衛隊の素早い行動が発動されることを踏まえた上で、日中の戦争を作為し、かつ日本の脅威を煽動した上で、戦争を拡大せしめ、〝日本と戦争するために今こそ人民解放軍の結束と安定を〟と主張するつもりでしょう。それによって、中央規律検査委員会の動きを封じ込めて逮捕を免れようとした――それが、今回の、中国側の動きの全真相です」

綾はついにその言葉を言い切った。公安調査庁の文書で使われることが多い〝そういうムキもある〟という言葉は絶対に使わない、と決心してのことだった。

綾は、相模の前で自分が口にした言葉を思い出した。

〝中国は、日本人の想像が及びもつかないくらい複雑な生身の利益権益の調整で成り立っていますし、官僚が自己目的化することも中国の日常的なこと。利権と予算が国益を超えることもあり得ます〟

あの時は苦し紛れの言葉だったが、あながち自分の意見も間違いではなかった、と綾は思った。

「一つだけ、確認したいことがある」

そう口にしたのは谷村だった。

「中国共産党中央も、その、反乱とも言うべき動きに気づいているはずじゃないか？　なぜ、止めさせようとする動きに出ていないんだ？」

綾の脳裡に、黄《ファン》のあの時の会話が蘇った。

《「〝南の海〟（中南海＝中国共産党指導部）は今、制服（軍）の一部の、複数の〝三つ星（将官）〟とその部下たちに不穏な動きがあることを、非常に、非常に、深刻に受け止めています。しかし動けない」

「動けない？　どうして？」

綾が訊いた。

「動けば、本当に日本と戦争になる。それ、真剣に怖れています」》

しかし綾はその会話のことは口に出せなかった。黄《ファン》の存在を多くの者に知られたくなかったからだ。

「防衛省からの情報の中にあります、〝静かだ〟、そこに注目しました。中国共産党中央は、部隊を出せば、一部の動きに巻き込まれ、また日本側を刺激し、本格的な戦争となることを怖れている、私はそう分析しました」

「ということは……」

谷村が珍しくも口ごもった。

「そうです。中国側特殊部隊と、日本側の第1空挺団が、本格的な戦争を始めるかどうか、ひたすら息を殺して見ていると思います」

会議机を囲む何人かから、ため息が続いた。

「さらに付け加えれば」

綾は、これがトドメだ、と思いながら続けた。

「これは、いわゆる、将軍たちの揚《ヤン》指導部への、クーデターなのです」

「クーデター……」

呆然とする表情で海老原が繰り返した。

綾は、最後の仕上げに入った。

「三人の将軍は、これまで、自分の国にひたすら忠誠を尽くして、血と涙を流し、多くのものを犠牲にし仕えてきた。しかし、人民解放軍の機関紙、解放軍報で掲載された、軍部隊の最近の視察における揚国家主席の発言にもありましたが、装備の近代化をあらゆる犠牲をもってしても、という言葉は、人心の刷新、つまり軍幹部の若返り、ということも指している。よって、今回の中央規律検査委員会の動きは、いわば、若返りを図るために、邪魔な老兵を排除するための口実だった。それに気づいた将軍たちは憤怒し、日本の自衛隊と人民解放軍とを戦わせることで揚指導部を混乱に陥れ、ひいてはその存続さえ危うくさせようと――。つまりクーデターなのです」

海老原が何かを言おうとした時、西城がメモを持って飛び込んできた。

「内閣事態室のリエゾンからです」

西城はそう大橋に囁いてメモを渡した。

横から覗き込んだ海老原が叫んだ。

「準備をしていたとする中国の陸海空の部隊が出撃した！」

海老原次長が周りの幹部たちを見回した。

「中国共産党中央指導部に、この事実を伝えるべきではないのか？」

「いや、防衛省、違う、官邸への通報が最優先だ」

定岡が興奮気味に言った。

「諸君！」

大橋がそう口にして全員の目を一人ずつ見つめた。

「何をすべきかは明白だ。陸自部隊を、尖閣諸島へ着地させてはならない。それは、全面戦争への導火線だ。それを阻止するため、今から、公安調査庁は全庁的に動く！」

その言葉で、嵐山が慌てて椅子に座り直した。

「まず、芳野上席調査官――」

大橋が綾へ視線を送った。

「君の工作で使っている、シュヨウマルキョウの呂洞賓《ルユードオンサアイ》、藍采和《ラアンツアイフウーワ》、さらにエイキョウである張果老《チヤングウオラアオ》――。この三人の協力者の情報源である〈X〉〈Y〉〈Z〉を通し、この新事実を大至急中国の中枢にぶちこめ！　そして部隊を止めさせろ！」

綾は驚いた。いつもの上品な口調とはまったく違うからだ。

しかしそんなことより、大橋の今の命令は絶対に行ってはいけない、と綾は焦った。絶対にその命令は止めなければならない。感情的になっているのではない。それは情報機関としての常識から外れているからだ。

しかし、大橋は自分のその命令の正しさを自慢するかのように顔を紅潮させているし、谷村と玉熊以外の幹部の誰もが、長官を囲んで持ちあげている。長官の判断に異を唱えることなどできる雰囲気はまったくない。

ただ、海老原だけは、険しい表情のまま窓を見つめている。

綾は腹を決めた。今の自分の職を賭してでも、今の〝長官命令〟は止めなければと綾は決断した。

「それはできません」

綾は、自分のその言葉で、部屋の空気が一瞬で凍り付いたのがわかった。

「なんだ、君！　長官命令に逆らうのか！」

食ってかかってきたのは、定岡だった。

しかし綾は構わず続けた。

「もしそんなことをしたら、〈X〉〈Y〉〈Z〉たちは、なぜそんなことを知っているんだ、と周りから疑いの目を向けられます。そうなると必ずや徹底した調査を受け、疑念が出てくれば拘束され、最悪の場合、粛清されることにもなりかねません。しかし私は協力者の不幸に涙したいわけではありません。日本国家のアセット（国家財産的な協力者）である重要な三人を一斉に失うことになる、それを申し上げたいのです」

「この日本国家がどうなるかという時に、協力者の安全云々《うんぬん》など、言っておられんじゃないか！」

定岡が声を張り上げた。

「今、それを行う価値を見いだせません」

綾は引かなかった。

「日中戦争が勃発し、多くの国民が死んだら、何のための協力者運営、工作なんだ！」

そうまくし立てた定岡は爆発する激しい怒りを抑えている風だった。

危ない、と綾は思った。ここにいる誰もがヒートアップし、冷静な思考を失っている……。

綾は、咄嗟《とっさ》に頭を切り換えて言った。

「長官、〈X〉たちへの依頼は、今、使うよりも、より効果的に、劇的に使う方法がありません。どうせ、今バタバタと動いても、こちらからの要請がきちんと届くかどうかわかりません」

大橋が関心を寄せた風な表情をした。

綾はタイミングを失わずに続けた。

「もし全面戦争になった場合、停戦交渉を行うための最終兵器、そうお考えになってもよろしいんではないでしょうか？」

大橋の表情が緩んでいくのが綾には分かった。

綾はだめ押しを口にした。

「長官の名は歴史に残ります」

大橋は大きく息を吐き出してから口を開いた。

「よし、芳野上席調査官の案を採用しよう」

大橋はその上で、全員の顔を見渡して言い放った。

「しかし、今できることはやる。総理、官房長官、NSS局長、内閣危機管理監、防衛大臣、統合幕僚長、航空総隊司令官、陸上総隊司令官、さらに第1空挺団団長に、私も含め、それぞれが手分けして通報するんだ。その内容は、もちろん、中国と戦うな！　その上で、外務省、経済産業省、ジェトロ、文部科学省など、考えられるあらゆるチャンネルから中国へ通報させろ。さっ、動こう！」

真っ先に席を立ったのは嵐山総務部長で、バックチェアに座っていた同じ検察官である総務課長に矢継ぎ早に指示を幾つも与えた。総務課長はそれらを急いでメモに録《と》ると、慌てて会議室を飛び出して行った。

綾が立ち上がった時、近づいた輪島が囁いた。

自分の執務室に綾を強引に連れて行くまでの間、輪島は呆れたように言った。

「もし長官を説得できなかったら、辞表ものだったぞ」

「ええ、覚悟の上でした」

と綾は正直に答えた。

自室に入った輪島は、綾を応接ソファに座らせ、真正面から綾を見据えた。

綾は、なぜ輪島が自分をここに連れてきたのか、その見当が付かなかった。

「ところでだ。考えてみてくれ」

輪島がまずそう口を開いた。

「何をです？」

警戒する表情で綾が訊いた。

「そもそも最初の、大量の海上民兵の出撃情報、あれは、今週の月曜日だったな」

「そうです。それが何か？」

綾は、いったい輪島が何を言おうとしているのかわからず警戒した。

「それは、中国共産党中央最高幹部〈X〉からのものとする呂洞賓からの情報だった。そして君はすぐに、その裏取りを始め、全国の調査官に依頼をした。その頼った協力者の中には、工作推進参事官室で完全に信頼度が裏取りされている一人のエイキョウと一人のシュヨウマルキョウがいた。しかし完全なる裏取りはできなかった。一人のエイキョウは否定しなかったというが、やはり完全ではない――」

綾は、思わず唾を飲み込んだ。ようやく輪島が何を言おうとしているかわかりかけてきた。

「自衛隊の膨大なセンサでもその兆候さえも摑めなかった。ただ、呂洞賓だけは知っていた――」

「しかし、それはすでに――」

「いいから聞け！」

と綾の言葉を遮って続けた。

「君の言うところの、クーデターを起こした三人の将軍と、呂洞賓が繋がっていなければ取れない情報じゃないのか？」

「中国共産党中央〈X〉は、そのような人物ではありません」

綾は、呂洞賓に対する情報査定を行った自分の分析に揺るぎない自信があった。

「信頼度とか、疑うとか、そんなレベルじゃない」

輪島の顔が引きつって見えた。

綾の瞳を覗き込むようにして輪島が言った。

「呂洞賓はダブルだ。間違いなく――」

「検討します」

そういなして綾は立ち上がった。

「いいか、重要なことを忘れるな」輪島が綾の背中に言った。「呂洞賓は、しょせん中国人だ。日本国民ではない――」

「では」

綾は輪島に向かって軽く会釈し、それだけ言うと部屋を後にした。

通路に出た綾は思わず毒づいた。

「この期に及んでふざけたことを！」

その言葉は、総務課長による事案の全部門、全庁体制への移行の指示によって多くの職員で溢れ始めた通路でかき消された。

6月11日　土曜　午後6時13分
尖閣諸島周辺空域1600フィート（約500m）上空　C－130輸送機

「降下用意！」

ジャンプマスターの任にあたっている北条《ほうじょう》1曹はその号令を発してから、右の手の平を空挺隊員たちに向け、その手をさらに上にあげた。

「立て！」

北条のその命令で、ヘルメットと風防メガネをつけ、ずっしりとした大きな背嚢《はいのう》を腰からぶら下げ、武器袋を肩に担ぐ第1空挺団第2大隊の空挺隊員たちが一斉に立ち上がって機尾を見つめた。彼らはすでに救命胴衣を身につけており、両脇には立方体の浮き輪を挟んでいた。

立ち上がった空挺隊員の視線の先では、すでに扉が大きく開け放たれ、暗闇が忍び寄る東シナ海の大海原が広がっている。そして少し先の眼下には、降着地点《デーゼット》の夕日に照らされた茶色い小さな島が見える。

「環《かん》を掛け！」

北条がC－130のエンジン音に負けじと声を張り上げた。

空挺隊員たちは、これまでの訓練通りの手順で落下傘の引き綱のための装具である自動索《じどうさく》の設定操作を行った後、予備傘《よびさん》などの装備の点検を終了させた。

それを見届けた北条が言った。

突然、扉から吹き入った猛烈な風が空挺隊員たちを襲った。空挺隊員たちは必死に踏ん張った。

「この位置まで前へ！」

空挺隊員たちは、すり足によって、扉の手前に引かれた待機線まで近づいた。


「位置につけ！」

北条が告げた。

「1《イチ》！」

大きな声で応えたファーストジャンパーの空挺隊員は、待機線の踏み切り位置より扉口方向へ斜めに右足を踏み出した。そして自動索降下の最終手順を行ってから、さらにその右足を待機線の先にあるジャンププラットホームの先端からつま先が五センチ出る位置に踏み出した。

天井の降下ハンドルを握った空挺隊員は、太陽が沈み始めた東シナ海と正対して顔を向け、わずかに腰を落として膝は軽く曲げた。

北条は、まだ若い空挺隊員たちの緊張した顔を見つめながら、美しい、と思った。

だがその一方で、胸が一杯となり、体の奥底から込みあげるものを必死で堪えていた。自衛隊創設以来の初めての武器を使用しての実任務に当たるこいつらは、間違いなく死地に飛び込む。いや、大勢が戦死するはずだ。

しかも、治安出動という、武器使用の制限がある中途半端な条件がこいつらを苦しめる
――。

しかしそんな考えは、もはやこいつらの頭の中にはない、と北条は確信していた。すでに火蓋は切られたのだ！

ただ、彼らと一緒に厳しい訓練を乗り越えてきた北条はその言葉を言わずにはいられなかった。

「このために我々は存在した！　島を守れ！」

ファーストジャンパーの空挺隊員は、ガッツポーズで応じた。軍隊ではあり得ない動作だった。しかしもちろん、北条はそれを咎めることはなく力強く頷いてみせた。

その直後だった。北条のヘッドセットに力強い声が入った。それは、真っ先に魚釣島に水路潜入した特殊作戦群部隊が安全確認を行い、その報告を待って航空機から先にフリーフォールした、降下誘導小隊の隊員からの声だ。

「ロッキー1番機、こちらグリーンワン、現在コースよし、そのまま進入！　現在コースよし、そのまま進入！」

「よし！　そこで機首右に直して進入！」

降下誘導小隊の隊員の声が一段と大きくなった。

「コースよし、コースよし」

一秒間隔の言葉が続いた後、連呼された。

「用意！　用意！　用意！　降下！　降下！　降下！」

空挺隊員の目の前で、扉口の上にあるランプが赤から青に変わった。

「青！」

そう声を上げた北条1曹が、降下姿勢をとっている空挺隊員の尻をポンと軽く叩いた。

空挺隊員は、前方約四十五度上方を目掛けて勢いよくジャンプした。空中に投げ出された直後、空挺傘がピンと張られて広がり、すぐに安定した空挺降下状態となった。

機体からは、北条の〝尻叩き《ケツ》〟によって次々と空挺隊員たちが飛び出し、夕焼けに染まる空に銀色の花が咲き乱れた。

6月11日　土曜　午後6時29分　東京都千代田区　新宿通り

法務省から差し出された官用車で定岡調査第2部長とともに防衛省を目指していた綾は、

輪島課長の言葉が脳裡に浮かび上がったが、完全に否定できると自信を持っていた。だからこそ、さきほどそれを決断したのだ。

綾はある賭けを思いついた。自分の分析結果をすべて呂洞賓《ルユードオンサアイ》に渡すのだ。危険なことだとは思わなかった。なぜなら、輪島の前でもそう確信したが、自分の情報査定には絶対的な自信があるからである。自分の思った通りになれば、輪島からのモヤモヤをぬぐい去ることができ、かつさらに確実に呂洞賓の信頼度を確認できるのだ。

しかし、そう決断したキッカケがあった。公安調査庁を飛び出す直前、黄《ファン》からの一通のメールが来たからだ。そのメールには珍しくも、暗号付きの添付ファイルがあった。そこには、今回の謀略にかかわっている、人民解放軍内の人脈図があった。

しかも部隊指揮官だけでなく、人民解放軍の最高幹部や中央規律検査委員会の長老たちの名前と、どう関わったかが記されているほか、ほとんど全員が中央規律検査委員会の捜査対象であることも付け加えられていた。

綾は今回の事案の深淵をさらに覗き込む思いだった。今回の事案は、老兵を追い出して近代化を図るために、揚《ヤン》国家主席の一派が贈収賄事件をでっち上げた、そこからすべてが始まった。

それに感づいた将軍たちがそれへの反逆のクーデターを起こしたのだ。

綾は、沼田の携帯電話を何度も呼び出した。だがすべて留守番電話機能へ繋がった。何度目かでやっと通話が繋がったことで思わず大きな声が出た。

「何度も電話したんです！」

「大阪の地下鉄の中だったんだ」

沼田がいつになく緊張した声であることに綾は気づいた。

「長官命令が先ほど発令されました。呂洞賓がたとえ危険になり、最悪、潰れるとしても、組織としては、至急、彼から〈X〉へ本件を通報し、そして、止めさせろ、と——」

綾はそう言ってから、自分が導き出した結論と、事態がいかに切迫した状態かを詳しく説明した後、全庁体制で何を行っているのかは要点のみわかりやすく伝えた。

「オレのクローンを潰せ？　ざけんな！」

予想通りの反応に綾は特別な感情は湧かなかった。だが、沼田の背後で聞こえる音に綾は気づいた。

「〝本店〟は結局、そういうことだ。協力者の存在がいかに大事な日本のアセットであって、日本の安全と国益を支えてきたか、その壮絶な事実を何もわかってない！」

沼田の怒りは収まらなかった。

「とにかく、それ以前の話として、呂洞賓とは、その後、連絡が取れない。上にはそう報告しといてくれ。話は終わり」

綾が慌てて引き留めた。

「呂洞賓と連絡が取れたら――」

「だから、取れない、今、そう言ったろ！」

「ですから、もしも取れたら、という話です」

そう言いながら、綾はこの賭けは、やはり途方もないことかもしれない、とあらためて思った。

隣の定岡が怪訝な表情で見つめていることを視界の隅で綾は気づいた。だが構わず続けた。

「ああ、わかった。で、何だ？」

沼田がぶっきらぼうに言った。

「今から、パスワードをかけた添付ファイルをメールで送ります」

それは車に乗る前に用意しておいたものだった。

「呂洞賓に渡してください」

「それにどんな意味がある？」

綾はそれには答えず、

「呂洞賓にとって、必ず役に立つものです」

と神妙に言った。

「とにかく、連絡が来たら、の話だ」

沼田が言った。

6月11日　土曜　午後6時35分　東京競馬場

スマートフォンをジャケットの内ポケットに仕舞った沼田は、片手に握っていた単眼鏡でもう一度、その男を見下ろした。約束の時間に、約束の場所でその男は待っていた。

有料のフジビュースタンドから単眼鏡で、一階下のだだっ広い一般エリアに佇む男を見つめる沼田は、レンズを左右にゆっくりと振った。

――監視者はいない。そして裏《ウラ》尾行者も存在しない。

そう確信した沼田は、ストラップでベルト穴に繋がった二つ折りの携帯電話をズボンのポケットから取り出した。

「すみません、今、電車を降りました。五分ほどで到着します」

単眼鏡で男を見つめながら沼田が言った。

「ええ、まったくかまいません」

単眼鏡の中で、男は明るい顔をしていた。

沼田の頭に、これまでの十年間の光景が蘇った。五年の月日をかけて協力者として獲得、登録。さらに五年間、自らのクローンに完全に仕立てたその月日を、自分でも驚くほど感傷的に思い出していた。

携帯電話を再びズボンのポケットに入れた沼田は、一階のレストランエリアへ足を向けてから、突然、全速力で走った。何度も入場者とぶつかっては文句を言われながらもそれを無視して駆け続けた。

やっと二階の一般エリアへと沼田は足を踏み入れた。

相当な人の数に圧倒された沼田は思わず低い唸り声をあげた。上から見た時よりも人数が増えたように思える。

沼田は、人混みを掻き分けて進んだ。しばらくすると、その男の背中が大きくなっていった。

「お久しぶりですね」

沼田から声をかけた。

振り向いた呂洞賓《ルユードオンサアイ》は、満面の笑みを浮かべて力強い握手をしてきた。

一年ぶりだろうか。呂洞賓は、何の変わりもないように思えた。丸顔でメガネをかけて、いかにも人の良さそうな男。かつて教えられた年齢から計算すると、今は四十五歳になるはずなのだが、初めて出会った時と同じく、実際の年齢よりずっと若く見えた。肌の艶も良く、人によっては〝とっちゃん坊や〟と表現する奴もいるだろう。

「真相はどこにあるんです？」

沼田は待てなかった。綾の言葉がずっと頭の中を占領していた。

「真相？　何のことです？」

沼田は、綾が導き出した、三人の将軍についての要点を伝えた。

「あなた、大きな、誤解、しています」

呂洞賓は静かに笑っていた。

「いえ、私は間違っていないと思います」

沼田は瞬きを止めて見つめた。

「あなた、私を、ずっと信頼してきた、それ間違いないこと、そうでしょ？」

呂洞賓は笑顔のまま沼田の顔を覗き込んだ。

「信頼することと、真実を見つめることは別問題です」

沼田は硬い言葉で告げた。

「いえ、同じことです」

呂洞賓が真顔になって言った。

「時間がない。一分も浪費できない」

沼田が迫った。

「すべては権力闘争、それが真実です」

呂洞賓が言った。

「あなたと、あなたの情報源は、あの将軍たちと同じなのか？」

沼田は本題に切り込んだ。その言葉は、たった今、綾からすべてを聞かされて、ずっと気になっていた疑念が爆発したものだった。

「違います」

呂洞賓が即答した。

「ならなぜ――」

「知っていたかと？　私だけが？」

呂洞賓が先んじてそう口にした。

沼田は黙って彼を見据えた。

スタンドが急にざわめき始めた。沼田が見渡すと、最後のレースが始まろうとしていた。

「反乱分子の将軍たちの動き、完全に把握、していました」

呂洞賓は声を上げた。

「把握していた？　誰が？」

沼田が急いで訊いた。

「〈X〉です」

沼田は愕然とした。

だが呂洞賓はさらに続けた。

「正確に言えば、〈X〉のためだけに働く、人民解放軍の奥深くにいる者たちです。しかし、詳細じゃない。ごく一部です」

沼田は、その驚きが思わず顔に出てしまったことに慌てた。

——呂洞賓が、その暗号を知っているはずがない……。〈X〉とは、公安調査庁の中でしか使っていない暗号であり、呂洞賓との会話では、〝中央の関係者〟という表現のみで会話してきたつもりだ……。

沼田は苦笑しながら頭を振った。そんなことはあり得ない。ふとしたはずみで、〈X〉を口にしたに決まっている。思い違いだと沼田は思った。

「〈X〉は将軍の仲間？」

もはや〈X〉という言葉を隠す必要はない。

「仲間？」呂洞賓は笑った。「もっと、もっと、上の一人です。あなた、よくわかっているじゃないか？」

沼田は、もちろん、と言いたかった。沼田なりの解釈は、中国の最高意思決定機関の中国共産党中央政治局常務委員のうちの一人だった。だから、呂洞賓に言われずとも、将軍レベルとは桁外れに身分の差があるのは分かってはいたが、聞かずにはいられなかったのだ。

突然、競馬場内にアップテンポのファンファーレが鳴り響き、歓声が上がった。

呂洞賓が近づき、沼田の耳に語りかけた。

「先ほど言いましたとおり、権力闘争、それが、真実。だから、ほんの一部しか分からない情報だけで謀略の存在を指導部内で問題にすることは、将軍たちの一派と疑われかねない。権力闘争とはあなたが想像できないくらい凄まじいものです。中国で最も古い詩集『詩経』にあります『戦戦　兢兢《きょうきょう》として深淵に臨むが如く、薄氷を履《ふ》むが如し』、まさにそれです。だから〈X〉、誰にも言えなかった。それで、私に託した。もちろんあなたに届くことを見越して。日本で反乱分子の全貌を解明し、そして手を打って欲しいと。それが〈X〉の悲痛な思いでした」

「なら、今、〈X〉に言って、中国の部隊を出して、反乱分子を止めてください！　それだけのことをできる立場にいるはずですね！」

沼田は、観客席からの大きな歓声に負けじと声を上げた。

「できません！」

呂洞賓が言い放った。

「なぜ！」

「反乱分子の将軍たちに操られた、それら反乱分子を制止するため、今、正規の部隊、動いたら、日本と、全面戦争の危険性、それ、〈X〉、非常に、怖れています！」

二人は歓声の中で無言のまま見つめ合った。

「ところで」

口を開いたのは沼田の方だった。

沼田は、上着の胸ポケットからUSBメモリを取り出した。綾からつい今しがた、秘匿系通信によって工作用スマートフォンに送られたものだった。沼田は呂洞賓の腕を強引に握ってその手の平の中に置いた。

呂洞賓は怪訝な表情でUSBメモリと沼田の顔を見比べた。

「今回の事案のすべてがここにあります」

沼田が言った。

「ここに何が？」

と呂洞賓が訊いた。

「私もわからないんです」

沼田はそう言って首をすくめてみせた。

「では誰がこうしろと？」

呂洞賓が片方の眉を上げて訊いた。

「私の仲間に、妙な奴がいましてね。あなたと〈X〉のお役に立てるはずだ、と」

「私と〈X〉のために？」

驚いた顔で呂洞賓がそう言った時、歓声と拍手が起こった。二人の周りで馬券が乱舞した。

6月11日　土曜　午後7時58分　東京・市ヶ谷　防衛省A棟

綾は思わず声を上げた。

「これって！」

綾たちが辿り着いた防衛省A棟十一階の広大なシチュエーションルームは、数え切れないほどの男女で埋め尽くされて騒然としていた。

陸海空のそれぞれの制服を着た隊員たちが駆けずり回り、それにぶつからんばかりのワイシャツの袖をめくった男たちやスカート姿の女性たちがそれぞれ書類を手にして慌ただしく、張り上げる声もあちこちで上がっている。

綾はふと顔を上げた。巨大なＤＬＰディスプレイに、戦闘服姿で完全武装の第1空挺団の何人もの隊員が、腰を低くして、太陽が沈みかけてオレンジ色に染まる海に向かって一斉に長い銃身の銃を構えている。よく見ると、この映像は、誰かのヘルメットにでもつけた小型カメラによる映像らしきことが綾にもわかった。

──まさか、もう！

綾が慌てて定岡調査第2部長に振り向いた時だった。

天井のスピーカーから、砂嵐のような雑音とともに、きびきびとした声がシチュエーションルームに響き渡った。

「こちらタイガー1《ワン》、スパイダー！　確認する！　治安行動命令を遂行中、よろしいか！　送れ！」

シチュエーションルームは一瞬で静まり、そこにいる数百名の視線がディスプレイに集まった。

「スパイダー了解！　タイガー1、治安行動命令に変更なし！　態勢を維持し、さらなる情報を待て！」

その声の直後、再び騒然となった。幾つも聞こえてくる声は、時折、怒声ともなった。

「〈ひゅうが〉の統合任務部隊洋上前線司令部FICと船越（統合任務部隊司令部＝自衛艦隊司令部）とだけでなく、こっちとのダイレクトな衛星通信ラインをもっと増やせないのか！」

「通信団に申し入れます！」

「連絡します！　1個中隊基幹用の警戒監視装置、遠距離監視装置、バリケードシステム、大容量発電機の、小牧空港集積が遅れています！」

「危険物運搬船はどれだけの弾薬を運べる？」

「五百トン積載可能です！」

「到着したならすぐに陸揚げさせろ」

「接岸は無理ゆえ、一定の時間がかかります。危険物運搬船は沖泊が法制上、決まっております」

「しかし、分かっているな！　弾薬、水、燃料等は、陸上に、八個の堆積が必要だぞ！」

「チヌーク（大型ヘリコプター）一機で、三・五トン、稼働させます！」

「連絡します！　鹿児島、国分《こくぶ》の12連隊、民間フェリーにて沖縄の15旅団基地に到着！」

「旭川《あさひかわ》の2師団は、どこまできた！」

「先ほど中国自動車道から門司《もじ》に入りました！　現在、九州自動車道にて鹿児島へ前進中です！」

「陸、総隊司令部より連絡！　事前配置の増援部隊であるスイキダン（水陸機動団）は現在、護衛艦〈いずも〉にて尖閣諸島へ推進《すいしん》中なるも、現地到着は、明日のヒトヨンマルマル（一四時〇分）の予定！」

「12連隊を島へ渡す施設はどうした！　ＪＦＬＣＣ（陸上構成部隊）に部隊を差し出す命令の発簡《はっかん》がされたことは聞いたが、その後のことは何の連絡もないぞ！」

「船越のＪＦＬＣＣ幕僚によりますと、アメリカとのタスクフォースジャパンの発動を待って、アメリカ輸送機ギャラクシーにての、施設部隊の輸送支援を横田のＢＯＣＣ（日米共同調整所）にて調整する予定、とのことです」

「予定？　それで間に合うのか？　数時間後、漁船団は着くんだぞ！」

「確認します！」

綾は、これほどの喧噪であるのに、急にそれらの音が低くなったと感じた。そして、真空状態の中に放り込まれた、そんな気分に襲われた。

――ちょっと待ってよ……。

綾は、出したはずのその声が出なかった。

「部長、これって！」

綾が振り向いた。

「戦力の集中が始まっている……」

青ざめた顔で定岡が呟いた。

「これでは人民解放軍もさらに……」

綾の声が掠れた。

「悪魔の連鎖が始まる……」

定岡の唾を飲む音に綾は気づいた。

「この人たちに言っても無駄ですね。頭の中は、作戦遂行のことで一杯――」

ハッとした顔をした綾は急いで辺りを見回した。

「大臣はどこに？　そうだ、秘書官を探せば！」

綾は、その政務担当の防衛大臣秘書官をよく見知っていた。現在の防衛大臣がまだ無役であった頃、党の治安対策特別委員会のメンバーではあったので、その時、説明補充員として議員たちに対応していた綾は、その議員の政策担当秘書であった天野《あまの》と何度か顔を合わせたことがあった。そのことを綾が知ったのは、人脈網を増やすために暇があれば目を通す国会便覧でだった。

——彼なら、大臣の覚えがめでたいから、説得に協力してくれるはずだわ！

綾は、ごった返すシチュエーションルームを掻き分けて天野を探した。やっと見つけたのは、まず防衛大臣だった。十数人の制服姿の男とワイシャツ姿の男たち、そして女性自衛官に取り囲まれている、〝背広組《せびろぐみ》〟と呼ばれる防衛省職員だ。

その中から、ワイシャツ姿のひとりの男が大臣から何らかの指示を受けたように囲みから離れていった。綾は駆けだした。

職員とみられる男を捕まえられたのはエレベータホールでだった。

忙しくエレベータのボタンを押す職員に綾は急いで声をかけた。

「天野秘書官を探されていると？」

とまだ二十歳代と思われる男が訝った。

「ええ、今、どちらに？」

「あなたは？」

そう言って男は綾の足元から頭までを眺めた。

「内閣官房からのリエゾンです。急ぎの用件がありまして——」

嘘をつくことなど、今の綾にはどうだってよかった。

「用件なら私がお伺いしますが？　私、内局、防衛政策局の人間です。ところで、あなたは内閣官房のどちらの？」

男はそう言って、綾の顔を覗き込んだ。

「いえいえ、天野さんには、個人的にお願いしていたことがありまして。では失礼――」

そそくさとその場を後にし、もう一度、シチュエーションルームに戻った綾は定岡を探した。走り回って見つけたのは、ディスプレイを呆然として見上げる定岡の姿だった。

綾が近づくと、定岡は力なく頭を振った。

「さっき、見知った防衛副大臣を捕まえたんだが、総理に言ってくれと――」

綾はそのことに気づくと、スマートフォンを慌てて手にした。

かけた相手は、ＰＴ用会議室で連絡役となっている相模だった。だがその通話はすぐに終わった。

「官邸へ向かったチームもダメです」

綾は続けた。

「総理は地下の危機管理センターにおられるようですが、先ほどそこは、最高戦争司令部としてロックアウトされたと――」

「コトはここに窮《きわ》まった」

定岡が消え入りそうな声で呟いた。

6月11日　土曜　午後8時22分　潜水艦隊司令部地下　特別情報室

ガリガリガリ！　CTF74とのホットラインが鳴り響いた。

「潜水艦隊SBF、キャプテン、カガ」

受話器を取り上げた加賀2佐がまず名乗った。

短い会話を行った作戦主任幕僚の加賀は、それをもう一度復唱してから受話器を戻した。

「〈ナナヨン〉（アメリカ第7艦隊CTF74）幕僚からです。〈漢クラスNo．402〉は変針、方位サン《3》ヨン《4》ヒト《1》！」

運び入れた海図台の上に広げている海図に、加賀の部下である幕僚たちが急いで集まった。

彼らは定規を手にすると、漢クラス原子力潜水艦のトラフィッククレーンの作図を開始した。

「先ほど、自艦隊から、特殊部隊はいかなる状況でも魚釣島に着上陸作戦を敢行する見積り、と伝えられた時は、やはりそういうことか、と思ったが――」

そう言って瀬戸司令官が続けた。

「これを見たら、まさに本当にやる気であることがわかる——」

「ですので、いくらソノブイをアクティブでやっても——」

と加賀が引き継いだ。

「特殊部隊を潜水艦から進出させるポイントへ精緻なレーンをとった、そういうことか……」

海図を見下ろす杉浦幕僚長が言った。

杉浦は情報主任幕僚の和泉2佐へ顔を向けた。

「上陸まで、あとどれくらいとみる？」

「中国の特殊部隊のコンバットダイバーは、原潜のハッチから搬出した後、水中で潜航しての推進装備を保有しておらず、旧式の水中スクーターがあったとしても、サイズ的に、原潜には搭載できません。ゆえに、原潜から出た後は、自力で向かうことになると思いますが、あとは、〈Ｎｏ．４０２〉の艦長がどれくらい腹が据わってるかです」

「腹が据わっているか？」

杉浦が怪訝な表情を向けた。

「腹の据わった艦長ならば……三百、いや二百メートルまでは近づくでしょう」

「二百か……」

杉浦が呟いた。

「ですので、総合的に考えますと、最も早くて……明日の、マルロクマルマル（午前六時〇分）、それが上陸時間かと思います」

和泉はそう言った後すぐに、

「我《われ》の部隊（第1空挺団）との交戦もほぼ同時かと」

と押し殺した声で付け加えた。

その言葉に、瀬戸司令官と杉浦が和泉を睨み付けた。

「今、自艦隊司令官は、それを避けるために、政治からの要求になんとか持ちこたえている。我々は、陸自とは違うんだ！」

杉浦が和泉を怒鳴りつけた。

電話が鳴った。それはドアひとつ向こうにあるオペレーションルームとのラインの電話機だった。

加賀が受話器を上げた。

オペレーション要員は名乗った上で報告した。

「自艦隊のN2（情報主任幕僚）からです。以下、報告します。停止していた漁船団、並びに護衛の水上艦、午後八時、前進を再開。以上です」

受話器を戻した加賀は、そこにいる全員に伝えた。

「とにかく、今の見積もりを、ＪＴＦ－ＳＫ（尖閣対処統合任務司令部）へ、大至急、通報しろ！」

瀬戸から命令を受けた和泉は、オペレーションルームへ急いで向かった。

「アメリカ軍はやはり出ないか？」

瀬戸が加賀に聞いた。

「ＪＴＦジャパンを編成です！　しかし、情報提供と無人機運用のみで、アメリカ海兵隊のメウ（海兵遠征隊）と、第５空母打撃群が戦争拡大抑止を任務として、東シナ海と南西諸島海域へ急速展開中です」

加賀が報告した。

「なんだって！」

声を上げた杉浦が続けた。

「つまり、アメリカ軍は、もはや尖閣諸島での自衛隊と中国軍との激突は避けられない、そう判断しているわけか――」

「少なくともアメリカ海軍はそう判断し、『将来作戦』へと関心を向けています」

加賀が唸るように言った。

「その次の事態？」

杉浦は激しく顔を歪めて訊いた。

「つまり、尖閣諸島で、日本と中国が殺し合って、第1空挺団が全滅し、中国側が勝利した場合のことです」

加賀は冷静に言った。

「しかし一旦、地上戦が始まってしまうと――」

杉浦が独り言のように言った。

「今、魚雷攻撃ができれば――」

瀬戸の言葉に、そこにいる全員が目を見開いて司令官を凝視した。

6月11日　土曜　午後8時37分　東京・市ヶ谷　防衛省A棟

諦めきれない綾は、シチュエーションルームを駆け回って、防衛省の高官や陸上自衛隊の幹部を説得し続けた。

しかし、後で聞く、と言ってくれたのはまだマシな方で、それ以外は、無視するか、罵声でもって追い払われた。

何度も声を掛けられて綾が振り向くと、谷村課長が立っていた。

「なぜここへ？　オレの持っている人脈が使えるかと思って志願してやってきたんだが――」

谷村はシチュエーションルームを一度見渡した。そして苦笑しながら言った。

「これじゃあな」

「しかし、それでもなんとか――」

綾はそう言って、暗視モードとなった薄い緑色のディスプレイの中で、微かに動く自衛隊員たちを見つめた。

綾は、この同じディスプレイで見つめた映像を思い出した。彼らには、幼い、という表現が相応しかった……。

身体の奥深くで、特別な反応が立ちのぼることを、綾ははっきりと自覚した。

「オペレーションに、情報屋はいらねえ――それは昔からの日本人の悪癖だ」

谷村はそう吐き捨てるように言ってさらに続けた。

「しかも、始まるまでは、ああだこうだ、と紛糾するが、一旦、始まってしまえば、全員の意識がそこへ向かい、それからはもう際限なく、止めどもなく、一気に進む。それもまた日本人の本性だ」

「それがどうしたって言うんです！」

綾は声を荒らげた。

谷村は、いつもとはまったく違う綾の姿を想像もしていなかったように、きょとんとした表情で見つめた。

「私は絶対に諦めません！」

そう言うなり、呆然とする谷村をそこに残したまま、シチュエーションルームを離れ、エレベータで一階に下りると、待っていてもらった法務省の官用車に飛び乗った。そして、公安調査庁へ戻ることを告げた綾は、やっと息を大きく吐き出すことができた。

車に揺られながら頭に浮かんだのは、谷村にはああ言ってみたものの、どうしようか、という言葉だった。

その店に目が留まった綾は、慌てて車を停めてもらった。

外堀通りを四谷見附で左に折れ、新宿通りを東へと向かい、麹町四丁目の信号の少し手前にあるスターバックスコーヒーの前に綾は降りたった。

二つのホットコーヒーを頼んだ綾は、うち一つを官用車のドライバーに手渡し、「五分だけ時間をください」と言ってから、オープンテラスの椅子に座った。

温かなコーヒーカップを両手で挟み、項垂れて瞼を閉じた。その時、遠くから、政府への抗議活動を続ける市民団体とおぼしきシュプレヒコールや、右翼団体を思わせるダミ声が微かに聞こえた。

綾は瞼を閉じたまま、ゆっくりとコーヒーを啜った。

体中の血液が入れ替わるような気がした。

しかし、頭の中に、浮かび上がったのは、定岡調査第2部長の顔と、彼の最後の言葉だった。

《コトはここに窮まった》

綾は、負けたくない、と思った。だからその姿も言葉も、無理矢理に頭からぬぐい去った。代わりに頭の中で聞こえたのは、二年前に亡くなった父の言葉だった。大学受験の当日の朝、父はこう言ってくれた。

〝頑張れ、なんて口が裂けても言いたくない。余計なことも何もかも。ただ、一つだけ。強い心を。それだけだ〟

その言葉は、心の中にハッキリと刻み込まれた。大学の卒論に追われている時も、公安調査庁の採用試験を受ける時も、必ず、〝強い心を〟と思い続けた。

そして今、綾は再び、その言葉を自分に言い聞かせた。

〝強い心を！〟

綾は、もう一度、熱いコーヒーにそっと口をつけた。

その時、脳裡に蘇った顔に、綾は自分自身、慌てた。

調査第2部第2部門の内田総括の顔だった。

だが、すぐに気がついた。

その顔が浮かんだのは、男と女の肉体的な欲望や熱い感情の高まりからではないことを――。


綾は、熱いコーヒーを我慢して飲み干し、車に飛び乗った。


公安調査庁本庁に戻って十三階でエレベータを降りた綾は、車の中から約束を取り付けていた内田の執務室に急いで向かった。全庁体制になっていることから、普段は、墓場のように静まりかえっている通路は職員たちでごった返していた。

ふと向けた視線の先に、行き交う職員たちをすり抜けるようにして、御前会議に高村上席専門職が連れてきた山本が、見覚えのあるもう一人の男とともに海老原次長と歩いている姿が見えた。二人の取り合わせにはやはり綾は戸惑ったが、それはほんの一瞬のことだった。

ノックだけで中からの返事を待たずに、綾は内田の執務室に入った。

緊張した表情で迎えた内田は、上着を羽織りながら真っ先に言った。

「これから台湾の機関長が長官に会いに来る。余り時間はない」

椅子を勧められるより前に、綾は話を切り出した。

口に手をやってしばらく聞き入っていた内田は、時折、「まさか！」「本気でか！」と声を上げた後、「やれるか」「やってみるか」「その価値はある！」と言葉を続けた。

卓上電話を握った内田は、部下の班長に電話を入れ、緊急対応案件が発生したので、代わりに台湾機関長を接遇して欲しい、と頼んだ。

ただ最後に内田が口にした言葉は、

「すぐに連絡が取れるかどうかはわからない。それだけは理解してくれ」

というものだった。

綾と内田が最後の詰めをやっていた執務室から、五十メートルほど離れた部屋では、四人の男たちが膝詰めで話し合っていた。一人は、その部屋の主である公安調査庁次長の海老原で、もう一人は、協力者工作や尾行、張り込みなどの実働調査の総指揮を執る高村上席専門職だった。

また三番目の男が、工作推進参事官室に数年前に新設された、サイバー対策室の山本上席調査官だった。そして最後の一人は、本来ならここには場違いの、元海上自衛隊潜水艦長の舟木《ふなき》という男で、しきりに右手人差し指の指輪をさすっていた。

しかし、サイバー対策室という名が、実態と大きくかけ離れたものであることを知っているのは、今ここにいる四人と、サイバー対策室に配置されている他一名の技官、さらにもう一名の主任調査官だけだった。

長官でさえ、サイバー対策室の活動内容は知らされておらず、情報分析部門にしても、その実態から遮断されていた。

「ぶっ込んだのか？」

身を乗り出す海老原が勢い込んで訊いた。

「はい。たっぷりと」

山本がニヤッとして言った。

「反応は？」

目を輝かせた海老原が尋ねた。

「予想通り、です」

そう言った山本が、隣に座る舟木と顔を見合わせてニヤついた。

「取引には？」

海老原はそう言って、山本と舟木の顔を見比べた。

「応じました」

山本が真顔で答えた。

「よくやった。それにしても、よく応じたな」

海老原のその問いかけに、山本と舟木は、互いに視線を交わし合って苦笑するだけだった。

「何しろ、あの将軍の密かな蓄財は、万死に値しますからね」

と高村が代わりに答えた。

「で、先方は、いつやると？」

海老原の顔が、山本に迫った。

「朝までには必ず、と約束させました」

山本が即答した。

頷いた海老原は、緊張した表情のまま呟くように言った。

「ちょうど今さっき、国家情報コミュニティを通して防衛省からの最新情報が入ったが……

ギリギリだ……」

海老原が、舟木の顔を見つめて聞いた。

「軍人というのは、一度口にしたことを破らないんですね？」

舟木が抑揚のない言葉で答えた。

「私は、潜水艦の専門家ですが、中国軍人の精神構造は専門外です」


内田の部屋からＰＴ用会議室に戻った時、背後から呼ばれて綾は振り返った。

同じＰＴチームに抜擢された高津主任調査官が、片手で電話の仕草をしながら、もう一方の手を綾のデスクへ向けていた。

デスクに駆け寄って受話器を取り上げた綾の耳に聞こえたのは、海老原の声だった。

「迎えを出すから、通路に出ていて欲しい」

受話器を戻しながら綾は眉間に皺を寄せた。迎え？　同じ庁舎内で？　いったい何のことかわからなかった。

言われた通り通路に出ると、相変わらず忙しく行き交う職員たちの中から、一人の男が綾に声をかけた。綾はその顔に微かな見覚えがあった。確か、そう、工作推進参事官室の高村上席専門職の元にいる――。

男性職員は無言のまま綾を先導した。エレベータを使って綾が最終的に連れて行かれたのは、公安調査庁のフロアではなく、明らかに法務省のゾーンにある、何の表札もないドアの前だった。

怪訝な表情で綾は辺りを見回した。間違いないことは、ここには一度も来たことがない、ということだった。

通路の左右を鋭い眼差しで見つめた男性職員は、カメラ付きのインターフォンに名前を告げた。

数秒後、ロックが外れる心地よい音がしたのを確認してから男性職員はドアを開け、綾を先に誘った。通路の先に、再びドアがあった。男性職員はそこでも先にドアを押し開いて綾を通した。

真っ暗な空間が広がっていた。

いや、真っ暗ではない、と目が慣れてきた綾は思った。目を凝らすと、八台ほどの大きなディスプレイと、その前に男女が座っている。

綾の目がくぎ付けとなったのは、指輪をはめた手で髪をかき上げる年配の男に振り向いた、山本上席調査官のその横顔だった。

山本は、その年配の男が話す言葉に大きく頷くと、ディスプレイへ目をやりながら、両手を置いたキーボードに激しいキーストロークを始めた。

「この瞬間から、君は、新しいクリアランスを取得した」

突然のその声に、飛び上がらんばかりに驚いた綾は、反射的に振り返った。

「もちろん、秘密保全の書類にもサインしてもらわないといけない。クリアランスの研修も始めてもらう」

真剣な眼差しで見つめる高村上席専門職がそう付け加えた。

「ここは――」

綾は辺りを見回した。

秘密保全の書類？　クリアランス？　いったい何のこと？　綾がまず気づいたのは、どのディスプレイにも、〈virtual-Humint room〉というラベルが貼られ、ナンバリングもされていることだった。

「イメージしたまえ」

と言って、高村はさらに続けた。

「人民解放軍の最高幹部であり、原子力潜水艦のオペレーションを担うその男――たとえばAとしよう――そのAは、あるダークサイトからしか入ることができないコミュニケーション空間でしか、自分の大きなストレスを発散することができなかった。ある日、そのAは、二年間その空間で会話を続けていた相手、たとえばその名をナカムラとしよう、そのナカムラが同じ趣味をもっていることへの親近感と、ハンドルネームであることの安心感から、鬼畜とも言うべき罪状を、ある日、ついに吐露した。しかも得意そうに――」

綾は、山本の背中へちらっと目をやってから、高村へ視線を戻した。

高村はさらに続けた。

「Aがナカムラに吐露したものとは、今、世界の財務当局が必死になって追及をしている最も憎むべき犯罪、麻薬密輸で得た膨大な資金を、全世界の租税回避地での匿名口座を利用してのマネーロンダリングと秘密の私的蓄財であり、自分はいかにキレものであるか、金持ちであるかという自慢話だった。それからというもの、男はさらに赤裸々に吐露し続けた。ナカムラは、毎日のようにディスプレイに流れてくるAの〝吐露〟のすべてを記録し続けた。また、何度か、銀行取引の証拠写真まで送らせる誘導を行った。それが真に必要になるその時が来るまで――」

言葉を止めて振り向いた高村の視線を綾も追った。山本が振り返って高村を身振りで呼んでいる。

顎をしゃくって綾を誘った高村は、山本へと向かった。

山本は、綾に視線をちらっと投げかけたが、すぐに視線を移して高村を見つめた。

「間もなく、返事が来ます」

山本が言った。

綾が抱いたのは、意外だ、という感覚だった。山本のイメージとはかけ離れた、野太い重厚な声だったからだ。

綾は、目を見開いて高村を見つめた。これからいったい何が起こるのか……。

「さっきの話の続きだが――」

と言って、高村上席専門職が再び話し始めた。

「そして、その日がやってきた。ナカムラは、仮面を脱いだ。お前はオレの奴隷だ、と言った。それからは、人民解放軍の男は憐れな奴隷に成り下がった。その時、助言を頂いたのは、我々のこのオペレーションの支援委員会のメンバーに就いてくださっている、こちらの元潜水艦長だった」

高村が視線を向けたのは、山本の横に座る年配の男だった。年配の男は視線を合わせないまま軽く会釈した。

綾に視線を戻した高村は続けた。

「これから君には、この部屋のすべてに助言をしてもらう」

口を開きかけた綾を身振りで制した高村が続けた。

「原子力潜水艦には、イザという時のための通信システムがある。潜航中でも受信できるフローティングアンテナを使っての超低周波の短いコード信号による通信で『露頂せよ』との指示を受ける。そして露頂して正式な通信を傍受する。その通信を行った者こそつまり、〝憐れな奴隷〟だった。それまでいかなる司令部からの通信にも反応しなかった原子力潜水艦の艦長は、その〝憐れな奴隷〟の言うことには逆らえるはずもない、と山本は自信を持っている。艦長が、〝憐れな奴隷〟の配下として麻薬密輸の片棒を担いでいる可能性があるという情報の欠片《かけら》を突き止めたのは、全国の〝現場〟の調査官からの情報の中にあった、光り輝くその鉱石だった──

「高村上席専門職、今、ヤツから受信しました」

急いで視線を向けた綾の目に入ったのは、弾んだ声でそう言った山本の目がディスプレイに釘付けとなっている姿だった。

綾が判読できたのは、

〈二時間前、《漢》への通信を完了した〉という短い中国語だった。

高村が言った。

「艦長という種類の者たちは、麻薬密輸という犯罪が露見しても構わないのか、それともプライドを優先する生き物であるのかどうか──。我々はいまそこに、日本と中国の運命を賭けている」

この男への評価は間違っていた──。綾は高村の神妙な顔をつくづくと見つめた。そして、人間という生き物は、表《オモテ》と裏《ウラ》以外にも、さらに別の顔が幾つもある、と今更ながら思い知らされた。

綾は、高村上席専門職の顔と山本上席調査官が見つめるディスプレイとを忙しく見比べた。

この結果がどう出るのか、綾には想像がつかなかった。

6月12日　日曜　午前1時47分　潜水艦隊司令部地下　特別情報室

まず最初に唸り声を上げたのは、杉浦幕僚長だった。

「いったい何が起こっている……」

杉浦が手にするタイプされた紙を奪った瀬戸司令官は、しばらくして低い声で唸った。

「こんなことが偶然にも……」

紙を手渡された加賀2佐の「どうなるのか……」という唸り声は消え入った。

中央に白と黒に彩られた五つの星が五角形に並ぶジックパックのシンボルマークが印字されたタイプ紙は、他の幕僚たちに次々と回っていき、その度に重苦しい声を引き摺った。

シークレタル・ジャパンリリースとしていることから、ナマの情報を相当サニタイズ（レベルを落と）したであろうと杉浦は想像したが、中国全土で今、発生していることはここにある以上にさらに壮絶なのだろうと確信した。

「中国全土でのこの動きは、吉と出るのか、それとも凶と出るのか……」

杉浦が呟くようにそう言った。

6月12日　日曜　午前1時55分　公安調査庁本庁　ＰＴ用会議室

綾は最初、その音が、テレビからのものとは思わなかったし、それを知ろうとも思わなかった。睡眠不足は医学的な諸症状を体に与えている。とにかく眠かった。最後にやることはやったが、後から考えると、やけくそに近かった。余りにも途方もない依頼だったからだ。だから、肩を揺さぶられ、大声で名前を呼ばれてから初めて、薄目だけを開けてテレビへ顔を向けた。

「大変だぞ、芳野！」

そう叫んだのが、ＰＴを仕切る相模だとぼんやり分かった。

妙な気配を感じた綾は、突っ伏していた机から頭をもたげ、辺りを見渡した。昨日から増員されている十数名の調査官たちが身動《みじろ》ぎもせずにテレビを凝視している。

再び視線をやったテレビが、やっと鮮明に見えた。それはＮＨＫのニュース番組だった。

綾は腕時計へ目を落とした。こんな時間にニュース？

「――外務省によりますと、これまでのところ、日本人が被害にあった、という報告は受けていない、としています。一方、つい先ほど会見した中国外交部の副報道官によりますと、中国全土で発生した軍施設に対する同時多発的な爆発事案の被害状況について、各関係機関に、至急、情報収集するように命じた、ということです。ただ、記者からの、テロ事件なのか、という質問に対し、副報道官は、調査中、とだけ答えました。それでは、北京から中継します――」

画面が変わって、平たい白い高層ビルを背景とした特派員記者の姿が映った。綾の目はそこにくぎ付けとなった。特派員記者の背後にある黄色い立入禁止のテープの、さらにずっと先にある建物は、確か――。

「現在、私の後ろに見えています、黒い煙を上げている建物は、中国の軍組織の中枢であります、中国共産党中央軍事委員会が入った高層ビルです。ご覧頂いてわかりますとおり、あの一階、正面玄関部分に、長い階段を乗り越えて走ってきた二台のトラックが突入し、積んでいた爆弾と思われる物が爆発して、あのように八階部分までメチャメチャに壊れているのが見えます――」

飛び上がるように立ち上がった綾は、慌ててテレビに駆け寄った。

「先ほど、ロイター通信が複数の中国政府関係者から得た情報として伝えたところによりますと、同様の車両を使った爆弾テロと思われる事件は、中国全土の陸海空の軍事施設、計五十ヵ所以上に及んでいると伝えています。ただ、死傷者が発生しているかどうかについては伝えていません」

画面が突然、切り替わった。スタジオのアナウンサーの光景に戻った。

「今、新しい情報が入って来ました。AFP通信によりますと、中国西部の新疆ウイグル自治区を拠点としている独立派過激組織は、今回の中国全土の軍事施設での爆弾テロと思われる事件で、中国の一部報道で関与が疑われていることについて声明を発表し、独立派過激組織は事件にまったく関与していないと反論した上で、我々への弾圧を行う口実作りのために揚《ヤン》指導部が自作自演で起こした事案であるとともに、巧妙なマスコミ操作を行っている、と厳しく批判しました。さらに声明では、その証拠として、人民解放軍の制服らしきものを着た複数の者たちが、トラックで軍施設を襲う映像を公開しました。繰り返します。今、新しく入ってきた――」

部屋を出た綾は、空いた会議室を探すとそこに入って窓際に立ち、内田から教えられていた携帯番号に電話した。

「驚いている……」

内田の掠れた声が聞こえた。

「本当に、なんですね！」

「確かに、奴は、こう言っていた」

内田はそう言って、『デアボリ』の言葉を再現してみせた。

〝ちょうど一週間後に行う作戦を、前倒しにするだけのこと。中国が日本と戦って傷つくことは嬉しいが、それではこっちの出番がなくなる。その前に世界に揚《ヤン》の悪行を暴く。そのための準備はすでにできている〟

「しかし、これだけの規模とは――」

綾は言葉が継げなかった。

「それにしても、死傷者は今のところはないらしい」

綾は深く頷いた。

「しかし、これで、中国の部隊は引くだろう。何しろ、この大混乱で、そんなことをしている余裕はない――」

内田が明るい声を上げた。

だが、綾は、笑顔にはなれなかった。

まだ、潜水艦から出撃するであろう中国特殊部隊のことが残っているからだ。

綾は、防衛省のシチュエーションルームで見上げたディスプレイの中に映った、若い隊員たちの、まだ幼い顔貌を頭の中で蘇らせた。


ハッとしてポケットに手を突っ込んだ綾は、振動しているスマートフォンを取り出した。

関東公安調査局の里見からのショートメールが着信していた。

相模にことわってからデスクに急いで戻った綾は、すぐに卓上電話を握って個室ブースで待機している里見へ電話を入れた。

「藍采和《ラアンツアイフウーワ》から、今、情報が来ました。緊急に、というクレジット付きで――」

どこかおちゃらけた雰囲気の里見の声が珍しくも緊張していることに綾は気づいた。

「で、いったい何を！」

綾もその雰囲気につられて勢い込んで尋ねた。

「五分以内に、報告書で送ります」

里見が早口で言った。

「いえ、この電話で。ブースからなら安全でしょ！」

その時間がもったいない、と綾は判断した。

「わかりました。藍采和からの情報は以下の通りです」

里見の説明を聞いた綾は、一瞬、息が止まった。

受話器を置いた綾は、大部屋を飛び出して通路を走った。何人かの職員とぶつかりそうになりながら、その部屋を目指した。

次長室に飛び込んだ綾は、入庁八年後輩の女性秘書に先輩風を吹かして、在室している海老原次長との面会にこぎつけた。

次長室には、定岡調査第2部長と嵐山総務部長の姿があり、会議机で海老原と神妙な顔を突き合わせていた。

「なんだ、いきなり!」

定岡が怒鳴った。

だが綾はそれには構わず里見からの情報を口にした。

会議机を囲んでいた三人は、目を見開いて互いの顔を見つめ合った。

執務机に駆け戻った海老原は、座る間を惜しむように卓上電話を手に取った。

それから三十分後、綾は、官邸の官房長官応接室に座っていた。しかし、綾の場所は、ゆったりとしたレザーのソファではなく、その後ろにあるパイプ椅子だった。

足早に入ってきた柴田官房長官を、綾は海老原とともに立ち上がって迎えた。

「挨拶は抜きだ。さっそく聞かせてくれたまえ」

真剣な眼差しで柴田は海老原を見つめた。

海老原は手にしている、綾が書き殴った紙に目を落としながら語り始めた。

「揚《ヤン》国家主席は、本日、中国共産党中央軍事委員会主席名で、人民解放軍の全軍に対し、出撃した人民解放軍陸軍第124水陸両用機械化歩兵旅団、海軍陸戦隊第1旅団隷下の陸戦隊特殊連隊、空軍J20戦闘機部隊、東海艦隊隷下の東海福建保障基地所属の駆逐艦、ならびに漢《ハン》クラス原子力潜水艦〈No．403〉に対する救助活動命令を発出――」

海老原は二枚目の紙を捲った。

「以上、公表予定の現行案。下記は、中国共産党中央政治局常務委員のみに報告する決裁案が秘密裏に提出されたもの。内容は、三人の人民解放軍将軍を含む約百名の幹部の臨時の人事異動案、並びに中国共産党中央軍事委員会の改革案、さらに人民解放軍東海艦隊福建保障基地参謀部参謀の朱飛鴻《ヂウーフエイホオン》中佐の逮捕状発布――」

「救助活動命令？」

片方の眉を上げた柴田が訊いた。

「恐らく、体裁を保つために」

そう言って海老原は神妙な顔で柴田を見つめた。

「間違いないのか?」

柴田が慎重に訊いた。

「はい」

海老原はひと言で答えた。

「繰り返すが、本当に間違いないのか?」

柴田が身を乗り出した。

「揚《ヤン》国家主席が、今朝、珍しくクロワッサンを食べた、そんなことまで我々は把握していま
す」

「調査官が北京に潜り込んでいるのか?」

柴田が訊いた。

「いえ、調査官たちは、日本にいながらにして、それを把握しております」

海老原がそう口にした時、ドアをノックする音がして、小さなメモを手にした秘書官が入
ってきた。

老眼鏡をかけてメモを見つめる柴田の表情が一瞬で変わった。

メモから顔を上げた柴田は、

「外務省からだ」

と言って驚いた顔をして海老原を見つめた柴田は、再びメモを見つめながら続けた。

「北京のわが方の大使が、つい先ほど中国外交部に緊急に呼ばれた。理由は、人民解放軍の幾つかの部隊において、陸海空統合訓練中に事故が発生し、現在、それに対する大規模な救難救助活動を行っている。中日間の偶発的な衝突を避けるべくそれについて説明したい、そういうことらしい——」

6月12日　日曜　午前5時55分　潜水艦隊司令部地下　特別情報室

「いいから、〈せきりゅう〉からの通信を早く見せろ！」

杉浦幕僚長はそう叫んで加賀2佐を睨み付けた。

「では、申し上げます。〈せきりゅう〉からの通信、以下の通り。『マルゴオサンマル（五時三〇分、〈漢クラスNo．402〉は露頂深度に入った』、以上です。しかし——」

「なんだと！　じゃあ、特殊部隊はやっぱり出撃するんじゃないか！」

杉浦がそう言って髪の毛をかきむしった。

「どうか、最後までお聞きください」

加賀がそう言ったのを、

「なんだとぉー」

と杉浦が声を張り上げた。

加賀は冷静に続けた。

「〈せきりゅう〉が探知したその時刻は、これから報告致します、〈ナナヨン〉（アメリカ第7艦隊ＣＴＦ74）幕僚からの情報の三分前のものです」

「それを先に言え！」

杉浦が怒鳴った。

「で、〈ナナヨン〉はなんと？」

瀬戸司令官が急かした。

「報告します。〈漢クラスＮｏ．４０２〉は急速潜航の上、変針。方位、サン《3》ゴオ《5》フタ《2》――。以上！」

杉浦は、海図台で定規を操作している加賀の方に急いで足を向けた。

加賀は、海図に一本の線を引いて言った。

「〈漢クラスＮｏ．４０２〉は、チンタオに向かっています。つまり帰投ということに……」

杉浦は、キャップを真後ろに被り直し、その場にへたりこんだ。

6月12日　日曜　午前6時59分　東京・浅草寺近く

人けのない舗道から、目指す高層ビルを遠くに見据えた鬼塚は、辺りをゆっくりと三周してから初めてそのホテルへと足を向けた。

九州公安調査局の鬼塚専門官は、基本的に出社はしない。かといって身分を偽って日々工作活動をやっているわけでもない。

おおっぴらに言うのは憚《はばか》られるが、基本的に何もしていない。三ヵ月に一度の報告以外は——。

今回の依頼は、極めて特殊なケースだった。報償費は、定額の四倍を払った。もっとも「畑山《はたけやま》」も、金で動いているわけではない。

彼の立場を考えれば、金で動くにはリスクがあまりにも大きすぎる。裏切り者への制裁は、実は、今も変わっていない。コトが露見した場合、「畑山」はこの世から消えることになる。

「畑山」は、鬼塚曰《い》わく、〝日本最強の情報機関〟に所属している、「共闘派」、正しくは

「共産主義同盟労働階級共闘派」の筋金入りの活動家だ。

鬼塚は、九州公安調査局に入庁してから、二十年の歳月をかけて「畑山」を追い続けた。

その間、何度も九州公安調査局の「工作対象者リスト」から削られた。

しかし、その度に、鬼塚は私財を費やして「畑山」をマークし続けた。そして、十年をかけて「畑山」に接触し、さらに十年という歳月をかけて「獲得」と「登録」を行って以来、鬼塚は一切出社が不要になった。

年に四回の定期連絡によって「畑山」から数枚のレポートを受け取るだけで、鬼塚は本庁の上層部からも高く評価され続けている。

七年前、鬼塚は「畑山」に初めて「理論派」とはまったく関係のない件についての情報収集を依頼した。

「畑山」は三日で答えを出した。

成果は申し分なかった。

ただし、コトが露見すれば、鬼塚はおろか、本庁の長官のクビが即刻飛ぶのは間違いなかった。「畑山」が行ったのは、盗聴だった。

一階のフロントで鍵をもらった鬼塚は、「畑山」から指定された、そのツインルームへ足を向けた。

部屋に入ると、窓際のテーブルセットのチェアの上に、一枚の茶色い封筒が置かれていた。

鬼塚は、中に二枚の紙が入っていることを確認すると、すぐにバッグに仕舞い込み、そのまま部屋を後にした。

6月14日　火曜　午前10時35分　東京・永田町　首相官邸　内閣官房長官応接室

二日前にここに来た時は感じなかったが、パイプ椅子の上で部屋を見渡した綾は、いわゆるひと回り小さい、ということか、と思った。内閣官房長官には、総理と違って、応接室は別にしても、専用の会議室はない。

秘密の情報を囁く場合でも、すべてこの官房長官応接室が使われる。しかも、総理のそれの半分ほどの大きさである。

長い沈黙が続いていた。

柴田官房長官は、手にした二枚の紙を、老眼鏡の奥からずっと見比べていた。

そしてしばらくして、老眼鏡を外し、二枚の紙をテーブルに置いた柴田は、顔の筋肉を硬くしたまま大橋長官を見つめた。

「本当なのか、というのは愚問か？」

柴田が訊いた。

「私は、公安調査庁の組織の代表として、謹んでご報告に参りました」

綾が、この二枚の紙を見せられたのは、つい先ほどのことで、ここに来る官用車の中だった。その時の衝撃は相当なもので、柴田に至ってはどれほどのものかと想像せずにはいられなかった。

二枚の紙には、それぞれ二十人ほどの名前の記載があり、そのうち十二名の名前が赤いサインペンで囲まれた上で矢印でつなげられ、それぞれに番号が振られている。

その中でも、二重に囲まれた六人の名前の下には、〈根拠〉という文字の次に、詳しいコメントが書き込まれていた。

「もう一度、確認しますが、この、同じ番号どうしが繋がっていると？」

柴田はそう言って、中国情報機関員のリストと、日本の政界と官界の主要幹部の名が並ぶ名簿をもう一度見比べた。

「仰る通りです」

と大橋長官が答えた。

「で、一重の赤丸は容疑性が高いというレベルで、二重丸は、中国側によって完全に取り込まれている者だと、そういうことですね？」

「そうです」

大橋は短く答えた。

「それにしても……二重丸が岸部政権の二人の大臣……四人の官僚……こんなにもか……容疑性が高い者にも六名……こんなにも、日本の中枢は、中国の情報機関に食い荒らされていたのか……」

柴田は頭を振ってため息をついた。

綾は、食い荒らされている、という言葉は、まさに言い得て妙だと思った。

「この、中国機関員は、横浜と上海に在住？」

柴田が〝中国側〟のリストに目を落としたまま訊いた。

「はい、この『蘇化子《スウーフウアヅウ》』は、貿易会社を経営しております華僑《かきよう》です」

綾は、その言葉を冷静に言えた自分に驚いた。

呂洞賓《ルユードオンサアイ》の本名がここに記載されていることは想像もしていなかった。ただ、綾が気になったのは、他の者たちの名前がすべて印字されているのに、この蘇化子の名だけは、後から書き加えられたように、中国情報機関員のリストの最後に手書きで書き込まれていることだった。

「華僑ね……。で、長官、私にアドバイスはありますか？」

柴田が訊いた。

「この二重丸の人物に対する処置が喫緊の課題であるかと存じます」

深く頷いた柴田は、老眼鏡を再びかけた上で、〝日本側〟のリストを手にした。

「それにしても、どうやってこんな情報を？」

老眼鏡を下にずらした柴田は、上目遣いに大橋へ目を遣《や》った。

大橋は無表情で応えた。

「ご容赦ください」

柴田の視線が、突然、綾に向けられた。

「君は――」

柴田の視線が一度テーブルに置かれた名刺へと向けられた。

「この、分析官という立場からして――」

柴田はそう口にしてから顔を上げ、もう一度、ソファの後ろに座る綾に視線を向けた。

「君がこれを？」

柴田はそう言って、二枚の紙を両手で持って綾に向けて掲げた。

「いえ、私は単なる補充説明要員としての随行でございまして、この報告のすべては〝現場〟の調査官の業務の成果でございます」

綾は丁寧にそう説明した。だが内心では、まったく呆れていた。二枚の紙で報告された事実については、中国担当の分析官である綾も、全国の調査官からの情報で疑いは持っていたものの、ここまで明確なエビデンスが示されたものは、見たことも聞いたこともなかった。

しかし、ここにある〝エビデンス〟とは、単なる事実関係ではなく、隣室の音を録るコンクリートマイクか……いやもっと鮮明な音声として、まさに電話の会話を傍らで聞くことでしか――。

綾は苦笑した。そして、あの暗い部屋で海老原次長が口にした最後の言葉を思い出した。

海老原が語ったのは、綾にとって、途方もない話だった。

〈公安調査庁のような工作、分析というヒューミントを基本とした世界があるが、それを、ネット空間で行うことを、バーチャル・ヒューミントと言う。たとえば、今バーチャルで、いろいろな「コミュニティ」ができている。SNSなどを通じてさらにその奥に、内輪の、クローズドな、インテリジェンスで言うところの「ダーク・コミュニティ」がある。表には絶対に出ない。そこへ辿り着くためには特別な、秘密の手法が必要とされる。ヤフーやグーグルなどの検索エンジンでは見つけられず、入り口さえ見えない。現実の世界には、人間関係の濃淡があって信頼関係も違うが、それはダーク・コミュニティでもまったく同じなのだ

――〉

海老原の話を思い出しながら、綾は、あの暗い部屋で、強い衝撃を受けた自分を思い出した。

――〝わが社〟にはどこまで深みが広がっているのか。そして、秘められた知恵者たちがどれほど棲んでいるのか――。

その時、同時に、綾の脳裡にある四字熟語が浮かんだ。それは、〝海に千年山に千年住んだ蛇は竜になる〟という言い伝えを意味する言葉だった。

「どうかしました？」

ハッとして顔を上げると、柴田が怪訝な表情で見つめている。

綾は胸を張って応えた。

「〝わが社〟は、実に、海千山千《うみせんやません》で溢れておりまして」

柴田は、眉間に皺を寄せて綾を見つめて聞いた。

「二人の大臣を同時に辞めさせる方法について、海千山千の一人だろうあなたはどんなアイデアを？」

背筋を伸ばした綾が答えた。

「私でしたら、まずお一方については、内閣情報調査室がすでに摑んでいる、金か下半身のスキャンダルを巧みに週刊誌にリークします。そしてもうお一方はそのままにします」

「そのまま？」

と柴田がさらに深い皺を寄せた。

「はい、その方には、ディスインフォメーション、つまり偽情報を中国の、そこに書かれている機関員に流し続けて頂きます」

「ほぉー」

という声を出した後で、柴田が満足そうに頷いた。

「ディスインフォメーションの詳細につきましては、ＮＳＳとご相談させて頂きます」

柴田はさらに力強く頷いてから、

「ところで――」

と言って、大橋へ視線を移した。

「まだマスコミには流れていませんが、中国での三人の日本人拘束事案、これとの関係はいかがなんです？」

「本件につきましては、すでにご案内どおり調査中でございます」

大橋は平然とした表情で言いのけた。

しばらく大橋を黙って見つめていた柴田は、ひとり頷いてから、二枚の紙を上着の内ポケットに仕舞い込んだ。

「この件はすべて内密に」

柴田が言った。

「かしこまりました」

大橋が応えた。

柴田は初めて表情を緩めた。

「今回の緊急事態について、日本と中国とが鞘《さや》から刀を抜かずに終えられたのは、貴庁の、表に出せない方々の密やかなご活躍があったからだと、我が党の若手代議士から伺っております。総理も是非に感謝の言葉を彼らに、と申しておりました」

大橋も笑顔で応じた。

「必ず伝えます」

そう言って大橋は、このポストに就任してから初めて頭を下げた。


二階下までの吹き抜けを巡る官邸五階の二重廊下を歩く綾の脳裡は、蘇化子という文字に占領されていた。

エレベータの前に辿り着いた時、大橋が初めて笑顔を見せた。

「海千山千……なるほどね」

長官車に同乗することを遠慮した綾は、そのまま官邸を横目にして坂を下り、外堀通りに出ると、そこでスマートフォンを取り出した。

「久しぶりだな」

沼田は元気そうだった。

「やっと許可が下りた。呂洞賓の運営を再開する」

と沼田が続けた。

「私も聞きました」

綾はそう短く言った。

沼田の雰囲気が何かおかしいことに綾は気づいた。

「嬉しくなさそうですね？」

綾は鎌をかけた。

束の間の沈黙後、沼田が口を開いた。

「疑念がある」

「呂洞賓に？」

綾が訊いた。

「なら君も？」

怪訝な様子で沼田が尋ねた。

「私は分析官ですから、人物については興味はありません」

しかし綾の頭の中に、あのリストにあった「蘇化子」という文字が蘇っていた。だが綾は、すでに心に決めていた。呂洞賓についていろいろ詮索《せんさく》すべきなのは、〝現場〟であるということを――。

「呂洞賓を運営しての私たちの工作の再開が許可された以上、より一層、慎重になるべきであることは分かっている」

沼田が言った。

「実は、オレは君に嘘をついた」

「急に何です？」

と綾は笑った。

「あの時、オレはあんたにこう言ったな。オレは奴と連絡が取れないと――。でも、その直後、オレは呂洞賓と都内で会っていた」

なぜ、沼田がそれを隠していたのか、綾には想像できた。

綾が導いた分析結果とは違うところで、沼田も何かに気づき、それをまず自分で確かめたかったのだ。

沼田は続けた。

「オレを尾けるという現場査察官の〝愚かな行動〟の〝償い〟を工作推進参事官室にさせた」

「償い？」

「工作推進参事官室から実働のチームを出させ、呂洞賓を尾行させた。で、結果、在日中国大使館の参事官と、六本木エリアの路地で諜報形態にて奴が接触するのを確認した。その後、奴は、飯倉方面へ歩いて行ったが……撒かれた――」

「撒かれた？　実働の部隊がいたんですよね？」

綾が驚いて訊いた。

「とびきりのプロを用意させた」

「彼もまた、海千山千ね」

と綾は苦笑した。

「海千山千？」

「それより、呂洞賓が、沼田さんのクローンであることは、その接触で確認したんでしょ？」

「しかし……」

沼田が口ごもった。

「なら、いいじゃないですか！」

綾が明るい声で言った。

「いい？」

硬い口調で沼田が繰り返した。

綾は一度小さく息を吸ってから言った。

「何が裏《ウラ》で、何が表《オモテ》であるのか、自分でも分からない私たちの世界では、すべてを知ることに魅力はなく、人間どうしの魂の重なり合い、それだけに、ただ身を置くべきです」

「なんだよ、わかった風に！　あんたも偉くなったもんだ」

沼田が苦笑している姿を綾は想像した。

「お褒めの言葉と受け止めさせて頂きます」

と綾は言った。

「それにしても、あらためてわかった」

沼田のいつにない神妙な言葉が聞こえた。

「しょせん、オレたちは同じ世界から抜け出せない」

「同じ世界？」

と綾が訊いた。鼻で笑うように沼田が言った。

「B－2情報というどうしようもない世界で、もがき苦しんでる」

6月14日　火曜　午後6時9分　山口県　宇部空港

海老原次長は何度も腕時計を見つめて苛立っていた。

羽田空港の出発時間が遅れた関係で到着時刻が定刻より三十分も先になる、との機長のアナウンスがあったばかりだった。

あいつのことだ、立ち去ることはない、とはわかっていた。しかし、海老原は一刻でも早くあの男と会って、タクシーを駆ってあの温泉宿へ向かい、てっさ（ふぐ刺し）を食らって、周防《すおう》の国の銘酒をちびちびやりながら、男の話を聞きたかった。この十日間で起きたことの、裏《ウラ》と表《オモテ》すべてを――。

海老原は、一年ぶりに会うその男の顔を思い出した。いつもハンチング帽を目深に被り、薄い色のサングラスをして、口ひげをたんまりはやしているので、顔貌はわからない。だが何と言っても印象に残るのは、その鋭い眼差しだった。海老原は、その彼の眼差しから、〝ハンター〟というニックネームを勝手に与えていた。

本名は、三原《みはら》という平凡なものだった。

だが下の名は知らない。というより、そもそも、海老原は彼を本名で呼んだことはなかった。

これまでずっと海老原が使っていたのは、三原が偽変で使っている、漢字三文字だけだった。しかも、それを口にするのは、二人きりの時だけだ。

三原は、十数年前まで、ある公安調査局に籍を置いていた上席調査官であった。

普通なら、公安調査庁ナンバー2である次長の自分が、プロパーという叩き上げの、しかも元公安調査官に会うために、わざわざ飛行機を使ってまで出向き、差しで酒を交わし合うなどあり得ないことだ。

しかし、彼だけは特別だ。海老原はこれまでの三原の輝かしい活動記録を思い出した。

そして今回も、三原の密やかな活動があったからこそ、絶体絶命の事態から日本は救われた、そう言っても過言ではない、と海老原は確信していた。

しかし、その三原が、いかなる偽変をして、どのような活動をしているかを知っているのは、約二千名の公安調査庁の組織の中でも、自分と工作推進参事官室の高村上席専門職の二人だけだった。

たとえば、在日中国大使館の機関員にダブル（二重スパイ）と信じこませて逆工作をかけていたし、さらに、あの三名の日本人拘束事案解明こそ、三原の緊急の実働《ジツドウ》であった。

中国と海底資源やシーレーンについて根本的に戦略的な対立関係にあるロシア連邦の対外情報機関「SVR」が、中国の揚《ヤン》国家主席の側近に、情報源を確保していた。しかし最近、その情報源が中国当局に疑われ始めたことで、SVRはそこから目を逸らすため、三原が呂洞賽《ルユードオンサアイ》と偽変した上で何人もの人を介して運営していた三人の日本人協力者を中国当局に密告したのだった。SVRは、その三人の日本人協力者をダブルとするため、前々から狙っている――そのことに三原は気づいていた。

SVRの悪辣な企みを把握した呂洞賽こと三原は、報復を行った。

SVRが、北京で運営していた三人の中国人協力者を、中国当局に密告したのだった。

それはインテリジェンスの世界では、まさしく当然の〝相互主義〟であった。呂洞賽は、中国機関に、協力者として登録されているからこそ、中国国内で生き抜いてこられたのだった。

三原の中国での活動に自由が与えられているのは、実はそれだけではない。

壮大な「身分設定」を行ったからである。妻子がいない社長が病気で急逝《きゆうせい》した横浜の貿易会社「東紅商会」を、不動産会社に偽変した公安調査庁の工作推進参事官室のチームがそっくり買い取って、役員や社員はそのままにした上で、三原は蘇化子《スウーフウアヅウ》という名前で新しい社長に収まり、さらに中国でも——。

海老原はそこで思考を止めた。それを思い出すだけでも、秘密保全上、禁じ手なのだ。

もう一度、腕時計へ目をやった海老原は、苛立つ気分を紛らわそうと、客室乗務員を呼んで、普段は目を通さない週刊誌を頼んだ。

パラパラと捲った経済専門月刊誌の、あるページで海老原は手を止めた。中国政府の高官たちの人事についての憶測記事だった。北京の外交筋からの情報とするこの手の話には普段ならまったく関心はなかったが、海老原には目がくぎ付けとなる理由があった。

近く開催される北戴河会議（毎年八月に避暑地で行われる党幹部人事会議）で更迭が決定されるとみられていた、趙《ツアオ》首相の残留が濃厚になっている、と書かれていた。

さらに、北京に駐在する外交筋の間では、揚《ヤン》国家主席との仲の悪さが噂されていたので、驚かれている、ともあった。

顔を上げた海老原は月刊誌を手にしたまま唖然とした。

しかし、すぐに笑顔となった。それは満面の笑みだった。

海老原は、三原と早く会いたい、とあらためて思った。

このビッグニュースに、三原が関わっていると海老原は確信した。なぜなら、エイキョウである趙《ツァオ》首相を守りきることこそ、三原の任務だからだ。

だからこそ、その裏《ウラ》と表《オモテ》すべてを、どうしても聞きたかった。

――今夜の酒は、すこぶる美味《うま》くなる！

座席の中、海老原の笑顔は収まらなかった。

羽田発の日本航空295便がようやく山口県の宇部空港にタッチダウンした時、海老原はすでにシートベルトを腰から外し、今にも立ち上がらんばかりだった。

ターミナルから延びた搭乗橋に機体がブロックインするのも待ち遠しく腰を半分浮かし、タキシングが終わって、客室乗務員の「皆様、お待たせしました――」の声とともに海老原は飛び上がるようにして席を立って、前方ドアを目指した。しかし、その足はすぐに止まった。同じように先を急ぐ乗客たちで通路が埋まってしまったからだ。

やっと搭乗橋へ足を踏み出した海老原は先を急いだ。三原は、到着ロビーの隅にあるコーヒーショップで待ってくれているはずである。

サテライトを見通す搭乗橋の真ん中付近を、海老原が急ぎ足で向かっている、その時だった。

背後から来た何者かが、自分の上着の左側のポケットに何かを押し込んだ。

思わず立ち止まった海老原は、後ろから来たサラリーマン風の男にぶつかられた。舌打ちをして通り過ぎるその男には構わず、海老原はポケットを慌ててまさぐった。折り畳まれた一枚の封筒があった。ハッとして搭乗橋の先へ目をやった。大勢の乗客の中で、ムービングウォークは使わずにサテライトの奥へ足早に去ってゆく後ろ姿が海老原の目に付いた。もちろんその背中に海老原は記憶があった。

——あいつ、一緒の便に乗っていたのか。

海老原は、三原の神出鬼没ぶりに呆れて苦笑した。

その背中を追って走り出した海老原は、三原を呼び止めようと声に出して彼の名前を呼んだ。

その直後、海老原は、思わず唾を飲み込んで、身体を硬直させた。その原因を聞かれたら、ついうっかりとしか言いようがない。

海老原は、三原が偽変で使っている名前を口にしてしまったのだ。

そして海老原がとった行動とは、隣の薄暗いサテライトの椅子に駆け寄って身を潜めるようにして息を殺すことだった。海老原が確認したのは、自分に向ける視線がない、ということだった。

安心して立ち上がった海老原は、そのことに気づくと、すぐに上着のポケットに手を突っ込んで封筒を取り出した。

そこには二枚の便箋が入っており、殴り書きの文字が見えた。

〈ご一緒する予定でありました旅館には、地元テレビ局の報道関係者の小宴が設けられていますので、また別の機会にゆっくりとお会いできれば光栄です〉

海老原は残念そうな表情で首をすくめ、大きく息を吐き出した。

二枚目を捲った海老原は、追伸として書かれた文字に目をやった。

〈今回のことで、沼田は極めて優秀であることが証明されましたので、どうか特別な評価を。しかし、芳野は海千山千です〉

人けの絶えたサテライトで、海老原はひとりニヤッとした。


海老原と一緒に舌鼓を打つはずだった、地元の銘酒と肴《さかな》を惜しみながら三原はトヨタのハリアーに乗り込んだ。

エンジンスタートボタンへ手を伸ばしたが、途中で止めた。バンコクで手に入れたＳＩＭカード入りのスマートフォンを手にした三原は、記憶の中だけにあるその番号にかけた。

「コバヤシです」

沼田がいつも使っている偽名が聞こえた。

三原はそのことを知っていたが、もちろんそれを口にすることはなかった。

「この間は貴重なお時間、共有したこと、とても重要です」

三原が言った。

「私もです。ところで――」

三原は、沼田が言おうとした、新たな依頼について先んじて口にした。

驚く沼田に、

「私は、あなたが考えること、それと常に同じ頭でいます」

と三原は笑った。

最後に沼田が言った。

「本当に助かります、ありがとうございます」

「それなら私の方が感謝しなければなりません」

「感謝？」

と沼田が訊いた。

「あなたのお仲間から、〈X〉は多くの情報を得ました。それにより〈X〉は、中国側で発生した、すべての問題、その対応の主導権を握り、外部への洩れもなく解決し、揚《ヤン》国家主席への大きな貸しを作り、激しい権力闘争、生き残ることができました。そして何より、今後とも私たちは〈X〉を頼りにすることができます。いえ、それ以上です。どうか感謝の言葉を、そのお仲間に――」

その一方で、三原は、芳野綾は中国指導部に大きな楔《くさび》を打ち込んだ、という褒め言葉は使わなかった。

綾が行ったことは単なる〝サービス〟という種類のものではなかった。〈X〉から揚《ヤン》国家主席を取り巻く指導部の一人に情報が流れることを見越して、沼田を通して私に綾はすべての真相を流した。そうすることで、揚国家主席と水面下の権力闘争を繰り広げている、その〝指導部の一人〟は今回の騒動の全真相を得て、静かに平定し、揚《ヤン》国家主席に貸しを作ることで、権力闘争の火に油を注ぎ、指導部を不安定にさせ、海底油田開発や南沙諸島での活動に遅れを生起させる――それが綾が打ち込んだ「楔」だった。余りにもスケールの大きなオペレーションに、同じ職場にいる者としての嫉妬を三原は少なからず感じた。

「伝えておきます」

沼田はそう言ってから最後の言葉を投げかけた。

「呂洞賓先生、今後ともよろしく。ただ、次回は、競馬場じゃなくて、もっと気の利いたところで――」

沼田との電話を終えた三原は、顔につけたすべての変装を外して助手席に放り投げ、大きな丸い眼鏡をかけてからサンバイザーを引き、小さな鏡を覗いた。

――誰が見ても、とっちゃん坊やじゃねえか。

三原はそう思って、ニヤッとした。

そして、今日、酒を酌み交わすはずだった男の顔を脳裡に浮かべた。

今回のことで、海老原が実に慎重に動いてくれたことを喜んだ。

彼は検察官であるがゆえに、杓子定規で対応することを危惧していたが、その心配は杞憂に終わった。

最初、〝一斉出航〟情報を、沼田よりも先に海老原に密かに伝えた時、彼は興奮をもってそれを受け止めたが、常に冷静だった。

ただ、激しい苦悩にまみれていたことには間違いない。海老原は、それを自分が知っていて、公安調査庁の中でも、はたまた官邸にも言えない状況に苦悶したはずだ。

もしそれを口にしたなら、私のことも話さなければならないからだ。それは絶対に避けなければならなかった。

三原自身、中国での身の安全が保てなくなるだけでなく、中国共産党中央幹部〈X〉の運営に支障を来すからだ。それはこれまでの数億円の工作費より大きいものだ。

三原のすべてが台無しになる危険があった。公安調査庁を偽装退職し、モンゴル人の女性と結婚して名前を変え、本籍を十回も変えてきた、三原のこれまでの人生が消えてなくなる可能性がある。だからこそ、三原と呂洞賓とは絶対にクロスさせてはならなかった。

自分が公安調査官ではなく、多数の中国人の協力者を操るハブとして存在する呂洞賓であるとのアンダーカバーは、微塵の綻びもない完全である必要があったのだ。

エンジンスタートボタンへ手を伸ばしかけた時、助手席に置いていた経済専門月刊誌の表紙の文字に目が行った。

取りあげてそのページを開いた。北戴河会議、人事、趙《ツァオ》首相、揚《ヤン》国家主席の文字がまず目に入った。

そして、党大会で壇上に並んで座るその二人の男の写真が載せられていた。

揚《ヤン》国家主席の向かって右横に座る男の顔に向かい、三原は一人呟いた。

「あんた、彼女に感謝しなくちゃな」

三原は、エンジンスタートボタンを力強く押し込んだ。

宇部空港のエリアを出たハリアーは、誘導路に従って山口宇部有料道路へとそのまま滑り込んだ。三原はアクセルを踏み込んだ。シルクの手触りを思い出すような滑らかな加速が心地よく三原の体に伝わった。

6月14日　火曜　午後6時54分　東京・日比谷通り

外堀通りからタクシーに乗った綾は、浜松町駅からほど近い、東京湾を見下ろすホテルの名前をドライバーに告げた。

電車を使わないのは、もったいないかとも思ったが、今日はちょっとリッチな気分になってもいいんじゃない、と自分に言い聞かせた。

〝現場〟にいた頃から使っている、二台目のスマートフォンが振動するのに気づいた綾は、バッグをまさぐって、やっと手に取った。

「ご連絡を頂けると思っていました」

綾が先んじて言った。

「最初に命を落とすのは若者である。戦争のその現実と直面せず、すべてが終わったこと、本当に良かった」

黄《ファン》の声は穏やかだった。

「わかっていたんですね？」

綾が訊いた。

「わかっていた？　何のことです？」

「尾行があること。そしてステーキレストランで聞かれていることを――」

黄《ファン》からの応えはなかった。

「で、私に伝えた」

綾が構わず続けた。

「何のことを言ってるんです？」

黄《ファン》は口調を変えずに言った。

「お陰で、分析の結果を正しく導くことができました。ありがとうございます」

「綾さん、さっきから、あなた、大きな勘違いしている」

綾はその言葉に応える気はなかった。

「あなたにとっても生死を賭けた権力闘争だった」

綾はひと呼吸置いてから続けた。

「そしてあなた、いや、あなたが属する一派が勝った――」

黄《ファン》からの言葉はなかった。

綾は、その光景を頭に蘇らせた。あの夕食の帰り、タクシーに乗った黄《ファン》が、その先で、在日中国大使館の外交官ナンバーをつけたワゴン車に乗り換えた、その光景を――。

「そもそも――」

そう言ってから綾は、その先を口にすることは止めた。

――そもそも、あなたが私を呼び出したからこそ、そこから権力闘争の仕掛けが始まった……。

綾の視線がふと、カーナビのテレビモードにされた画面へ流れた時だった。官邸をバックにして記者がマイクを握っていた。

〈――その上で岸部総理は記者団に対し、詳細をまだ聞いていないのでコメントしようがない、と語りましたが、一ヵ月後の総選挙を控え、今回、一部週刊誌が報じた岡本《おかもと》大臣の女性問題の影響を心配する声が党内で広がっており、ある党幹部は、辞任は避けられないのではないか、としています〉

「これ、私のアイデア!」

綾は思わず叫んだ。

「えっ、何か仰いました?」

黄《ファン》が怪訝な声で聞いてきた。

飛び上がって叫びたい気持ちを必死に抑えた綾は、息を整えてから口を開いた。

「また、近いうちに、夕食でも」

「是非に」

そう言って、黄《ファン》は短い挨拶をしてから通話を切った。

綾の思考はそこで遮断された。

綾の頭は、自分の時間への思考へと変わった。

そして、この十日間の愚痴を吐き出すために、これから会う彼に、ベッドの上でどんな作り話をしようかと綾は思いを巡らせた。

謝　辞

数々のご指導を頂いたインテリジェンスの最前線で活躍されている方々に深く感謝申し上げます。

単行本より月日は経ちましたが、現実的にも、日本を取り巻く安全保障環境はさらに複雑さを増し、インテリジェンスの〝闘い〟も苛烈なものとなっています。

今回、文庫本の出版にあたっては、幻冬舎の見城徹氏にご温情をもってご理解を賜りまして本当にお礼を申し上げます。

また、的確なご教示を頂き、膨大な編集作業をお願いしました、羽賀千恵氏には深甚なる感謝の言葉を申し上げます。

本当にありがとうございました。

二〇二〇年八月　麻生幾

この作品は二〇一八年三月小社より刊行されたものを大幅に加筆修正したものです。

本作品はすべて架空であり登場する人物、国、組織、団体は実在するものとはまったく関係がありません。

秘録《ひろく》・公安調査庁《こうあんちょうさちょう》

アンダーカバー

麻生《あそう》幾《いく》

令和2年10月10日　初版発行

発行人――石原正康
編集人――高部真人
発行所――株式会社幻冬舎
〒151-0051東京都渋谷区千駄ヶ谷4-9-7
電話　03(5411)6222(営業)
　　　03(5411)6211(編集)
振替00120-8-767643
印刷・製本――中央精版印刷株式会社
装丁者――高橋雅之

検印廃止

幻冬舎文庫

ISBN978-4-344-43022-8　C0193　あ-19-14

幻冬舎ホームページアドレス　https://www.gentosha.co.jp/
この本に関するご意見・ご感想をメールでお寄せいただく場合は、
comment@gentosha.co.jpまで。